KB147680

# 화가는 어디로 가야 하나

# 화가는 어디로 가야 하나

**양태석** 지음

# 화가는 어디로 가야 하나

1970년대의 우리나라 미술환경은 매우 열악했고 '화가'라는 직업은 정착되지도 않았던 질곡의 시절이었다. 타고난 그림 재주를 더 이상은 주체하지 못하고 화가가 되기를 망설이지 않았던 주인공 박식은 그 환경부터가 많이 난감하고도 어려운 처지였다.

박식은 간판 그리는 직업으로 생계를 유지하면서 틈틈이 독학으로 그림공부를 하여 '지방공모전'에서 입상하는 등 웅대한 꿈을 키우며 우여곡절 끝에 '중앙무대'에 진출하게 된 독지적인 인물이다.

당시의 우리나라 화가군(畵家群)을 대체적으로 살펴보면 대학에서 미술을 전공한 화가들과 개인적으로 사사(師事)를 하여 관전(官展)을 통해서 등단하고 화가 생활을 하는 사람들로 양분(兩分)되어 있었다.

박식은 위의 두 가지 군(群)에서 '후자에 속한다'고 하겠으며 좋은 은사를 만나 화가로서의 본분을 올곧게 지켜나가는 보기 드문 자수성가형 화가라고 말할 수 있다.

그는 한 여인을 사랑하면서 그림에 대한 원대한 포부를 갖고 화론(畵論)에 심취하였다. 이를 두고 주위에서 그를 '사모하는 여인을 가슴속 깊은 곳에 안고 미감(美感)을 천착(穿鑿)하는 노력형 화가군'으로 분류했던 것은 그가 꿈에서도 그렸던 사랑과 예술혼의 맥락이 같았기 때문이리라.

박식은 경제적으로 넉넉하지는 못했지만, 예술가로서의 사명감이 투철하여 후세에 남길 만한 작품만은 자기가 책임지는 성실한 작가로 남기를 진심으로 소망했던 사람이었다.

그는 예술이 인간의 영혼을 다스리고 세상이 비록 혼탁하고 비리와 폭력이 난무한다 할지라도, 자기의 길을 꿋꿋하게 지켜나가는 것이 화가로서의 진실한 본분이라 생각하며 살았다.

박식은 아무런 연고도 없는 서울에 상경하여 생계 해결부터 지역사회 텃세에 적응하기까지 수많은 고충과 어려움이 있었으나, 어려운 환경에 굴하지 않고 난관을 극복해 나가는 보기 드문 신진작가로 알려졌으니 우리는 그를 적극 지지하면서 아낌없는 칭찬을 보내지 않을 수 없다.

그는 각박한 세상을 살아가면서 얻은 경험을 후배들에게 전수하고 어려운 시대적 여건에도 인간의 도리를 묵묵히 지켜냈으며, 굳은 신념으로 예술가로서의 길을 포기하지 않고 운명적으로 살아가는 작가상을 드러냈으니 그에게 박수를 보낸다.

젊은 시절 소설가의 꿈을 간절하게 열망해 왔던 글쓴이는, 50여 년이 지난 지금에야 소설가로 등단(登壇)하게 되었다. 늦깎이에 다소 미흡한 점이 없지는 않겠지만, 나름 장편소설을 이렇게 탈고하고 보니 다소나마 뿌듯한 성취감을 느낀다.

소설은 작가의 경험적 산물로 일구어냈던『한국 산수화 이론과 실제』에서 미처 다루지 못했던 부분과 후기 작품인 우주화(宇宙畵)의 지향세계에서 우리 인류가 반드시 일구어내야 할 우주관을 갈구(渴求)하는 데, 적은 노력도 아끼지 않았음을 감히 밝혀드린다.

이런 점을 감안하여 이 소설에 접근한다면 '동양화⇒한국 산수화⇒우주화'라는 작가의 일대기는 물론 소설 속의 예술혼을 흠뻑 만끽할 수 있으리라 믿어 의심치 않으며 일독(一讀)을 권한다.

소설 전체를 처음부터 끝까지 면밀하게 감수해 주신 소설가 성용경 선생께 감사드리며, 아울러 책이 나오기까지 노고를 아끼지 않으신 장희구 박사님과 백산출판사 사장님은 물론 직원분들께 고마움을 전한다.

| 차 례 |

책을 내면서 양태석/ 5

첫 공모전 13
여자의 일탈 19
변화된 삶 25
국전 도전 31
운명의 교차 36
동양의 나폴리 43
영역 싸움 49
뿌린 씨앗들 54
호사다마 58
서울 입성 63
출생의 비밀 70
화랑가의 박식 75
고향 방문 80
비밀의 공유 86
후배 김치로 입성 91
국전 소재 찾기 95
사찰 화혼식 100
인생역전 105
여자의 운명 111
김치로와 순님의 결혼 116
경주 전시회 121

청운 희수전 준비 126
두 가족 진주 방문 131
진주 후배들 135
백도철 애인 민숙 140
도전 심사위원 145
미라와 밀회 150
그림공부 154
청운 희수전 159
민숙 상경 165
백도철과 민숙의 동거 170
위작 사건 175
그림 팔아주기 180
화실 제자들 185
행복한 순간 190
그림 시장 196
이전 기념전 201
화랑의 행운 206
미라 남편의 죽음 210
아버지 별세 215
아내 정민의 죽음 219
새로운 시도 225
유력 사업가와 만남 230
거상들의 거래 235
미라에게 성폭행 241
미라의 두문불출 246
오매불망 251
동해 여행 256

화랑의 바쁜 일상 262
단양 UFO 발견 267
우주 회화 272
UFO 찾아 북한산 278
야간산행 UFO 발견 284
기가 충만한 마니산 289
현대화 대량 구입 293
님도 보고 별도 보고 297
마니산 언약 303
우주화전시회 준비 308
UFO 참관자들 313
우주회화 연구 318
사기꾼들 323
밤하늘 아래 사랑 328
우주회화 설치 331
화가 돕기 337
후원 기사화 344
우주회화 인기 349
어머니 별세 355
아트 딜러 360
우주회화 애호가 366
전립선암 371
예술인의 자세 376
화가와 문학 382
작가는 어디로 가야 하나 388
만혼유정(晩婚有情) 393

발문 장희구/ 398

# 첫 공모전

그날따라 봄비가 부슬부슬 내리고 있었다.

박식은 술친구인 김상철을 찾아가 술이나 한잔하자고 꼬드겼다.

두 사람 다 고향에 가족을 두고 객지로 나와 외로운 생활을 하는 처지라 박식과 상철은 이런 술자리를 자주 만들었다.

그들은 재주와 성격이 비슷하여 서로를 위로하며 허심탄회하게 심금을 털어놓는 막역한 친구로 매일같이 만나고 간판을 그려서 달아주는 찰떡궁합 파트너이며 형제나 다름없는 친구이다.

박식은 간판글씨를 쓰고 상철은 간판을 달아주는 일을 했다. 박식은 글 쓰는 솜씨가 뛰어나 개업하는 상점의 간판을 독차지할 정도였는데, 그래서인지 간판집 주인은 박식을 특별 대우했다.

박식이 간판을 쓸 때는 자를 대지 않고 평필로 페인트를 이용해서 서예가가 현판을 쓰듯 줄줄 써내려가고, 여러 개의 간판을 단숨에 완성시키는 재주가 있었다. 신출귀몰한 능력이어서 간판을 쓸 때는 구경꾼이 몰려들 정도였다.

몹시 싸늘한 오후 박식과 상철은 간판을 달아주고 주인한테서 받은 약간의 용돈으로 소주와 오징어를 사들고 박식의 하숙집으로 갔다.

하숙방에는 묘령의 여인이 와 있었다.

그녀가 어떻게 문을 열었는지는 박식이 잘 알고 있다.

박식이 상철의 팔을 끌었다.

"인사해라. 그림을 그리는 예비 여성화가라고 할까. 평소 조금 아는 사이야."

"김상철이라고 합니다."

남자가 소주병을 든 채 인사하자 여인은 엉겁결에 일어섰다.

"오정민이라고 합니다."

여인은 미술대학을 중퇴한 노처녀이다. 가정환경이 불우하여 학교를 중퇴하고 혼자서 공모전 준비를 하는 화가 지망생으로 박식이 그림을 잘 그린다는 소문을 듣고 찾아와 서로 도움을 주는 처지가 되었다.

"상철씨, 앞으로 잘 부탁드려요."

"정민씨도 같은 길을 택했으니 서로 도우면서 잘 지내요."

두 사람이 인사하는 걸 보며 박식은 흡족해했다. 서로 도울 줄 아는 자질을 가진 사람들 같아 기뻤다.

"이제 우리 모두 한편이니 서로 정보 교환하고 기술을 함께 연마하도록 노력합시다. 파이팅!"

박식이 의식적으로 목소리에 힘을 넣었다.

세 사람은 의기투합하여 공모전을 준비하기로 했다.

도전(道展)에 출품하는 소재와 재료는 정민이 구하고 작품은 박식의 방에서 그리기로 했다.

경남 도전은 시작한 지 얼마 되지 않아 공모전 참여자가 많지 않았다. 박식과 정민은 가벼운 마음으로 공모전 준비에 열중하면서 최소한 입선은 되겠지 하는 자만심에 차 있었다. 지난해 정민의 친구가 대학 재학시절 도전에 출품하여 무난히 입선한 것을 보았기 때문이다.

박식과 정민은 공모전 그림을 그렸고 상철은 구경만 하는 처지였다. 두 사람 모두 동양화를 선택하였기에 종이에 먹을 사용했다. 그림을 그릴 때 상철은 먹을 갈아주었다.

"내가 할 일은 육체노동밖에 없군."

자신의 일이 얼마나 도움이 되는지 몰라 상철은 역할에 어색해하였으나 이런 일에 참여하는 것만으로도 즐거웠다.

"먹을 잘 갈면 좋은 작품이 나옵니다. 상철씨, 고마워요."

정민이 칭찬하자 상철은 용기가 나는 듯 먹을 더 힘주어 갈았다.

정민은 대학에서 배운 이론과 실기를 박식에게 알려주었고, 박식은 자신의 특기인 데생을 정민에게 가르쳤다.

한번 보면 못 하는 것이 없는 박식의 천재성은 누구도 따를 수 없었다. 박식과 정민은 공모전 경험이 없어서 처음 시도하는 풋내기라는 약점이 있었으나 자신감만은 차고 넘쳤다. 그림 재주 하나로 장차 유명화가가 되겠다는 부푼 꿈을 안고 있는 그들은 열악한 환경 속에서 의욕만 가득 찬 무모한 화가 지망생이었다.

박식은 그림 소재로 촉석루를 정면에서 찍은 사진을 택했고, 정민은 서장대를 앞에 두고 그리기로 했다.

기초 그림은 박식이 그렸고, 색채는 정민이 그리는 분업식 협업으로 그림을 완성해 나갔다. 두 사람은 무경험자로서 공모전의 성격을 모른 채 실력 발휘를 하려다 보니 그림은 다소 어설프고 옹졸한 모양이 되고 있었다. 그렇다고 누구에게 물어볼 처지도 아니어서 오로지 자기들만의 실력으로 그릴 수밖에 없었다.

"마무리하기 전에 경험자에게 한번 보이는 게 어떨까요?"

출품 날짜가 한 달여 남았을 때 정민은 공모전 경험이 있는 자기 선배에게 한번 보이자고 제안했다.

"그게 좋을 것 같아요." 박식은 동의했다.

선배와 시간을 조율하고 작업장에 그를 초청했다.

두 사람의 그림을 본 선배는 머리를 저었다.

"공모전 그림이 아이들 장난도 아니고, 상당히 상식적이며 조형적이어야 하는데 너무 사실에만 치우쳤네. 예술적 감각이 결여돼서 출품해도 낙방할 게 뻔해."

가혹한 평가를 하면서 다시 그리라고 충고했다. 다시 그려도 시간이 있으니 열심히 해보라는 격려도 잊지 않았다.

박식과 정민은 처음에는 실망하며 반신반의했으나 그의 충고가

타당하다는 생각이 들어 다시 그리기로 했다.

선배가 좋은 종이를 선택해 주었고 구도까지 잡아주었다. 한 달 동안 그린 경험이 있어 다시 그리는 그림은 한결 쉬운 느낌이 들었다. 선배의 가르침이 천만다행이었고, 그림이 완성되자 드디어 경남 도전에 출품하게 되었다.

10월 중순 도전심사 결과가 신문에 발표되었다.

정민은 입선의 영광을 얻었고, 박식은 낙선의 고배를 마셨다.

"함께 그렸는데 왜 천국과 지옥이지?"

박식과 정민은 신랑 신부처럼 마주보며 고개를 갸우뚱했다.

“두 작품을 한 방에서 그렸고 같은 솜씨로 그렸는데 결과는 왜 판이하지?”

박식이 의아해서 선배를 통해 심사결과를 알아보았다.

두 작품 모두 잘 그렸고 입선 후보에 올랐으나 심사위원들이 한 사람 작품으로 착각하여 하나만 올렸다고 했다. 작가의 이름을 안 쓰고 똑같아 보이는 도장만 찍어서 출품했기 때문이다. 도장의 크기가 같았고, 인육 색도 같았으며, 기법이나 솜씨가 한 사람이 그린 것처럼 보여 하나는 낙선되었다는 것이다.

박식은 아무런 대책을 세울 수가 없었고, 다음해 다시 도전하는 수밖에 없었다. 참으로 안타깝지만 경험 부족으로 일어난 일이니 다시 준비하여 재도전하기로 결심했다.

# 여자의 일탈

날마다 반복되는 간판 글쓰기에 지치고 권태가 붙어 박식은 새로운 구상으로 분위기를 바꾸고 싶었다.

그때 정민은 도전 입선이라는 선물로 작가로서의 체면을 세워 쉬고 있을 때 박식은 패배의 아픔을 치유하기 위해 다시 준비하며 그리기 시작했다.

정민은 같은 방에서 그린 그림이라도 자기 것이 입선된 데 대하여 약간의 자부심을 가지고 지방 화단의 미술단체에 가입하면서 본격적으로 작가 활동에 돌입하고 있었다.

그날부터 박식은 간판 일을 그만두기로 했다.

간판집 주인은 팔팔 뛰었고 월급을 재조정하겠으니 제발 떠나지 말아 달라고 애원까지 했다. 박식이가 그만두면 손님의 반은 줄 것이고, 연세가 높은 주인의 글씨가 힘이 없을 뿐만 아니라 업무처리가 어렵다는 결론에 이르자 한사코 박식을 잡아두려는 것이었다.

박식은 조건을 제시했다.

"사장님, 하루에 두 시간씩은 간판 일 하지 않고 저의 그림작업에 몰두하게 해주십시오. 그러시면 그간의 정을 생각해서 열심히 하겠습니다."

주인은 턱에 손을 갖다 대고 딜레마에 빠진 듯 한참 생각했다.

"좋다. 쉬운 것은 조수 김치로에게 맡기기로 하자."

그날부터 박식은 틈틈이 도전작품에 매달렸다.

어느 때부턴가 정민과의 관계가 조금씩 소원해지면서 그녀와 만나는 빈도가 뜸해지기 시작했다. 상철은 하루가 멀다 하고 외박을 하고 이튿날 들어오는 일이 잦았다.

핑계는 많았다. 고향에서 친구가 와서 다른 곳에서 자고 왔다느니, 몸이 아프다느니 별의별 이유로 박식과 하숙집에 함께 있는 것은 사흘에 한 번 정도였다.

'어디 보자. 뭔가 있을 거야.'

박식은 상철의 행동이 수상해서 하루는 뒤따라가 보았다.

상철은 일을 마치자마자 바쁜 걸음으로 제일극장 골목 쪽으로 달려갔다. 아니나 다를까 그곳엔 정민이 기다리고 있었다.

'아, 이것들이…'

보이는 광경이 황당하다는 느낌이 들었다.

그들은 보통사이가 아닌 게 틀림없다.

둘이 연애를 선언했다면 박식 자신은 충분히 양보할 수 있다고 생각했는데, 왜 자신을 따돌리고 몰래 만나는 것일까? 괘씸하기까지 했다.

두 사람은 근처에 있는 여인숙으로 들어갔다.

박식은 오랫동안 눈치채지 못한 자신이 바보스럽게 느껴졌다.

그동안 정민이 자기를 좋아하는 눈치였고, 그림을 그릴 때도 서로 눈빛을 주고받으며 미소 짓곤 했는데, 상철과 사이가 좋아졌다니?

그날 밤도 상철은 돌아오지 않았다.

이런 때 박식은 생각에 잠겼다.

친구와의 우정을 생각해서 직접 말하지 않고 미술 재료점 주인을 통해서 정민을 만나자고 통보했다.

통보한 지 사흘 만에 정민은 박식의 화실로 찾아왔다. 그때 상철은 현장에 나가고 화실에는 없었다.

"정민씨, 상철과의 관계를 다 알고 있으니 솔직히 말해봐요."

남자가 던지는 단도직입적인 질문에 여자는 놀라며 어깨를 떨었다.

"미안합니다. 박식씨."

"같은 길을 가는 사람이라고 태산같이 믿고 좋아했는데, 나를 배신하고 상철과 사귀게 된 것에 대해 설명해 봐요."

대답하지 않고는 버티기 힘들다고 생각했는지 여자는 천천히 입을 열기 시작했다.

"나도 박식씨를 좋아했어요. 같이 그림을 그리면 평생 행복하겠다는 생각이 들었어요. 그런데 지난 봄 그림을 그리다가 피곤해서 잠시 잠이 들었는데, 상철씨가 갑자기 덮쳐 나는 속절없이 당하고 말았어요. 그 후 우리는 아무런 대책 없이 만나는 사이가 되었고요. 상철씨는 자신이 책임지겠다는 말로 안심시키고 결국 깊은 관계로 발전했어요."

그러고는 한참동안 숨을 멈췄다가,

"미안해요."

그녀는 말끝을 흐렸다.

박식은 어이가 없고 기가 막혀 말문이 막혔다.

상철은 비록 객지에서 만난 친구지만 서로 믿는 사이고, 그림 파트너로 사귄 정민은 평생을 같이해도 되겠다는 생각으로 존중하며 대했는데, 두 사람의 배신에 실망하고 마음이 아파 박식은 그 후 일이 손에 잡히지 않을 지경이었다. 아무리 용서하고 참으려 해도 울분이 치솟아 견디기 어려웠고, 결국은 상철을 내보내고 혼자 있기로 결심했다.

상철은 쥐꼬리만 한 월급으로 방을 얻어 혼자 독립하기에는 벅차고 정민과 같은 방을 쓰기로 하면서 자연스럽게 동거가 시작되었지만, 두 사람은 생계로 고민이 많았다.

정민은 시골의 부모에게 취직했다는 말로 사고를 치고 말았다.

박식은 도전 준비에 열중했고 간판을 쓰는 데도 열중했다. 오히려 혼자 연구하고 노력하여 가을 도전에 출품했다.

혼신의 힘을 다해 그린 작품이니 입선되었으면 좋겠다는 생각을 하고 있었는데, 그날따라 간판 쓰기에 여념이 없을 때 미술 재료점 주인으로부터 연락이 왔다.

"자네 작품이 특선으로 뽑혔다네."

정말 뜻밖의 일이었다.

지방신문에 대서특필로 박식의 특선 소식이 전해지자 먼저 간판집 주인이 좋아했다. 점원의 특선 소문으로 간판집이 대박 나겠다는 생각이 들었다.

다음은 재료점 주인이 좋아했다. 자기 집 재료를 써서 특선이 되었다는 자랑거리가 생겼다.

마지막은 지난해에 그림 코치를 해준 김 선생이 자기 공로가 크다고 강조했다.

그 외에 구도나 색채 등 틈틈이 잔소리를 한 친구들도 모두 자기 공이라며 나섰다. 혼신의 힘을 다해 그려낸 작가는 공이 없는 쭉정이가 돼버렸다. 그러나 모든 영광은 작가의 것이고 그로 인해 박식은 특선작가로 인정받고 본격적인 작가생활을 시작하게 되었다.

정민이 도전에 출품했으나 낙선의 고배를 마셨다. 그림의 수준이 지난해 출품작보다 좋았는데 낙방했으니 그 원인이 궁금했다.

작가는 끝끝내 긴장하고 노력해서 최선을 다함으로써 소기의 목적을 달성할 수 있는 것인데, 그녀는 지난해 입선으로 다소 자만심을 가지고 있었으며 박식처럼 불철주야 노력하지도 않았다. 상철과 연애하느라 다소 게을리한 점이 있었다. 박식과 함께 그릴 때는 서로 약점을 잡아주었다. 각자 따로 작업을 하면서 그런 약점을 찾아내지 못한 것이 원인이기도 했다.

"묵창(墨創)회에 입회해 주십시오."

박식이 도전에 특선을 하자 여러 미술단체에서 영입하려고 교섭이 들어왔다. 그는 입회하기로 했다.

묵창(墨創)회는 역사가 오래고 수준 높은 단체였다. 선배들과 교류하고 경험담을 들을 수 있고, 미술활동에 큰 도움이 되는 곳이라는 선배의 조언도 있었다.

묵창회에는 도내 원로화가들과 국전작가들이 많았다. 매년 회원 전시회를 함으로써 여러 사람과 작품을 비교할 수 있는 좋은 기회가 되었다.

# 변화된 삶

정민은 상철과 동거에 들어간 후 행복해 보였으나 임신 6개월이 되자 배가 불러오고 입덧을 하는가 하면 몸이 무거워지면서 아르바이트도 못하는 처지가 되었다. 더군다나 소문이 고향으로 흘러들어가 부모님이 찾아와 약간의 소동을 벌였다.

박식과 상철은 친구 관계가 소원해지면서 상철은 하던 일자리도 그만두게 되었다. 별다른 기술이 없고 일이 끊기자 당장 생계가 막막해졌다.

그러던 어느 날 상철은 선술집에서 박식을 만나 지난 이야기를 나눌 기회가 있었다.

"정민이 나와 살면서도 박식 너를 잊지 못하고 있어. 나를 원망하면서 아이만 없으면 갈라서고 싶다고까지 하네."

상철의 말에는 시름이 섞여 있었다.

박식은 이젠 상철과 정민의 문제에 관여하고 싶지 않았다.

"지나간 일이니 나는 더 이상 생각하고 싶지 않아. 너희들이 행복하면 그걸로 족해. 그러니 지금부터라도 부인을 잘 다독여줘."

'부인'이라는 호칭을 붙이면서 박식은 진심을 담아 말했다.

상철은 후회하는 듯하지만 이제 되돌리기에는 불가능한 처지임을 깨달았다. 고향에서 생활비를 받아 겨우 생계를 유지하는 형편이다 보니 정민이 먹고 싶어 하는 과일이며 군것질도 양껏 사주지 못했다.

무정한 세월이 흘러 정민은 이듬해 봄 귀여운 옥동자를 출산했다.

아이는 이목구비가 수려하고 엄마, 아빠를 빼닮아 사내답게 생겼다.

두 사람은 아이만 봐도 즐겁고 행복했다.

그러나 현실은 냉혹하여 직장이 없으니 돈을 벌 수 없고 고향의 도움을 받는 것도 한계가 있었다.

궁여지책으로 박식이 다니는 간판집에 다시 나가 예전에 하던 일을 하고 싶다고 애원했다. 사장은 상철의 딱한 사정을 듣고 다시 받아주었다.

"저는 간판 일을 하고 애 엄마는 부엌일을 돕겠습니다."

급한 불을 끈 부부는 한숨을 돌리자 다시 신혼의 상태로 돌아간 느낌이었다.

박식은 상철과 같은 집에서 일하지만 만나는 일은 흔치 않았다. 박식은 작업장에서 글씨를 쓰고, 상철은 현장에서 간판을 달아주는 일을 하기 때문이다.

그러나 서로의 묘한 감정은 아직 사라지지 않았다.

열심히 간판을 그리고 있을 때 박식은 전태식이라는 독지가로부터 뜻밖의 요청을 받았다.

"우리 집에 와서 아이의 그림공부를 도와줄 수 없는가?"

당장 대답하라는 것이 아니고 시간을 두고 생각해서 연락 달라는 것이었다.

전태식은 미술 재료점 주인으로부터 박식을 소개받았다.

박식은 남해 출신으로 고교 졸업 후 진주로 와서 간판 일을 하면서도 미술전람회에 출품하여 특선한 장래가 촉망되는 실력가로 머리가 명석하고 인물이 출중했다.

박식의 행동이 민첩하고 성실해서 모범적인 총각으로 생각됐다.

전태식에게는 과년한 딸이 있었다. 막내아들의 미술지도를 하게 되면 자연스럽게 집에서 자주 만나 서로 정이 들고 연애감정을 느끼면서 결혼까지 갈 수 있겠다는 생각으로 가정교사를 부탁했다.

박식은 전태식의 제안에 온종일 생각해 봤다.

일주일에 두 번씩 밤에 와서 한 시간씩 지도하면 월급 50만 원을 주겠다고 했다. 그의 현재 월급보다 많은 액수였다.

박식은 학생을 가르치는 건 좋은 일이고 학채도 많이 받으니 만족스럽고 해볼 만한 일이라 생각하여 허락했다.

전태식의 속뜻을 모른 채 결정한 박식의 장래에는 어떤 변화가 올까?

박식은 간판 일을 끝마치고 전태식 집으로 갔다.

첫날이라 가족과 인사했다. 어머니와 25세가량의 누나가 있었다.

박식은 호기심이 발동했다.

"따님이 미인이시네요. 무엇을 하시나요?"

초면에 직업을 묻는 것은 실례지만 아가씨는 아무렇지도 않다는 표정으로 미소를 지었다.

"초등학교 선생이에요. 전미라라고 합니다. 잘 부탁해요."

식구들과 수인사를 한 후 박식은 학생 방으로 들어갔다.

"성기야, 오늘부터 그림을 가르쳐주실 선생님이시다."

어머니가 선생님을 소개했는데 아들은 이미 그림 그릴 준비를 해놓고 있었다.

공부가 시작되기 전에 전미라가 인삼차를 들고 들어왔다.

찻잔을 받은 박식은 한 가지가 궁금했다.

"미라씨는 선생님이라 그림을 잘 그리실 텐데 왜 저를 부르셨습니까?"

"아니에요. 저는 그림엔 소질이 없어요. 아버지께서 화가 수준의 선생님을 들이고 싶어 하시니까요."

전미라는 온화한 성격에 말소리도 아름다운 일급 규수였다. 우윳빛 피부, 앵두 같은 입술, 반달 같은 눈썹, 살짝 들어간 보조개… 아름답고 매력적이었다.

박식은 첫눈에 반해버렸다.

그림을 대충 가르치고 돌아온 박식은 자신의 마음을 흔들어 놓은 전미라가 눈에 선했다. 내일이라도 당장 보고 싶었으나 격일 방문이라 하루가 열흘 같았다. 간판을 쓰면서도 머리에는 미라 생각으로 가득 차 있었다. 박식은 그녀 생각에 사로잡혀 간판 일을 조수인 김치로에게 맡겨 놓고 조퇴했다.

허기가 져서 시장 안에 있는 비빔밥 식당에 들렀다.

오른쪽 건너에 젊은 두 사람이 식사를 하고 있었다. 그들이 고개를 돌리는데 상철과 정민이었다. 이전 같았으면 질투심이 발동했을 텐데 전미라를 알게 된 뒤부터 정민은 안중에도 없었다.

박식이 가까이 가서 말을 걸었다.

"상철아, 맛있게 먹어라."

"그래, 고맙다. 혼자 왔냐?"

상철은 미안하다는 듯 물었다.

"그래, 혼자 왔어. 근데 아들은 어디 두고 너희들끼리 왔냐?"

"시골에서 할머니가 오셔서 보고 계셔."

결혼 전 손자를 낳았으나 식구로 받아들여 내왕하면서 양가의 합의를 보았다고 한다. 박식은 차라리 잘됐다는 생각이 들었다.

정민이 상철의 아이를 낳았지만 박식은 정민에 대한 연민의 정을 청산하지 못해 밤이면 그녀 생각에 뒤척일 때가 많았었다. 그러나 이젠 미라가 그런 연민의 사슬을 풀어준 셈이다.

상철과 정민은 아들이 동쪽 방에서 태어났다고 하여 '동민'이라 이름을 지었다. 동민은 막 돌이 지나고 걸음마를 하는 귀여운 아이였다.

그들은 결혼식을 올리지 못했지만 양가의 합의를 거쳐 완전한 부부로 귀여운 아이를 기르며 행복한 나날을 보냈다.

# 국전 도전

박식은 전미라에 빠져 짝사랑의 즐거운 나날을 보내면서 두 번째 도전 준비를 하고 있었다. 지난해의 특선 경험을 살려 혼신의 힘을 다해 작품을 준비하는데, 이 소식을 들은 정민이 찾아왔다.

"박식씨, 도전 준비에 고생이 많으시군요."

"이왕 시작했으니 끝을 보려고 합니다."

박식의 굳은 결의는 이런 말에서 엿볼 수 있었다.

"이왕이면 국전에 도전해 보면 어떨까요?"

"좀 어렵겠지만 한번 도전해 볼까 해요. 지방에서 국전 하기는 매우 어렵다는데, 사실인즉 소문을 들으니 사천에 누구는 열 번 낙방해 실망이 크다고 하던데."

"화가로 살아가려면 국전에 도전해 보는 것이 성취의 과정이 될 수 있지 않을까요. 시작하면 반드시 성공해야죠. 끝까지 도전해서 성공하길 진심으로 바라요."

박식은 용기를 얻어 국전에 도전하기로 마음을 굳혔다.

우선 국전에 맞는 그림을 완성하는 것이 급선무라 최선을 다했다.

그렇지만 서울에 끈이 닿을 만한 지인이 없고, 거기까지 작품을 운반하는 것 자체가 매우 어려워 경험 있는 선배의 조언을 듣기로 했다.

누구나 처음 하는 일은 서툴고 어렵다.

박식은 성공한다는 확신을 가지고 출품작을 그리기로 했다.

무엇보다 소재를 찾고, 좋은 종이와 먹으로 밑그림을 완성하며, 본그림을 그리는 절차를 차질 없이 진행하는 게 긴요하다고 생각했다.

국전 그림을 준비하는 것은 간단한 문제가 아니다.

중요한 것은 그림 주제와 소재인데, 단순하게 아무것이나 그린다면 웃음거리가 되기 쉽다.

박식은 많은 소재를 얻기 위해 선배들의 의견을 수렴하고 타지까지 다니면서 수집한 것 중 하나를 골라 작품을 완성하려 했다.

진주는 천년고도로 고적이 많다.

그러나 다른 작가들이 이미 소재로 많이 이용했기 때문에 진주에서 이를 찾기는 참으로 어려웠다.

"고향인 남해로 가자."

박식은 남해로 방향을 돌렸다.

점원의 신분이라 일요일만 시간이 있기에 당일코스로 세 주째 찾아다녔다. 문제는 고향 남해의 부모와 형제, 많은 지인을 만나느라 생각보다 소재 찾는 데 할애할 시간이 부족하다는 것이었다.

낙심하여 진주로 돌아오는 길에 바다에 정박한 많은 어선들이 눈에 들어왔다.

'아, 이거다!'

어린 시절 경험을 살려 한가로이 쉬고 있는 어선을 그려보고 싶었다.

어선이야 남해가 아니라도 삼천포에 가면 많이 있다는 생각을 했다.

그럼 다음주에 삼천포로 가자.

박식이 상철과 정민에게 삼천포 동행을 권하자 그들은 기꺼이 응했다.

완행열차를 타고 나들이를 하자 점원 생활의 무료함이 사라지고 재미가 쏠쏠했다. 미리 먹거리를 준비하고 빌린 사진기로 차창 밖 풍경을 촬영하면서 그간의 여러 일들과 장래에 대해 이야기하면서 여행을 즐겼다. 시간 가는 줄 모르는 사이 서로의 오해도 풀렸다.

삼천포 여행은 일석삼조가 되었다. 친구와 오해를 풀고, 바닷가에서 어선을 소재로 찍고, 신나는 여행을 하였으니까.

금년에는 만사형통이려나.

상철과 정민이 박식을 배신하고 서로 짜고 살림을 차린 것으로 생각했으나 사실은 그렇지 않았다는 것을 나중에 알았다.

장가가지 않고 나이만 먹어가는 아들이 답답해서 상철 부모는 아들더러 여자가 잠잘 때 어떻게 해보라고 힌트까지 줬다고 한다.

"걔가 괜찮더라. 네가 어떻게든 알아서 해봐라."

손주를 보고 싶은 그들은 수면제를 음료수에 타서 여자에게 마시게 하는 암시를 주었다.

상철은 망설였지만 부모의 제안에 용기를 내었다.

일어난 일은 어처구니없었지만 손주를 보게 된 부모를 생각하니 오히려 잘되었다는 생각이 들었다.

한편 박식에겐 전미라를 만나는 행운이 있어 장래의 이정표가 되었다는 점에서 인생행로가 나쁘지 않았다.

박식과 상철은 친구인데다 같은 직장에서 오래 근무하면서 우정이 깊어져 비밀이 없는 사이였다. 정민을 낚아챈 것이 괘씸하긴 하지만 이제 서로 이해하는 사이가 되었다.

정민과 국전 문제를 함께 고민하며 연구하기로 했다. 아이를 돌보아야 하는 정민은 국전준비는 엄두도 못 내고 다만 박식의 국전준비에 조언을 해주는 정도였다.

박식은 전태식의 집에서 막내아들 전성기를 가르치는 재미보다 밤마다 인삼차를 준비해 갖다 주는 전미라를 만나는 일에 관심이 더 많았다.

미라는 미술 재료점에서 박식이 국전준비를 한다는 이야기를 들었다.

"박식씨, 국전에 도전하시는가 봐요. 열심히 하세요. 저도 힘닿는 대로 도와드릴게요.”

전미라의 목소리에서 상대를 가까이하려는 의도가 느껴졌다.

박식은 싫지 않았다.

“무모한 일인 줄 알지만 언젠가는 해야 할 일이라 열심히 해보려 합니다.”

둘은 자연히 가까워졌고, 토요일 밤 제일극장에서 영화 구경을 하기에 이르렀다.

액션배우 찰스 브론슨 주연의 ‘도망자’가 신의 한 수 기회를 제공했다.

영화에서 총격전이 벌어지는 클라이맥스에 이르자 좌석에 긴장감이 감돌았다.

“아, 아!”

미라의 얼굴이 박식의 어깨를 눌렀다.

순간적이라 박식은 놀랐다. 미라의 손을 잡았다.

부드러우면서 어딘가 단단함을 느꼈다. 아마도 긴장했기 때문일 것이다.

두 남녀는 몽롱한 채로 서로를 안고 있었다. 여자는 황홀하고 행복했다.

총격이 한없이 지속되어도 괜찮다는 듯 두 사람은 가만히 있었다.

연애감정은 남녀 간에 강력한 접착제다.

그들은 자석에 끌리듯 가까워졌다. 이틀에 한 번 가던 개인지도는 매일 가는 것으로 바뀌었다.

# 운명의 교차

최선을 다하는 가정교사를 기특하게 여긴 전태식 사장은 선심을 썼다.

"월급은 30만 원 더 올려주리다."

사업가의 기질은 이런 데서 나오나 보다. 단번에 결정하는 판단력이 반짝였다. 이제 간판 일을 하지 않아도 생활에 여유가 생겼다.

지금껏 정든 간판점을 그만두기가 미안하여 일을 계속하면서 매일 성기의 그림공부 지도에 최선을 다했다. 성기의 실력이 좋아져 하기 실기대회에서 전교 1등을 했다. 덕분에 상여금으로 30만 원을 받았다. 그렇다고 사윗감 굳히기에 들어가는 호의라 생각하고 싶지는 않았다.

경제성장기인 70년대에 예술에 대한 사회적 관심이 높은 것은 자연스러운 현상일까? 특히 조형예술은 음향예술 다음으로 인기가 높았다.

화가들은 가는 곳마다 우대를 받았고, 어느 정도 수준에 오르면 그림의 매매가 활발해져 화가의 생활이 윤택해지기 시작했다.

박식은 아직 화가 지망생이지 유명화가 반열에 들지 않았다. 자연히 생활비는 월급으로 조달해야만 했다.

끝이 되어야 끝인 줄 안다고 했던가.

박식은 미라를 일 년여 동안 사귀면서 정이 들 대로 들었으나 엄격한 가정이라 관계의 틈을 주지 않았다. 박식과 미라는 다정한 오누이 사이처럼 얼굴만 마주치는 것으로 만족해야 했다.

그러던 어느 날.

박식은 청천벽력 같은 소리를 들었다.

미라가 어느 검사와 혼담이 오간다는 것이었다.

전태식은 진주에서 가장 큰 건설업을 하고 있기에 검사 사위가 필요했고, 중매쟁이의 솔깃한 꼬임에 박식을 버리고 검사를 택하기로 했던 것이다.

사업가다운 이익 우선의 발상이었다.

박식은 아무런 힘이 없었고 미라도 속수무책이었다. 양가의 정략적인 결혼이라 외형적으로 부러운 혼사지만 미라는 내키지 않았던가 보다.

설상가상으로 박식은 일 년 동안 준비한 국전에서 낙선의 고배를 마시고 침울한 기분이었다. 하늘같이 믿었던 미라마저 검사에게 빼앗긴다고 생각하니 박식에게는 엄청난 시련이 아닐 수 없었다.

황야가 따로 없었다.

박식은 간판이고 국전이고 모두 팽개치고 어디론가 떠나고 싶은 심정이었다.

미라는 박식에 대한 연모의 정을 끊지 못해 가슴이 메었지만 미약한 자신을 원망할 뿐 아무런 대책을 세울 수가 없었다.

국전 실패와 사랑 실패라는 쌍끌이 절망 가운데 박식이 호소할 데는 미라뿐이었다.

"선량을 빙자한 악질들이 벌이는 굿판에 나와 미라의 사랑이 뭉개져 버렸군. 이 기막힌 현실에 무력한 내 처지가 허망하네."

마음을 시적으로 표현해야 기분이 풀릴 것 같았다.

"박식씨, 미안해요. 우리 의견은 들어보지도 않고 어른들의 욕심에 우리 사랑은 망가지나 봐요."

박식의 팔을 잡은 미라의 손이 떨렸다.

"우리의 인연은 여기까지인가 보네요."

박식은 결심한 듯 흔들림 없이 말했다.

"박식씨, 저의 마음은 떠나지 않았어요. 어딜 가든지 행복하세요."

그녀의 말이 귀에 들어올 리가 없었다.

아름다워질 뻔한 사랑은 이렇게 끝이 났고 인생 파도는 방파제에 부딪혀 부서지기 시작했다.

박식이 운명의 회오리바람에 정신 못 차리고 있을 때 상철은 3층 건물에 간판을 달다가 실수로 떨어져 병원에 입원하여 사경을 헤맨다는 연락이 왔다.

"잘못되면 민정과 아들은 어떻게 되지?"

생각만 해도 끔찍했다.

박식은 자신이 황파에서 헤매고 있는데 상철까지 그 파도에 같이 올라탔다고 생각하니 눈앞이 캄캄했다.

병원으로 달려갔을 때 간판점 주인과 정민이 울고 있었다.

상철은 의식을 회복하지 못하고 산소마스크를 단 채 처참한 상태로 누워있었다.

"가난한 부부에게 어떻게 이런 일이?"

박식은 하나님도 무심하다는 생각이 들었다.

신이 내가 행복해지는 걸 방해하려는 것일까? 박식은 부르짖고 있었다.

상철의 사건을 몰랐다면…, 박식은 모든 것을 버리고 김삿갓처럼 전국을 떠돌며 마음의 상처를 씻어보리라 결심한 적이 있었다.

상철의 사고로 정민이 실의에 빠진 모습을 보자 차마 떠날 수가 없었다.

"만약, 만약의 경우, 상철이 회복하지 못하면 민정과 아들의 생계는 누가 책임지지?"

세상 때가 묻지 않은 박식으로서는 차마 떠날 수 없었다.

갑자기 사고를 당하여 직장마저 그만두게 된 상철의 문제가 계속 마음에 걸려 어쩌지를 못하는 처지가 되었다.

상철은 병원 치료 일주일 만에 불귀의 객이 되고 말았다.

정신을 잃고 통곡하는 정민 옆에서 박식도 따라 통곡했다.

신은 왜 애석하고 참담한 사연을 만들고 있을까?

박식은 자신보다 정민의 일이 더 난감했다.

상철을 하늘로 보낸 후 가족과 친척들이 모인 자리에서 상철의 어머니는 며느리에게 말했다.

"손자 동민은 내가 키울 테니 청춘이 만 리 같은 너는 재가를 하거라."

슬픔이 가시지 않은 정민은 아이의 엄마로서 재가는 엄두도 내지 못했다. 대신 당분간 박식의 집에서 살기로 했다. 어려운 처지이지만 마음이 안정될 때까지 서로 위로하면서 도움을 주겠다는 박식의 제의가 받아들여졌다.

친구를 잃은 박식과 남편을 잃은 정민은 서로를 이해할 수 있는 사이로 한 지붕 아래 함께 살기로 했다.

방인근의『사랑』이라는 소설에 "사랑하는 사람과는 살 수 없고, 살기 싫은 사람과 살게 하는 조물주가 원망스럽다"는 구절이 있다.

박식과 전미라는 사랑했으나 갈라섰고, 검사와 전미라는 사랑하지 않으면서 결혼하여 발령지에서 무료한 나날을 보내고 있다.

박식과 정민이 생각지도 않게 같이 살게 된 것이 신의 장난인가.

슬프고 참담한 상황에서도 박식은 국전준비를 다시 시작했다.

지방에서 국전에 출품하는 게 대단히 어려운데, 미술 재료점에서 여러 출품 작가들을 모아 협동으로 출품하는 일을 주선해 주었다. 사전에 화가들끼리 작업에 협조하도록 도와주었다.

박식은 열 살 선배인 김태식을 만나 조언을 받게 되었다. 김 화백은 3년 전 국전에 입선하고 지금도 국전작품을 하는 경험자라 큰 도움이 되리라는 생각으로 극진히 모셨다.

박식은 금년 30세 노총각이면서 국전을 마치고 장가를 들겠다는 야심찬 결심으로 혼자서 생계와 공부를 병행했다.

정민은 27세에 남편과 사별하고 아이를 고향의 할머니에게 맡긴 채 생계를 위해 시장통에서 옷가게 점원으로 취직했다. 미술활동을 계속하고자 밤이면 박식의 화실에 와서 도전 준비를 했다.

서로 단점을 보완하고 색채를 도우며 두 사람은 측은지심으로 의무를 다했다. 짧은 시간인지 모르지만 두 사람은 변화의 소용돌이에서 자기 자리를 찾아가고 있었다.

일하거나 혼자일 때 박식은 종종 김소월의『진달래꽃』시집을 펼치며 마음을 달래곤 했다.

나 보기가 역겨워
가실 때에는
말없이 고이 보내 드리오리다.

영변(寧邊)에 약산(藥山)
진달래꽃
아름 따다 가실 길에 뿌리오리다.

가시는 걸음 걸음
놓인 그 꽃을
사뿐이 즈려 밟고 가시옵소서

나 보기가 역겨워
가실 때에는
죽어도 아니 눈물 흘리오리다.

젊은 시절 사랑하던 사람과 이별해야 하는 가슴 깊숙한 곳의 슬픔을 만져주는 약시(藥詩)라고 생각했다. 마음이 울적하면 이 시를 혼자 중얼거리는 습관이 생겼다. 떠나보내는 슬픈 가슴을 쓸어주기 때문이다.

우울하고 저린 마음을 가누지 못해 방황하다가도 김소월의 시를 붙들면 차츰 편안해지는 자신을 발견하게 되었고 또 시가 좋아졌다.

정민과 박식은 자연히 예술적 미학을 논하는 친구가 되고 있었다.

마음의 상처를 치유하는 가장 좋은 약은 믿음과 사랑이다. 그들은 말하지 않아도 서로의 상처를 자연스럽게 치유하고 있었다.

일시적으로 불타는 정열의 폭발은 막을 수 없으나 그 열기가 식으면 정상적인 상태로 돌아오곤 했다.

# 동양의 나폴리

충무지청으로 부임한 남편을 따라 미라는 충무로 이사한 다음 동양의 나폴리라는 충무항의 절경에 취해 여기저기 다니며 구경하느라 바빴다. 횟집과 구미에 맞는 음식점을 찾아다니며 식도락을 즐기기도 했다.

그러나 시간이 흐를수록 진주 생활이 그립고 부모 형제가 보고 싶다는 생각이 들면서 박식의 소식이 궁금했다.

남편 송치구 검사에게 진주에 다녀오자고 말했다. 토요일에 가서 일요일 오후에 오기로 하고, 미라는 결혼 5개월 만에 고급 해물을 사고 약간의 선물을 준비하여 남편과 진주 친정으로 갔다.

"마음이 왜 이렇게 울렁거리지?"

그날 밤 박식이 동생의 미술지도를 위해 집으로 온다는 이야기를 들었기 때문이다.

송 검사는 장인 장모에게 인사하고는 진주지검 친구를 만나러 시내로 나가고 미라 혼자서 박식이 오기를 기다리고 있었다.

그런데 그날 밤 박식은 오지 않았다. 미라를 만나면 마음에 상처가 클 것 같아서였다.

미라는 다음날 남편만 충무로 보내고 하루 더 쉬기로 했다. 박식은 미라 생각에 시달리면서 자신의 초라함에 분노마저 솟아 밤새 잠을 이루지 못했다.

이튿날 미라가 떠난 줄 알고 미술지도를 위해 박식은 성기 집으로 갔다. 성기 방에 들어섰는데 뜻밖에 미라가 있어 놀라우면서도 반가웠다.

미라가 환한 미소를 지었다.

"오랜만이에요, 박식씨."

미라와는 시집간 후 첫 만남이다.

박식은 대답하지 않았다.

미라의 눈에 눈물이 감돌았다. 박식도 따라 눈물이 나려 했다.

그동안 쌓였던 사모하는 마음이 눈으로 몰리는 기분이었다.

미라와 이별의 상처가 깊었을 때 정민과 동거로 한풀이를 했지만 미라를 만나는 순간 자신의 행동이 후회스러워 가슴에 비수를 맞은 것처럼 아팠다. 마음의 고통이 이성을 흔들어 놓았다.

성기의 미술지도를 마쳤을 때 더 놀고 가라는 미라의 말을 외면하고 집을 나왔다.

이후 박식은 정민을 만나는 것이 시들해지고 미라 생각만이 머릿속을 가득 메웠다. 아무런 일을 할 수 없을 정도로 무기력한 나날을 보내고 있었다.

"차라리 눈물이라도 흘리지 말걸…."

참을 수 없는 회한이 마음에 똬리를 틀고 있었다.

며칠 후 정민에게 충무로 가서 간판점을 내자고 제안했다.

점포를 얻을 자금은 없었지만 정민을 동업자로 해서 작은 점포를 얻고 정민을 외무사원으로 쓰려고 마음먹었다.

"미라를 보기 위해 그러지?"

정민은 박식의 속셈을 알면서도 그동안 정이 들었고 혼자 지내기가 외로워 박식의 제안을 들어주기로 했다.

정민은 상철의 사망보상금으로 받은 얼마간의 자금이 있었다.

충무에서 간판점을 열고 동거하면서 박식은 하루 한 번씩 먼발치에서라도 미라를 보고 싶었다.

송 검사가 퇴근할 때 박식은 미라의 집을 알아두었다. 매일 자전거로 한 번씩 돌곤 했으나 미라에게 접근해 분란을 일으키고 싶은 마음은 없었다.

일상은 정민과 그런대로 행복했다.

정말로 아름다운 사랑은 상대를 편안하게 하고 멀리서 바라만 봐도 행복한 것일까?

충무에서 자리 잡은 박식은 국전준비는 당분간 엄두도 내지 못했다. 하루하루 야릇한 행복감으로 묘한 줄다리기를 하고 있었다.

미라는 박식이 충무에 사는 줄 모르고 진주의 그가 보고 싶어 허전해지는 마음을 달래곤 했다.

박식의 간판 솜씨가 탁월하고 정민의 외무 수완이 좋아 일감이 많아지고 충무의 많은 상점에서 간판을 고쳐 달기 시작했다. 박식의 간판 쓰기 솜씨가 뛰어나고 색채도 아름답고 독특해서 한번 보면 기억에 남는다고들 했다.

미라는 진주에 있을 때 박식의 간판을 많이 봐서 한 번만 봐도 알 수 있다.

어느 날 미라가 시내 구경을 하다 예전에 본 박식 스타일의 간판이 보이자, 이상하다는 생각이 들었으나 그날은 그냥 지나쳤다.

그러던 어느 날 시장 보러 갔다가 그녀는 눈에 익은 간판을 보게 되었다.

"참 이상하네. 진주에서만 볼 수 있는 간판이 충무에도?"

혹시나 해서 진주 친정에 전화해서 물어봤다.

그러나 어디론가 가버려 그의 행방을 모른다는 대답이었다.

"내 촉이 보통은 아닌데…."

중얼거리며 혹시 충무에 와 있을 수도 있겠다는 생각으로 비슷한 간판이 있는지 시내를 돌아다녀 봤다.

남편 보약을 지으려고 사량도한의원에 들렀을 때 병원 간판이 새로 바뀐 것을 알았다.

간판을 어디서 했느냐고 원장에게 물었다.

"진주에서 온 젊은이가 간판 글씨를 잘 쓴다는 소문이 있어 갈아야 할 때가 돼 새로 했습니다."

원장의 대답이었다.

"간판이 아주 좋습니다. 간판집이 어디라고 하던가요?"

"정확히는 모르지만 남산공원 근처 봉산초등학교 입구 어디쯤이라고 합디다."

미라는 감을 잡고 다음날 남산공원을 구경할 겸 봉산초등학교 입구로 갔다. 물론 약간의 변장을 했다. 아무도 알아보지 못하게.

근처에서 이리저리 살피고 있을 때 골목길 빈터에서 박식이 간판을 쓰고 있었다.

당장 달려가서 반기고 싶었으나 만나면 괴롭고 정민이라는 여자가 알면 문제가 더 복잡해질 것 같아 그녀는 먼발치에서 지켜보다 돌아왔다.

"그가 왜 충무로 왔을까?"

미라는 여러 가지 생각을 해봤으나 궁금증은 커지기만 했다.

다음날 또 그곳을 가보았다.

이상하게 간판집의 문은 닫혀 있고 주변에 간판 도구만 널려 있었다. 참으로 이상했다. 어제만 해도 박식은 여기서 간판을 쓰고 있지 않았던가.

이웃집 노인에게 물어봤다.

대답은 충격적이었다.

"어제 골목에서 다투는 소리가 나서 나가봤더니, 동네 건달들이 나타나 그 양반과 시비를 걸며 싸움을 벌였더랍니다."

“싸울 때 무슨 말을 하던가요?”

미라는 침착하게 물었다.

“진주 놈이 여기 와서 남의 밥줄을 끊어놔? 당장 진주로 꺼져, 새끼야.”

불량배가 소리치자 갑자기 간판 점원이 몽둥이를 들고 나와 불량배들을 두들겨 패서 오히려 상처를 입혔는데, 이웃이 신고하여 경찰이 연행해 갔다고 노인은 설명했다.

어디든 텃세가 있기 마련이다.

현지 간판점에서 사주한 것이 틀림없다.

퇴근하고 돌아온 남편에게 미라는 간판점 이야기를 하면서 한번 알아보는 것이 어떻겠냐고 말했다. 남편 송 검사는 의아하게 생각하며 그러겠노라고 했다.

다음날 송 검사는 출근하자마자 경찰서로 전화하여 사건을 누가 사주했는지 철저히 조사해서 보고하라고 했다.

# 영역 싸움

미라는 송 검사를 설득해서 박식을 무죄로 만들고 싶었다.

형사는 목격자를 찾기 위해 이웃 사람들을 하나하나 찾아다녔다. 건넛집 노인이 싸움하는 걸 봤다고 진술했다.

형사는 두들겨 맞은 불량배들을 경찰서로 데려가 족쳤다.

"어떤 놈이 사주했는지 불어라."

돈 받기로 하고 시키는 대로 한 불량배들은 "우린 봐주겠지" 생각하며 바른대로 실토했다.

폭력을 사주한 토속 간판점 주인이 소환되었다.

"겁만 주라고 했는데 폭력까지 갈 줄은 몰랐습니다."

그는 변명을 이었다.

"오히려 불량배들이 맞은 건 주먹대응을 하지 않았기 때문이 아닐까요?"

간판점 주인 말 대로 사건을 처리할 리는 만무하다.

형사는 이미 목격자의 진술을 받아 놓았다.

검찰은 지역사회의 안정을 위해 이번 기회에 불량배를 일망타진할 것을 경찰에 지시했다. 형사들은 그동안 은밀히 파악해 두었던 불량배들을 모조리 잡아들였다.

조서에서 박식의 진술은 달랐다.

예닐곱 명의 건장한 깡패들이 나타나 무조건 주먹질을 하면서 충무를 떠나라고 하여 화가 치밀어 몽둥이로 휘두르다 보니 몇 사람이 맞았다고 설명했다. 1대 7의 격투에서 혼자서 죽음을 각오하고 억센 깡패들을 대항한 것은 정당방위였다고 주장했다.

“그나마 몽둥이 덕분에 제가 여기 살아 있는 거 아닙니까?”

박식은 힘주어 말했다.

태권도로 연마된 박식은 단단한 몸으로 싸움에서 한가락 하는 편이었다. 1대 3이라면 해볼 만한 싸움이었지만 떼거리에서는 사정이 달랐다. 간판 쓰기에서 팔에 힘이 붙었고 태권도에서 기민함이 보태졌지만, 무서운 것은 칼이나 무기요 보복이었다. 불안하면 충무를 떠나겠다는 계산이 몽둥이를 휘두르는 용기를 주었다.

힘 좋은 청년이 간판용 각목으로 휘두르니 상대는 가까이 들어올 수가 없었다. 넓은 공터는 마음대로 휘두르며 싸울 수 있는 무대가 되어 장소 덕을 봤다. “아이고 죽겠다”며 쓰러지는 자가 있자 상대는 한꺼번에 달려들지 못했다.

미라가 남편을 통해 손을 썼다는 사실을 모르고 박식은 어쩐지 일이 술술 풀려 만사형통이라는 생각이 들었다.

간판점 주인과 주먹을 휘두른 불량배 5명은 구속되고 나머지는 불구속 입건으로 사건이 마무리되었고, 경찰은 마을 불량배를 일망타진한 공으로 표창장을 받았다.

일상으로 돌아온 박식은 주문한 간판을 달아주며 안정을 찾았다.

그렇지만 어떤 일이 생길지 모른다는 불안한 마음은 가시지 않았다.

미라가 남편의 독려로 박식에게 작은 도움을 준 것은 하나의 보람이기도 했다.

박식은 모처럼 여유를 가지고 정민과 진주에 다녀오기로 했다.

급히 충무로 오느라 진주의 지인이나 성기 집에도 알리지 않고 왔기에 미안함이 있었다.

전태식 사장에게 여러 일을 이야기하고 죄송하다고 말했다.

그렇지 않아도 그는 박식이 충무에 가서 간판점을 한다고 하여 혹시 미라를 만나는 건 아닌지 걱정까지 했다.

'이놈을 진주로 데려와야지.'

전태식은 박식을 진주로 오게 할 방도를 찾고 있었다.

진주로 오면 좋은 길목에 간판 점포를 무상으로 얻어 주겠다는 제안을 했다.

박식으로부터 자초자종을 들은 정민이 먼저 밝은 얼굴을 했다.

"잘되었네요. 점포 공짜로 얻고, 국전준비하고, 일거양득 아닌가요?"

정민은 내심 한 명의 연적이 사라지는 것에 더 기뻤다.

한편 연인을 만날 수 없게 되는 박식으로선 반대의 기분이었다.

진주에 와버리면 미라는 만나기 어렵다. 얼굴이라도 보면서 마음에 위안을 받았는데 그녀를 만날 수 없을 것이라 생각하니 망설여졌다.

그러면서 박식은 현실로 방향을 돌리고는,

"그래야겠지?" 정민에게 말하고 말았다.

충무에서 점포를 정리하고 진주로 옮긴 것은 한 달 뒤였다.

정민을 먼저 진주로 보내고, 모든 것을 정리했다.

마지막 날 미라를 만났다.

전화번호를 모르기 때문에 시장 가는 길목에서 기다리다가 그녀를 만났다. 부근 다방으로 갔다.

"미라씨를 만나러 충무로 이사 왔으나 뜻을 이루지 못하고 다시 진주로 돌아갑니다. 작별 인사하러 왔습니다."

박식의 입에서 고백이 튀어나오고 말았다.

"제가 있는 곳을 알고 계셨군요."

"알다마다요. 그래도 검사님 사모님을 만나기는 쉬운 일이 아니었지요."

"저 때문에 충무까지 오셨는데 업자의 보복도 당하시고… 박식씨, 미안해요."

"보복당한 것은 어찌 아셨나요?"

"간판점을 찾아갔을 때 불량배들과 싸워 경찰에 연행되었다는 주민들의 말을 들었지요. 남편에게 경위를 알아봐 달라고 부탁했고요."

이런 면에서 박식은 세상을 너무 몰랐다는 생각이 들었다.

"어쩐지 일이 잘 풀린다고 생각은 했습니다만."

"박식씨를 도울 수 있는 방법이 그런 것밖에 더 있겠어요?"

"일이 잘 풀려 재수가 좋다고만 생각했는데… 내가 바보로군요. 어쨌든 고맙습니다."

미라는 북쪽을 향한 창문을 바라보았다.

"저희는 조금 있으면 서울로 이사해요. 서울로 전보 발령이 났어요."

나중에 안 일이지만 그녀의 남편 송치구는 서울중앙지검에서 근무하는 선배의 주선으로 그의 부하로 들어가게 되었다.

"꽃피는 삼월이면 서울로 갈 거예요. 이젠 몽둥이 짓은 하지 마세요."

두 사람은 모처럼 웃었다.

# 뿌린 씨앗들

박식과 정민은 동거하면서 작은 일이라도 서로 의논하는 사이가 되었다. 비록 결혼한 사이는 아니나 신혼처럼 사랑과 젊음을 불태우는 일을 주저하지 않았다.

긴장과 초조, 스릴의 연속인 충무 생활을 청산하고, 진주에서 새 둥지를 틀고 간판 일과 국전준비를 다시 시작했다.

전태식이 마련해 준 점포에서 간판 일로 생계를 꾸려가고 화가로서 기반을 구축해나갔다.

진주에서 안정을 찾아갈 때 가을 도전이 열렸다.

박식은 도전 특선과 국전 입선 경력이 반영되어 도전심사위원으로 위촉되었다.

이때 정민은 도전에 출품하여 입선을 했다. 특선도 가능하나 남의 눈치도 봐야 하므로 입선으로 만족했다.

박식과 정민의 동거는 열정이 넘칠 때가 있었다.

"피임약은?"

약을 강조하면서도 촘촘하게 챙기지 못해 그만 임신하고 말았다.

미술활동에 간판 일로 아이를 키우는 것은 무리일진대 정민은 아이를 낳겠다고 고집했다.

아기를 키울 여유는 없으나 박식과 동거의 끈을 다잡는 고리가 될 수 있어 정민은 결심을 굳혔다.

상철의 아이는 상철의 어머니가 키우고 있었다. 정민은 가끔 만나고 오는 정도였다.

박식의 아이를 어떻게 키울지 출생 전에 생각해 봐야 했다.

미라가 서울로 이사하고 철쭉이 붉음을 토해낼 무렵, 박식의 국전 출품이 임박해 왔다.

지방 미술협회 동료 5명이 출품하기로 했다. 함께 차를 대절하여 현대미술관에 출품하고 오후에 돌아오기 위해 새벽에 출발했다. 출품 협조를 위해 동료 한 명과 박식이 서울로 갔다. 박식은 서울 사정을 알아볼 참이었다.

서울 생활을 시작한 미라는 남편이 출근하면 서울의 명소를 찾아 구경하거나 지인들과 만나 외식을 하곤 했다.

추석이 가까운 어느 날 오전 그녀는 덕수궁 석조전을 구경하고 있었다.

"저 사람이 누구지?"

차에서 대형작품을 내리는 한 사람을 보았다.

박식이었다.

한번 만나고 싶었던 차에 반가웠다. 출품하고 나올 때까지 기다렸다.

미라를 본 박식은 우연의 만남에 국전 출품을 알고 왔냐고 물었다.

"그냥 고궁 구경하러 왔는데 이렇게 만나네요."

미라는 '우연이 잦으면 필연이 되는가' 하는 생각이 들었다.

서로를 망원경으로 봐주는 우주인이 있기라도 하단 말인가.

박식은 동료를 먼저 보내고 서울에서 하룻밤 자고 가기로 했다.

박식은 종로 청진동 영남여관에 투숙했다.

투숙 장소를 미라에게 알려주었더니 다음날 여관으로 찾아왔다.

이산가족도 아닌데 누가 먼저랄 것 없이 서로를 부둥켜안았다.

처음 영화관에서 손잡았던 느낌이 살아났다.

폭풍이 배를 덮치는 광경.

욕망이 이성을 짓밟는 순간, 일은 번개처럼 일어나고 말았다.

박식의 인생에서 최대의 사건으로 기록되어야만 했다.

'검사의 아내는?'

신문의 가십으로 등장하지 않기를 바랄 뿐이다.

다음날 진주로 돌아와 국전 소식을 기다렸다.

그런데 국전 발표는 출품자 전원이 낙선했다는 소식이었다.

일 년을 다시 기다려야 하는 안타까움으로 일손이 잡히지 않았다.

이럴 때마다 재도전의 결심은 샘물처럼 솟았다.

나는 새도 떨어뜨린다는 막강한 검사의 아내와 만들었던 사건.

동거하는 정민을 임신시킨 사실.

불륜이냐 로맨스냐를 구분하는 것은 갑의 위치에 있는 자의 권한 같기만 하다.

그날의 일을 기억에서 지우려고 각오를 다졌다.

정민에게만 집중하려 했으나 머릿속에는 오매불망 미라의 생각으로 가득 찼다.

세월이 약이라고 했던가.

정민에게 신혼의 사랑을 쏟았다. 그녀는 임신으로 몸이 무거워지기 시작했다. 박식은 다짐했다.

'정민에게 잘해줘야지.'

그런데 정민에게 하늘이 무너지는 소식이 왔다.

할머니가 키우던 상철의 아들이 교통사고를 당해 사망했다는 것이다.

세상이 쉽게 무너지는 방법도 있구나.

정신을 잃었는데도 정민은 배 속의 아기가 꿈틀거리고 있음을 느꼈다.

"그래, 나는 살고 말 거야."

한 아이를 잃고 다른 한 아이를 키우겠다는 엄마의 본능이기도 했다.

# 호사다마

미라는 박식과의 하룻밤 추억을 잊을 수 없었다.

고궁, 전시장을 돌아다니면서 마음의 평정을 찾으려 애썼다.

남편은 새 정부 출범으로 폭증한 일을 처리하느라 쉴 틈이 없었다. 그럴수록 그녀는 더 외로워지면서 여자로서 초라함마저 느껴졌다.

남편의 버팀목 덕분인지 친정아버지의 사업은 번창했다. 다소 위로가 되었다.

승승장구하던 송 검사에게 사고가 발생했다.

강원도에서 일어난 정치사건을 처리하기 위해 경춘가도를 달리다가 차가 언덕 아래로 곤두박질쳤다. 가속으로 커브를 돌던 중 가드레일을 들이받고 추락한 것이다.

운전사가 현장에서 즉사하고 송 검사는 중상을 입고 춘천병원에 입원했다.

소식을 듣고 늦은 밤 병원으로 달려간 미라는 남편의 빈 병상만 보았다.

그는 서울의 큰 병원으로 옮겨졌다고 한다. 뇌를 크게 다쳐 춘천에서는 수술이 불가했기 때문이다.

서울 S병원으로 온 그녀는 수술해 봐야 정확한 상태를 알 수 있다는 의사의 이야기만 들었다.

조금 후 시가와 친가 부모가 비슷한 시간에 도착했다.

흐느끼는 소리가 들리는 중에 여섯 시간의 수술이 진행되었다.

"생명은 건졌습니다. 기억이 돌아올지는 조심스럽습니다."

의사는 양가 부모 앞에서 너무 신중한 것 같아 미라의 가슴은 더욱 답답해졌다.

그날부터 미라는 입원실에서 밤낮으로 환자 곁을 지켰다.

양가 부모는 지방으로 내려가고 혼자서 병간호를 했다. 기억을 살리지 못한 남편은 닷새째 되는 날 손가락을 움직이며 희미하게 눈을 떴다.

미라는 반가웠다.

"여보, 정신이 드세요?"

아무런 대답이 없자 그녀는 다시 풀이 죽었다.

그녀는 아버지의 뜻을 거역하지 못해 송 검사와 결혼하여 이 지경에 이르렀다고 후회하는 바보가 되고 싶지 않았다.

지금은 남편의 병간호에만 집중할 때다.

밤이 되면 외로움이 몰려오고 왜 박식 생각이 날까?

법과 도덕이라는 사슬과 가면을 걷어버리고 차라리 죽음을 택하면 어떨까 하는 생각에 자신을 의심해 보기도 했다.

문병객을 받는 자신의 처지가 원망스럽기도 했다.

열흘쯤 되자 환자가 말문을 열었다.

"여기가 어디예요?"

"병원이에요. 서울의 병원. 정신 차려 보세요."

환자는 춘천가도를 달리던 것까지 기억했다. 이후는 기억에서 사라졌다.

미라는 그동안 일어난 일을 소상히 말해주었다. 양가 부모가 다녀가고 지인들도 문병 왔다는 사실도 들려주었다.

진주 부모와 지인들에게 남편이 깨어났다는 소식을 알렸다.

빠르게 회복되어 가던 송 검사는 운전기사의 생사가 궁금했다. 그는 경상으로 지금은 집에서 요양하고 있다고 미라가 거짓으로 말하자 안심하는 표정이었다. 춘천의 정치사건을 물어보기도 했으나 검사직을 수행할 수 있을지는 아직 미지수였다.

40일간의 병원생활을 끝내고 그는 퇴원했다.

정상으로 돌아올 가능성이 있다는 의사의 의견이 고마웠다.

복직이 최종 희망인데 그것도 가능할 것 같다는 의사의 진단이 더욱 고마웠다.

송 검사의 소식을 박식이 모를 리가 없다.

박식이 미라 걱정을 놓지 않는 중에 정민은 힘든 일을 못 할 정도로 배가 불렀다. 아들을 잃은 슬픔 위에 임신한 아기의 모습이 오버랩

되자 정민은 인생이 기구하게 느껴졌다.

그녀에겐 시간이 해결사로 여겨졌다.

여름이 가고 가을이 오자 박식은 국전출품 준비를 마무리했다. 지난해처럼 동료들과 함께 출품하고 돌아왔다.

당락에 마음이 졸여지는 건 당연한데 사흘째에 국전 발표가 있었다. 애석하게 입선자도 없이 모두 낙선의 고배를 마셨다.

왜 이렇게 입선조차 어려울까?

실패를 인정하고 후회 없이 돌아서야 하는데 마음이 왜 이리 무거울까? 혹시 다른 사람들의 그림은 어땠을까?

박식은 국전 전시장을 관람하고 싶어 상경했다.

덕수궁 현대미술관에 전시된 작품들은 한결같이 좋아 보였다. 작품의 수준도 높았다. 안목을 높일 좋은 기회였다. 돌아온 후 잠재된 미술적 수준이 사라지기 전 다음 작품을 준비하고 싶었다.

서울에서 국전 관련 도록을 구입하고 많은 재료를 준비했다. 도록의 여러 작품을 감상하면서 자신의 그림이 상당히 뒤처진다는 자책을 하게 되었다. 그림이 좋아야 입선할 수 있다는 것도 알게 되었다.

박식의 국전 도전은 다시 시작되었다.

동료들과 의견을 교환하고 정민과 의논하면서 두어 달 심혈을 기울인 끝에 그림을 완성했다. 회원이며 선배인 김민식 화백의 작품평을 받았다.

“색채나 구도는 좋은데 전체적인 분위기가 좀 어두워 보여. 사물의 돌출 부분을 흰색으로 보완하면 좋겠군."

김 화백의 조언에 따라 손질하고 다시 평을 듣기로 했다.

출품작이 만족하다 싶으면 출품하기까지는 보통 2, 3개월이 소요된다. 경험자라면 10일 정도로 가능할 수 있고, 보통 작품을 완성하려면 3, 4개월의 손질이 필요하다. 화가가 작품에 심혈을 기울이는 것은 당연하고 이는 작가의 본분이기도 하다. 박식이 노력해야 하는 이유이다.

이 무렵 송 검사는 사고 5개월 만에 정상으로 회복하여 검찰청 인사과로 발령이 났고 새 보직에 대한 적응이 순조로웠다.

미라는 남편의 사고 이후 충격 때문인지 월경이 없었다.

그런데 2개월이 지나자 입덧이 나고 몸이 무거워졌다.

병원 진찰 결과 임신으로 판명되었다.

임신의 기쁨을 공유하고자 그녀는 남편에게 말했다.

"가장 듣고 싶은 소식이군. 당신 고마워."

송 검사는 기쁨을 감추지 못했다.

# 서울 입성

박식이 출품했던 작품이 또 낙선했다. 동료들의 작품도 모두 낙선하여 지방 화단이 술렁거렸다.

지상목표인 국전에서 번번이 실패하자 박식은 다른 대책을 세워야 했다.

"서울 가서 경험자의 조언을 듣자."

정민과 상의한 후 빠른 시일 내에 진주 사업장을 정리하고 상경하기로 했다. 정민은 박식이 서울에서 미라를 만날지 모른다는 생각에 반대하려 했으나 사흘 동안 설득하는 박식의 결심에 흔들리고 말았다.

정민의 허락에도 박식은 서울에 가서 살 일이 막막했다. 자신이 너무 미약하고 부족한 존재로 느껴졌다.

상경만이 작가로서의 위치를 굳힐 수 있다는 생각에 결국 상경을 단행하게 됐지만 현실은 호락호락하지 않으니 걱정이었다.

서울 사대문 안에는 집세가 비싸 구파발 근처 산비탈에 집 하나를 얻었다.

진주 살림을 이곳으로 옮기고 큰길가에 간판점을 얻었다.

여러 간판점을 돌면서 간판 유행을 보니 페인트로 쓰는 함석간판은 줄고 아크릴 간판이 대세였다.

난감한 일이었다.

배운 것이 페인트 간판이라 생소한 아크릴 간판은 기술 부족으로 포기하고 새로운 방법을 찾기로 했다. 자신의 기술이 먹히는 충무와 달리 첨단을 달리는 서울은 어딘가 달랐다.

한 간판점을 찾아갔다.

"무보수로 기술을 배우겠습니다."

무보수에도 그들은 안 된다고 했다.

실망하여 호떡장사라도 해야겠다고 생각하면서 호떡집을 찾았다.

호떡을 사 먹으면서 주인에게 물었다.

"어떻게 가능한 방법이 있을까요?"

주인은 손님을 아래위로 훑어봤다.

"어려울 뿐만 아니라 장소 구하기도 어려워요."

권리금에다 세금을 떼여 쉬운 일이 아니라고 했다.

길거리 호떡장사도 납세의무를 다한다는 사실을 그때 알았다.

박식은 전후사정을 설명하며 정민과 밤새 의논했다. 정민은 국전 욕심 때문에 사전조사도 없이 상경한 자체가 큰 잘못이라며 어깃장을 놓았다.

정민의 제안으로 중계동에 사는 그녀의 사촌 언니를 찾아갔다.

구파발과 중계동은 너무 멀어 같은 서울이 아닌 것 같았다.

전화가 없었으니 주소만 들고 찾아갔다.

삼거리에서 떡 장사를 하고 있었다. 장사가 아닌 작은 떡공장을 차리고 삼거리에 자판을 내고 소도매하는, 지역에서는 제법 알려진 떡집이었다.

기술을 알려줄 테니 불광동이나 구파발에서 한번 해보라고 했다. 만약 장사가 어려우면 취직해도 좋다고 했다. 별로 기술이 없는 터라 취직도 어렵다고 생각했다.

인생이란 허송세월을 마냥 허락하지는 않는가 보다.

인사동 전시장과 화랑을 찾아다녔다. 한 화랑에서 동양화를 보았는데 나도 그리겠다는 생각이 들었다.

재료를 사고 그림을 그려서 다시 찾아갔다.

"저의 그림을 보시고 좀 팔아주십시오."

그림을 보자 화랑 주인은 질문부터 했다.

"국전에 입선이라도 했습니까?"

"예, 한 번 입선 했습니다."

"그러면 10호를 열 점만 그려서 가져와 보세요."

이때부터 화랑을 돌아다니면서 좋은 그림을 보고 머리에 새겼다. 돌아와서 정민과 연구하며 열심히 그렸다.

닷새 동안 그려서 화랑에 가져갔다.

그림을 본 주인은 외상으로 주면 액자를 만들어 한 번 팔아보고 주문하겠다고 했다. 그나마 다행이었다.

집에 와서 불철주야 그렸다. 지방에서 그릴 때와 달라야 한다는 생각은 당연했다.

주인의 소개로 최근 잘 팔리는 화가 청운 변영훈 선생 댁을 찾아갔다.

청운 선생은 처음 보는 청년인데도 반갑게 맞이했다.

"어디서 왔나요?"

"지방 초보 작가입니다. 선생님께 그림을 좀 배우고 싶어 실례를 무릅쓰고 왔습니다. 제자로 받아주시면 열심히 하겠습니다."

진주에서 간판 일을 하다가 그림 전시장에 가본 후 화가의 꿈을 키웠고, 열심히 하다 보니 도전 특선과 국전 입선을 했다는 말도 했다. 상경하여 그림 일을 하다가 화랑에서 청운 선생의 그림을 보고 배우고 싶다는 생각이 들었다고 덧붙였다.

박식의 말을 다 들은 노화백은 조언을 빠뜨리지 않았다.

"어려움이 많겠군. 서울 생활이 호락호락하지 않으니 각오가 필요할 거네."

시골에서 상경하여 자신도 어려움이 많았다며 공감하는 이야기를 해주었다.

배려가 고마웠고, 공부하며 옆에서 보기만 해도 도움이 되었다. 화본을 그려주면서 선치고, 먹 쓰고, 운무, 그리고 구도 잡는 방법 등의 설명을 들었는데, 한 번만 듣고 보는 것만으로도 훌륭한 화가수업이었다.

배움의 중요성을 새삼 느꼈다. 그림도 만족스러웠다.

배운 대로 5점을 그려 화랑으로 가져갔다. 짧은 시간에 그림이 완전히 달라졌다고 주인은 칭찬하면서 그림을 구입해 주었다. 구세주를 만난 듯했다.

그림이 돈이 된다는 사실을 생전 처음 깨달았다. 돈이 생겼으니 대가들의 미술책을 사고 도구를 준비했다.

점점 그림이 좋아지자 화랑에서 독점하려고 전속 화가를 제안했다. 아내와 의논해 봐야 한다며 집으로 왔다.

정민의 생각은 달랐다.

"한번 계약을 하면 매이게 되니 잘 생각해 봐요."

한 화랑에 매이면 다른 좋은 거래처를 놓칠 수 있다는 정민의 생각에 따라 전속계약은 연기하기로 했다.

약간의 선물을 들고 평창동 청운 선생의 자택을 방문했다.

그간 있었던 일을 전했다.

전속계약 이야기를 바로 꺼내기가 어려워 예술에 대한 이론이 화두로 등장했다.

"산수화 그리기는 유선무묵(有線無墨)이 되어도 안 되고, 무묵유선(無墨有線)이 되어도 안 되네. 즉 그림에 선만 있고 묵이 없으면 그림이 삭막하고, 먹만 있고 선이 없으면 그림이 무겁지."

선생은 이야기를 계속했다.

"그림에는 음양오행이 있고, 산에도 오성 산수가 있지."

박식이 명심하겠다고 하자 이야기는 이어졌다.

"종이에 앞과 뒤가 있듯 먹에도 7색이 있고 진묵과 담묵으로 구분한다네."

먹이 들어가야 색을 중화시키고 무게가 생기는 법이라고 했다.

짧은 시간이지만 많은 가르침이 있었다.

청운은 덕망 있고 실력이 탄탄하여 국전 심사위원을 역임했다. 화단의 큰 어른이면서 제자가 많은 편이었다.

일주일 연습해서 그린 그림을 들고 다시 청운 선생 댁을 찾았을 때 선생은 새 제자 박식이 영민하여 마음이 흐뭇하다는 표정을 지었다.

박식이 그려온 그림을 펴보였다.

"그림이 점점 안정되어 가는구나. 이제 설채를 잘하면 명품이 되겠네."

선생은 진심을 담아 그림 하나하나 평을 했다.

"그림도 계절이 있다네. 계절이 분명하지 않은 것 같으니 춘하추동 각 계절의 색에 유념하게."

"고맙습니다. 선생님."

한 달쯤 후 선생을 뵈었을 땐 다른 화제가 등장했다.

"오늘은 자네 호를 하나 지어줄까 하는데."

박식은 고맙기도 하면서도 부끄러웠다.

"아직 어린데 호를 써도 되겠습니까?"

"그래도 작가라면 호가 있어야지. 자네 고향이 남해라고 했으니 '남'자를 하나 따고, 서울 은평구에 사니 '은'자를 따면 되겠군. 그럼 남은(南恩)이 어때? 남쪽에서 은혜를 입고 왔으니 안성맞춤이네."

그날로 그는 '남은' 박식이 되었다.

서울에서 박식은 본격적인 화가생활을 시작하게 되었다.

인사동 화랑에서 남은의 그림이 주목받자 가끔 주문도 있었다.

한편 정민은 사내다운 옥동자를 출산했다.

박식이 서울에서 작가로서의 입지를 굳히면서 귀여운 아들까지 얻었으니 금상첨화는 이때 적합한 말인 것 같다.

# 출생의 비밀

서울올림픽이 개최되는 1988년 입춘이 살포시 지난 무렵, 송치구 검사는 대검 중수부의 강력계장으로 승진했다.

지방출신 검사로서는 막강한 권력의 중심에 서게 되었다. 대인관계가 원만하여 그의 주위에는 사람들이 많이 모여들었다. 지방 향우회 모임에서 내빈소개를 받는가 하면 일부러 인사를 다니려는 사람도 많았다.

지방에서 사법고시 출신은 결혼 적령기라면 부잣집 사윗감 일순위요, 은퇴 후라면 전관예우 변호사의 위세를 부릴 수 있다.

송 검사는 큰 사고를 이겨내고 신작로 같은 인생을 살면서 승승장구했다.

한 살이 된 남자아이는 가문의 보배다.

그런데도 미라의 마음은 편치 않았다.

태어난 옥동자가 아빠 송 검사를 닮지 않았다는 사실 때문이다.

미라만이 아는 비밀로 아이가 실수로 태어났음을 눈치챘다.

비밀이 자신과 관련돼 있다는 사실도 모르고 박식은 국전준비를 위해 청운 선생과 상의하느라 여념이 없었다.

"선생님, 저의 지상목표는 국전 특선입니다. 어떻게 준비하면 될까요?"

"우선 소재를 잘 잡고 좋은 종이를 구하여 구도를 잡아 심혈을 기울여 보게. 두어 달 정도면 충분하겠네."

박식은 출품작 연구에 돌입했다.

낮에는 고궁을 다니며 소재 잡기에 바빴고, 밤에는 정민과 작업 연구에 몰두했다.

소재를 위해 창경궁에 들렀다.

통명전(通明殿) 뒤뜰에서 나무 사이로 보이는 통명전 지붕을 찍었다.

청운 선생에게 보였을 때 신선하고 고전적이어서 국전작품으로 전통가옥의 문화적 가치를 예술로 승화시킨 공이 돋보인다고 평하기도 했다.

박식은 국전 출품작을 위해 정민과 협작(協作)에 들어갔다.

선묵(線墨)과 골격(骨格)은 박식이 우세하지만 색을 쓰는 것은 정민이 잘하는 편이다. 두어 달 여유를 가지고 여러 그림을 그려볼까 마음먹었다.

골방에서 큰 작품을 한다는 것은 상당한 인내와 끈기가 필요하다.

예술성과 현장감 있는 작품을 천천히 준비하는 것은 즐겁기도 했다.

정민과 동거하는 관계지만 천생연분의 부부처럼 같은 공간에서 오순도순 살아가는 행복이 이어졌다.

가끔 작품 주문이 들어오면 생활에 여유도 생겼다.

동년배의 추격을 따돌릴 만큼 박식에겐 천부적인 그림 재주가 있었다. 인사동 화랑들이 눈독을 들이는 것도 그 재주를 알아봤기 때문이다.

표구사에서 표구하는 그림을 보고 사겠다는 사람이 생겼다. 수요가 있으면 값은 올라가고, 오른 값은 동거생활을 윤택하게 했다.

여기에 운은 실력을 따라오는지 모르겠다.

D화랑 주인 심태식을 만나고 그의 소개로 청운 선생을 만난 것은 국보급 운이라고 그는 생각했다.

산비탈 작은 가옥에서 서울 생활을 시작했지만 더 넓은 집으로 이사하는 행운이 따랐다. 모아두었던 저금 덕분에 불광동에 서른 평 아파트를 전세로 들었다. 아이가 마음대로 뛰놀 수 있고, 안방과 그림 방을 따로 쓸 수 있어 좋았다.

불광동 아파트로 이사 온 후 부자가 부럽지 않았다.

우선 인사동으로 가는 교통이 편리해서 좋았다.

국전에 출품한 작품이 또 낙선했다.

채점방식의 변경이 박식에게 불운을 안겼다. 행운의 끝일까.

청운 선생이 국전심사위원에게 알아본 결과 금년 심사방법이 예년과 달랐다고 한다. 10점 만점은 반으로 깎아 5점으로 하는 심사제가 화근이 되어 오히려 1점 차로 낙선되었다는 것이다. 심사위원 한 명이 10점을 주었던 것이다. 이 제도는 다음해부터 폐지되었다.

발표해버린 것은 일사부재리라 번복이 불가능하다. 일 년 동안 심혈을 기울인 작품이 허사로 돌아갔으나 하나의 경험으로 생각하고 다음 출품을 준비하기 시작했다.

인사동의 한 유명 화랑에서 초대전 요청이 들어왔다. 국전 소식이 소문이 났던가 보다. 다음 국전까지 여유가 있어 한번 해보기로 했다.

크고 작은 작품 30여 점을 준비하는 중 봄이 되었다.

일요일 정민과 아들 준식을 데리고 덕수궁 현대미술관으로 나들이를 나갔다.

화창한 날씨 때문인지 미술관에는 사람이 많았다.

"이런 일이?"

소리를 지를 뻔했다.

사람 틈에 송 검사와 미라가 아이를 데리고 구경나온 걸 본 것이다.

미술관 앞뜰에서 두 부부는 마주쳤다.

미라는 남편에게 박식을 소개하면서 친정 동생의 그림지도를 해준 분이라고 덧붙였다. 충무에서 간판 관계로 깡패와 싸워 말썽을 일으킨 사람으로는 송 검사가 알고 있을 리가 없었다.

박식은 정민을 아이 엄마로 소개했다.

미술관은 우연의 만남을 제공하는 장소로 느껴지기까지 했다.

'어딘가 많이 닮았다?'

미라는 자기 아이와 박식의 아이를 번갈아 보며 혼자 그런 생각을 했다. 형제를 데리고 나온 기분이었다. 빨리 이 자리를 피하고 싶었다.

송 검사가 눈치챌 리 없다. 물론 박식도 자기 아이라고 생각할 리 없다. 비밀은 미라 혼자 감당해야 하는 문제이다.

집으로 돌아오면서 정민이 박식에게 농담을 걸었다.

"당신은 참 좋았겠다."

"왜?"

"옛 애인도 만나고 든든한 검사 백도 생기고."

계속 대화를 주고받으면 싸울 것 같았다.

# 화랑가의 박식

초대전 전시 준비가 마무리되어갈 무렵 D화랑 주인 심태식이 박식을 미술단체 묵염회 회장에게 소개했다. 회장의 이름은 강영준이었다.

소개의 뜻은 박식의 경력을 화랑가에 알리기 위함이었다. 작품 판매경험이 많은 심태식은 작가의 이력이 중요함을 알고 있었다.

"강 회장님, 좋은 인연이 될지 모르니 박식씨를 묵염회원으로 꽂아 주십시오."

절친한 사람처럼 '꽂아'라는 말을 쓰는 대화가 여유만만했다.

"묵염회원은 국전 입선작가 이상에게만 자격을 주고 있지요."

회장의 자부심은 벌써 말투에서 넘쳐났다.

"마침 잘됐네요. 박식씨가 도전 특선과 국전 입선을 했으니까요."

묵염회의 임시총회에서 박식은 회원으로 승인되었다.

전시작품의 작가 소개 인쇄물의 경력란에 이렇게 올려졌다.

청운 선생 사사

호 남은 박식

1. 1943년 남해 출생
2. 청운 선생 사사
3. 경남 도전 특선
4. 국전 입선
5. 진주 창묵회 회원
6. 묵창회원전 출품
7. 충무 남산간판 대표
8. 묵염회 회원
9. D화랑 초대전
10. 남은(南恩) 동양화 연구실 운영

박식의 경력은 초라하지만 도전 특선과 국전 입선 경력이 있으므로 구입자에게 매력적이기도 했다.

전시회 준비가 끝나자 박식은 미라에게 협조를 요청했다.

"서울에 알 만한 사람 있으면 홍보 좀 해주세요."

미라는 남편에게 도움을 당부했다.

송 검사는 박식이 작은처남 성기의 미술선생인데다 이미 구면이라 도와주는 데 주저하지 않았다.

고향 사람에게도 연락이 갔다.

송 검사는 동료 검사들에게 작품 감상하고 구입해 달라는 전화를 해서 여러 검사들에게 알렸다. 덕분인지 업체에서 화환이 오고 화랑 주인도 첫 전시라 적극 협조했다.

오후 6시 전시회를 오픈했다.

검사 3명, 변호사 2명, 묵염회원 다수가 참석했다.

그림 10점이 매매된 것은 기대 이상이었다.

D화랑 주인 심태식이 인사말을 했다.

"박식 화백은 비록 연륜은 짧으나 재주가 출중하고 장래가 촉망되는 젊은 작가입니다. 작품이 신선하고 전망이 밝아 많이 사두시면 모나리자에 버금가는 걸작의 가보가 되고 또 구매자를 부자로 만들어줄 것입니다. 그럼 협조 부탁해도 되겠지요?"

참석자가 웃는 중에 박식이 주인공으로서 인사말을 할 차례였다.

"서울 거리가 아직 미숙한데 심태식 사장님께서 많이 지도해 주시고 전시회까지 열어주셔서 감사합니다. 소개할 분이 많지만 한 분은 먼저 소개해드리고 싶습니다. 제가 평소에 신세를 많이 져온 분인데, 송치구 검사님을 소개해 드립니다. 박수로 환영해 주십시오."

송 검사는 겸연쩍어했다.

박식이 검사와 친분이 있음이 은연중에 드러난 셈이다.

작은 전시회라도 누가 참석하느냐에 따라 분위기는 달라지는 법이다.

검사와 변호사, 화랑 사장의 참석은 박식의 체면을 빳빳하게 다리미질해 주었다. 미라의 참석으로 박석의 기분은 비단에 꽃을 얹어

놓은 격이었다.

"화가는 이런 맛으로 사는가 봐요."

미라의 코멘트는 박식에게 기쁨의 풍선을 달아주었다.

전시회 수금이 쏠쏠했다.

화랑과의 4대6 배분은 일 년 생존을 담보했다.

예술을 하다 보면 '금강산도 식후경'의 뜻을 깨닫게 된다고 하더니, 이런 여건에서 명작이 탄생하는가 보다.

박식은 작가생활 시작 후 첫 전시의 성공에 자신감이 붙었다. 자신감은 성공을 위한 근육이다. 양보와 겸양은 혈관이라 해도 좋을 것이다. 순수 작가가 되기 위한 과정이다.

진주 시절의 친구 상철 생각이 난 것은 지금 자신의 행복이 너무 커서 먼저 간 자에게 미안한 느낌이 들었기 때문인지도 모른다. 두 사람 몫을 살아달라는 그의 목소리를 듣는 기분이었다.

박식은 상철과 그의 죽은 아들이 눈에 선했다. 그래서 정민을 더 알뜰히 보호해줘야 한다는 의무감이 단단해졌다.

박식은 지금까지 주변에서 일어난 나쁜 일들이 이기주의의 결과이지 운명이라 보고 싶지는 않았다. 철저히 준비하고 노력하는 것만이 운명을 바꿀 수 있다는 생각이 들었다. 그의 경험이 이를 증명해 왔다. 재산도 건강도 운명에 맡기고 싶지 않았다.

"말은 제주도로, 사람은 서울로!"

스스로 파이팅을 하며 운명에 도전하는 포즈도 취해 봤다.

전시회가 끝나자마자 박식은 가족을 데리고 고향 남해로 갈 채비를 했다. 가족이란 정민과 준식을 말한다. 보잘것없던 박식이 이제 쓸 만한 물건이 되었다는 것을 부모에게 보여주고 싶었다.

## 고향 방문

남해로 가는 길에 진주에 들렀다.

친구들을 불러 함께 옛날 간판점을 방문했다. 주인은 인사를 받고 진주에 퍼진 박식의 출세 소식을 자기 일처럼 전했다. 이런 이야기 듣고 기분이 좋지 않은 사람은 없다. 인사동에서 그림이 잘 팔린다면 미래는 이미 서광이 들어선 거와 다름없다.

남해에 도착했을 때 어머니의 버선 한 짝이 뒤에 빠진 것을 보았다. 아들 가족을 본 어머니의 기쁨이 버선 한 짝을 챙기지 못하게 한 것이다.

부모님이 많이 달라졌다.

아들은 본 척 만 척하고 손주에게만 빠져버렸다.

며느리에게 눈길을 돌린 것은 생각보다 빨랐다.

"왜 남의 집 귀한 자식을 과부가 차지했느냐?"

시어머니가 정민에게 노골적으로 말했을 때 정민은 당황했다.

그녀의 목소리가 진정되자,

"그저 미안합니다, 어머니."

부드러운 대답을 할 수 있었다.

박식의 관망 자세는 이럴 때 특징적으로 나타났다.

마루에 걸터앉은 채 어머니에게 아무 대꾸도 하지 않았다.

눈물이 나오려 했다. 정민을 어떻게 위로해야 할까.

손자라는 핏줄이 어색한 장면을 풀어주는 데 결정적 역할을 했다.

아기가 갑자기 오줌을 쌌다. 안고 있던 할머니의 손에 흘렀다.

"대장부답다!"

어머니와 아버지는 곧 손자의 재롱에 빠졌다.

자연스럽게 과부에 대한 원망도 사라졌다.

저녁을 먹고 부모님이 손자를 보는 동안 박식과 정민은 작은방에서 뭔가 심각한 대화를 하고 있었다.

"남해까지 왔는데 그냥 서울로 갈 수 있어?"

박식의 목소리가 너무 컸다.

"난 면목이 없어 못 가겠단 말이에요."

진주 친정에 가지 않겠다는 정민을 설득하는 박식은 진이 빠지는 기분이었다.

"이미 장인 장모께서 우리 사정을 다 알고 계시는데 우리가 안 갈 이유가 없잖아?"

박식은 인내심을 발휘해 말했다.

"그래도 동네 분들이 알면?"

"우린 이제 남의 눈치 보고 살 나이가 아니라고. 더구나 동네 분들은 내 얼굴을 모르니까."

진주 사람이 남해 사람을 잘 알겠느냐는 뜻도 들어 있다.

박식의 주장이 워낙 강해 정민은 순종하는 자세가 되었다.

친정엄마는 딸을 보자마자 손으로 딸의 뺨부터 비볐다.

"이 불쌍한 것아, 어떻게 살았어? 그래도 두꺼비 같은 외손자를 보니 기분이 좋다."

딸이 어떤 잘못을 저질러도 엄마는 관대하다.

장인 장모는 정민의 전남편인 상철과 손자의 죽음을 생각하지 않을 수 없었다. 참으로 불쌍한 것들이었다.

지금은 만감이 교차하는 기분이다.

딸의 실수로 생긴 손자지만 장인 장모는 새 아이로 인해 딸이 슬픔을 잊고 다시 행복 찾기를 바랐다.

"철딱서니 없는 과부를 맡아줘서 고마워." 장모가 말했다.

"어쨌든 둘이 행복했으면 좋겠어."

이번에는 장인이 기다렸다는 듯이 말했다.

고향에 다녀온 후 박식은 모처럼 할 일을 했다는 개운함으로 마음이 편해졌다. 그림에 전념할 수 있는 마음의 근육이 붙은 기분이었다.

화랑가로부터 주문이 쇄도하니 박식은 그림 그리기에 바빴다.

가을 국전을 소홀히 할 수 없다. 국전은 상경의 목적이었으며 인생의 지상목표이기도 하다.

박식은 고향 다녀오느라 그동안 들르지 못했던 청운 선생을 찾아갔다.

"그래, 참 잘했어. 부모님께서 좋아하시지?"

"예, 선생님을 만나 좋은 공부 하고 있다고 말씀드렸더니, 선생님께 고맙다는 인사를 전하라고 하시더군요."

"동양화는 효를 소홀히 하지 않는다네. 고향의 양가 부모님을 찾아뵈었으니 이제 그림에 전념하게."

동양화에서 효라도 찍어내는지 청운 선생은 효를 자주 강조했다. 드라마에서 청학 선생이 효를 강조하는 것을 자주 보긴 했다.

"오늘은 오성 산수에 대한 공부를 하자. 산의 형상이 오성산(五星山)에 있는바, 그 산은 금성산, 목성산, 수성산, 화성산, 토성산 등 다섯이라네. 그래서 오성산은 산수화에서 매우 중요하지."

선뜻 의미가 전달되지 않아 박식은 물었다.

"오성산은 산의 형태를 말합니까?"

"그렇다네. 산마다 운기와 형상이 다르지."

청운 선생은 설명해 나갔다.

금성산(金星山)은 기품이 있고 길격(吉格)이며 부봉사(富峯砂)라 칭하기도 한다. 목성산(木星山)은 산세가 곧고 정수하며 길격(吉格)이라 나무가 무성한 모양이다. 수성산(水星山)은 파도처럼 울렁이고 부드러운 곡선이 많으나 산세가 미끄러지고 지저분하며 흉하다.

화성산(火星山)은 불꽃모양으로 생긴 산형으로 때로 문필(文筆)봉이라고도 한다. 금강산을 그릴 때 쓰이나 보통은 잘 안 쓰는 편이다. 토성산(土星山)은 옆으로 장방형 모양이고 산세가 중후하고 기와집 모양으로 되어 무거운 느낌이 든다. 권부(權富)를 상징하는 덕산(德山)이라 좋은 소재가 된다.

그림을 그리면서 산형을 모르면 여러 산을 섞어 그리게 되고 그러면 그림이 치졸해진다.

설명이 끝나자 박식의 입에서 "명심하겠습니다"는 말이 절로 나왔다.

선생은 다음 공부로 들어가자고 했다.

바위에 대한 공부가 시작되었다.

"바위 그림에는 화성암과 수성암이 있어."

선생은 설명을 추가해 나갔다.

화성암(火成巖)은 지구 내부에서 고온의 마그마가 나와 형성된 것이고, 수성암(水成巖)은 바다나 호수의 퇴적물이 쌓여서 형성된 바위를 말한다.

화성암을 그릴 때는 바위가 둥글고 뭉실뭉실하게 그려야 하고, 수성암은 바위가 떡시루처럼 층이 있으니 옆으로 선을 그리는 것이 요체라고 했다.

"산수의 정수를 배웠습니다."

박식은 많이 배웠고 재미도 있었다고 말했다.

그날부터 산수를 그릴 때 모양에만 치우치지 않고 산형이나 화, 수의 암석을 구분하고 뼈와 살을 잘 조화시키는 방법으로 그렸다. 정말 그림이 중후하고 아름답게 완성되는 것을 느꼈다.

# 비밀의 공유

송 검사에게 어떤 변화가 있었는지 궁금했다.

그는 베테랑급 정치수사 검사로서 승승장구하며 중앙무대에서 핵심 실세로 떠올랐다. 미라의 얼굴이 상류 사교계에 알려지기 시작한 것도 일반적인 흐름이라 생각되었다.

미라한테서 전화가 왔다.

"우리 한번 만나요."

간단하고 덤덤한 말이었으나 박식은 꼭 만나야 하는 어떤 의무감마저 들었다.

장충동 앰배서더호텔 커피숍에서 오전 11시에 만났다.

뜻밖의 약속이라 30분 앞당겨 약속장소에 갔다.

미라 역시 약속시간보다 빨리 나타났다.

오랜만이며 세월이 빠르다는 느낌을 인사말에서 공유했다.

"지난번 전시회를 위해 송 검사님께서 많이 도와주셔서 성공적이었습니다. 고맙다는 말 꼭 전해줘요."

박식이 진심으로 감사했다.

검사, 변호사의 참석으로 어느 전시회보다 빛난 것은 확실했다.

커피가 나오기 전에 미라는 하고 싶은 말을 꺼냈다.

"이번에 남편이 서울 동부지청장으로 승진 발령이 났어요. 지청에 장식용으로 박식씨의 그림을 걸었으면 하더군요."

박식의 반응을 기다릴 때 커피향이 미라의 코에 걸렸다.

종업원이 커피를 가져온 것이다.

"몇 점이나 필요한가요? 그리고 크기는?"

"동부지청에 직접 방문하여 송 검사와 의논해보는 게 좋겠네요. 같이 방문하면 더 좋고요."

그림 이야기는 커피 반을 마실 때 거의 끝났다.

박식을 바라보는 미라의 눈에서 뭔가 말하고 싶다는 것이 느껴졌다.

미라는 말문을 열었다.

"박식씨 우리 애 보셨죠? 느낀 점 없었어요?"

"전혀. 어떤 점이?"

"이목구비가…."

여기에서 미라는 말을 더듬고 있었다.

"박식씨를 닮았어요."

그러곤 입을 다문 채 박식을 쳐다보았다.

박식은 머리를 망치로 한 대 맞은 것처럼 멍했다.

영남여관에서 있었던 그날의 포옹이 번개처럼 떠오르자 박식은 정신을 가다듬었다.

"송 검사는 알고 있나요?"

"남편은 눈치채지 못했어요. 알면 우린 죽습니다."

등골이 얼마나 오그라들었는지 박식은 숨이 막힐 지경이었다.

누가 옆에서 엿듣고 있는지 그는 주위를 두리번거렸다.

동부지청을 방문하는 것은 일단 보류했다.

지금은 위험하다고 박식은 느꼈다.

며칠간 생각한 끝에 약간의 변장을 하기로 했다.

아이는 박식을 닮아 눈썹이 짙다. 송 검사가 이런 박식의 모습을 보면 어떤 연상을 할지 모른다.

박식은 면도기로 눈썹을 희미하게 밀고, 눈가를 검은 섀도로 엷게 화장을 했다.

그날 오후 4시경 미라를 앞세워 박식은 검찰지청을 방문했다.

"영화배우같이 미남이십니다."

섀도 화장 덕분인지 송 검사는 박식을 처음 본 사람처럼 말했다.

비서가 가져온 차가 입에 닿기도 전에 그림 이야기가 먼저 나온 것은 미라가 구매 기회를 놓치지 않으려는 뜻도 있었지만, 남편이 박식을 오래 쳐다봄으로써 아들의 얼굴을 연상시킬까 하는 두려움이 있었기 때문이다.

분위기가 휑해 보이는 넓은 지청장실에 몇 점 걸어두면 좋겠다는 미라의 제안은 자연스럽게 받아들여졌다.

박식이 재료비 가격으로 작품을 공급하겠다고 하자, 송 검사는 "이왕 가져오시는 김에 열 점 정도는 준비하시죠."라는 말로 일을 쉽게 결정했다.

현관에 대형그림 두 점, 각 검사실에 1점씩 걸기로 했다.

그림값은 지역 유지가 전액을 보조하겠다고 해서 만사형통이었다.

납품한 돈으로 아파트를 구입했다.

정민과 아들에게 준 가장 큰 선물이 아닐 수 없다.

선물이 행복 제조기가 되길 바랄 뿐이다.

박식의 서울 생활은 물 흐르듯 했다.

적어도 표면상으로는 그러했고, 그러해야만 했다.

산수화 수업을 받기 위해 평창동 청운 선생을 찾았다.

오늘의 가르침은 그림의 방향성에 관한 것이었다.

"산수화를 그릴 때 남화와 북화를 구분 지을 필요가 있네, 남화는 먹 선이 힘차고 굵으며, 북화는 선이 가늘고 정교하지. 결국 남화는 먹을 많이 쓰게 되고, 북화는 채색 위주로 그리게 되는 것이라네."

집터를 잡는 것도 아닌데 선생의 방향 이론에 박식은 궁금증이 더해졌다.

"남화와 북화의 정신이 다르다는 뜻인가요?"

"남화는 사의(寫意)적 그림이고 북화는 사실(寫實)적 그림이지."

"제가 그리는 것은 남화에 속하겠군요."

“그렇지. 남화는 정신을 중요하게 생각하고, 북화는 사실을 존중한다고 볼 수 있지.”

그림 하나하나에 대한 지식이 늘어나면서 박식의 서울 생활은 점점 익숙해져 갔다.

그림공부로 바쁜 중에도 미라의 아이가 불쑥불쑥 떠오르면 박식은 얽힌 수수께끼를 풀어야 하는 숙제를 안은 기분이었다.

미라의 아들, 아니 송치구의 아들 송민수의 운명이 어떻게 될까?

아니 박식의 아들이 어떻게 될까?

인생은 수수께끼를 풀어야 하는 운명을 타고났는지 모른다.

# 후배 김치로 입성

진주 간판점에서 조수로 일했던 김치로가 서울에 와서 박식을 찾은 것은 이 무렵이었다.

"형님, 저도 그림을 배워보고 싶습니다."

"그림공부는 좋지만 생활비 조달은?"

김치로가 어떤 방책을 가지고 상경했는지 박식은 그것부터 궁금했다.

"간판점에 취직하고 싶습니다만."

"나도 처음 그런 생각으로 간판점을 찾아다녔으나 받아주는 사람이 없었어. 문제는 취직만으로 끝나는 것이 아니고 먹고사는 공간이 있어야 해."

"그래서 형님을 찾아온 거 아닙니까?"

정민과 의논 끝에 김치로가 살 곳을 백방으로 알아보았다.

이웃이 하나 더 생기면 서울 생활이 외롭지 않겠다는 생각이 들었으나, 우선은 생활이 안정되어야만 이웃이 있고 친구가 있을 것 같았다.

허름한 집 하나를 발견했다.

불광동 북한산 등산길 옆에 있는 판잣집이었다.

김치로는 월세 10만 원으로 들어갔다. 젊어서 고생은 사서도 한다지만 방이 너무 작고 좁아서 소개해 준 것이 오히려 미안할 지경이었다.

김치로는 인사동 표구사에 취직했다.

낮에는 표구점에서 일하고, 밤에는 그림공부를 했다. 표구사에서 일하다 보니 그림 시장의 동향을 살피며 화가들도 만나게 되었다.

화가 한 분이 그림을 가져와 표구를 부탁했다. 그림공부를 위해 좋은 작가를 만나고 싶었는데 좋은 인연이었다.

호는 해전(海田), 이름은 김창수(金昌水)였다. 산수화를 그리는 화가로 그림이 꽤 잘 나가는 걸 알게 되었다. 50대 화가로 패기 있고 그림이 좋아 선생으로 모셔도 좋을 듯했다.

"제자로 받아주실 수 있겠습니까?"

몇 번의 만남 끝에 김치로는 용기를 내어 부탁했다.

김 화백은 망설였으나 청년이 인상 좋고 재주가 있어 보여 결국 허락했다.

박식의 화실을 찾아 이론과 실기를 배우고, 김창수를 찾아가 정통 그림을 배우는 김치로는 그림 실력이 상당히 늘었다.

박식에게 자신의 그림을 보여주었다.

박식은 깜짝 놀랐다.

"그동안 많이 늘었어. 아주 좋아."

"형님에 비하면 아직 송사리지요. 아무튼 열심히 하려고 해요. 많이 가르쳐주세요."

김치로는 두 사람의 스승을 가진 셈이다. 해전 김창수와 남은 박식이다. 두 사람으로부터 장점만 배우니 사람들은 그의 그림을 이색적인 작품이라고 칭찬했다.

김치로에게 고난이 닥친 것은 서울에 온 지 5개월 만이었다.

살고 있던 판잣집에 불이 나 잿더미가 되었다. 그림 도구와 살림살이가 모두 타버렸다. 마땅히 갈 곳이 없는 그는 결국 박식의 집으로 갔다. 집을 마련할 때까지 같이 있기로 했다.

뚜렷한 이유 없이 불이 난 것은 좀 이상했다.

등산길 옆 무허가로 서민들의 집이라 관청이 묵인해 주었으나 주민들의 불만이 늘 끊이지 않았다.

밤에 사람이 있을 때 불이 나면 자칫 인명 피해가 있을 수 있어 대낮에 불을 질렀다는 주민의 의견이 나왔다.

경찰이 등산객을 상대로 목격자 조사에 나섰다.

한 50대 여인이 연탄화덕을 들고 나와 쓰레기장에 버리는 것을 보았다는 어떤 노인의 진술이 나왔다. 인화물질이 많은 쓰레기장은 쉽게 불이 붙고 옆집으로 번지기도 쉽다.

인상착의를 들은 경찰은 이웃에서 용의자를 찾아냈다.

"화덕만 갖다 놓았을 뿐 불을 낼 생각은 전혀 없었습니다."

여성 용의자는 부인했으나 경찰은 인정하지 않았다.

결국 범인은 자백했고, 김치로에게 보상해주겠다고 했다.

불구속 처리, 과실 방화 합의조건으로 박식의 집 근처에 전세로 한옥 단칸방을 얻어냈다. 한옥을 수리해서 여러 개의 방을 세놓아 생활하는 할머니가 주인이었다.

이런 걸 전화위복이라고 했던가.

김치로는 새 셋집에서 그림을 그릴 수 있었고, 박식과 이웃하여 사는 즐거움이 있었다. 그의 그림 코치를 받기 쉬워 마냥 신이 났다.

박식의 그림이 한 점에 오만 원이었으나 김치로의 그림은 일만 원에 판매되었다. 그래도 그림이 돈이 된다는 사실에 김치로는 마음이 뿌듯했다. 밤낮 그림에 몰두하는데도 피곤하지 않았다.

김치로가 주경야독으로 그린 그림이 호평을 받고 있긴 하나 경력이 없어 노동의 대가 수준이라 생계가 어려운 실정이었다. 박식의 주선으로 혈혈단신 상경하여 표구 일을 도와주는 게 전부였다.

다만 잘생긴 용모와 훤칠한 키 그리고 까다롭지 않은 성품으로 주위 사람으로부터 호감을 사는 장점이 있었다.

# 국전 소재 찾기

국전준비를 하는 중 박식은 경주의 지인으로부터 초대전시를 열어 주겠다는 제의를 받았다. 혼자서 판단하기 어려워 청운 선생에게 문의했다.

역시 경험자는 다른가 보다.

“전시회는 내년으로 미루고 국전에만 힘을 쏟게. 특선이 되면 전시뿐만 아니라 작품판매에도 크게 도움이 될 테니까.”

선생의 조언은 간단명료했다.

박식은 작품 소재를 찾기 위해 천년고도 경주를 찾았다.

경주에는 초대전을 요청했던 최복식 선생이 있었다. 전시는 내년에 해드릴 것을 약속하고 그림 소재에 도움을 청했다.

미래지향적 이야기를 하는 선생의 안목에 놀랐다.

다음날 경주 남산에 올라 신라시대 바위에 새긴 석불들을 보았을 때 소재의 풍성함에 감탄하지 않을 수 없었다.

신선암 마애보살 반가상, 남산 탑골 마애불상군, 용장사지 마애여래좌상 등 여러 소재를 찾았다.

이곳 경주에서 얻은 소재를 청운 선생에게 보여주고 작품에 맞는 소재 선택을 부탁했다.

"불상은 보통 것보다 엄중하고 신경이 많이 쓰이는 소재라 신중을 기하는 게 좋을 듯하네."

"저는 경주 탑골에서 얻은 마애불상군을 그리고 싶습니다만…."

"좋은 생각이나, 여러 불상을 그리려면 신경 쓰이니 보물 913호인 마애여래좌상이 보기 좋고 그리기도 쉬울 듯하군."

선생의 뜻에 따라 마애여래좌상을 그리기로 했다.

소재를 구했으니 재료 준비와 작업 착수만 남은 것이다.

선생에게 배운 산수화는 밤에 정민과 의논하며 국전작업을 했다.

가끔 시내를 돌아다니며 화랑에서 다른 사람의 그림을 감상하기도 했다.

그림의 종류가 많으면서 과거 그림과 현재 그림이 어우러진 인사동은 볼거리가 많은 곳이다.

한 사람의 그림인데도 청년기와 노년기의 작품이 다르다. 모양도 가격도 다르다. 그림의 진위 판정을 척척해 내는 곳이 인사동이다. 소장가들이 인사동을 많이 찾는 이유는 화랑 주인들이 감식에 밝고 가격에 민감하기 때문이다.

여기에는 고미술 가게와 미술재료상, 표구사가 많다. 화가들이 인사동에 오면 그림 감상은 물론이고 재료 구입이 용이하고 미술정보를 얻기 쉽다. 파리의 오르세라고나 할까. 지방에서 오는 화가들은 인사동에서 목적을 충족하고 돌아가곤 한다.

이곳에 전국의 그림 거간꾼들이 모여든다.

박식은 자신의 그림을 전국에 배포하는 도매상에게 주었다.

먼저 부산의 중소 화랑에 팔아보라고 주었는데 다행히 반응이 좋았다. 대구, 광주, 마산, 진주, 대전, 청주 등 전국에서 그림을 동시에 찾기 시작하면 공급이 어려울 수 있다.

마포의 백모 작가의 집에는 화상들이 그림을 받기 위해 진을 친다는 소문도 있다.

1970년대는 동양화의 황금기.

유명세가 없어도 그림만 좀 좋다고 하면 없어서 못 팔 정도의 호경기였다. 경제가 좋아지면서 가정에 그림 한 점이라도 걸어둬야 체면이 선다는 시대였으니까.

동부지청 송 검사를 방문한 동료들이 청사 여기저기에 걸려 있는 박식의 그림에 감탄을 했다. 그때마다 송 검사는 미화 작업에 조언하고 그림을 소개했다.

한 동료 검사는 서부지청장으로 부임하면서 지청 벽면에 걸어둘 그림을 찾고 있었다. 옆에 있던 지역 상공인이 그림 대금은 자신이 책임지겠다고 했다. 상공인이 대금을 송금하자, 박식은 '그림을 이렇게 팔아서는 안 되는데' 하는 생각이 들어 좀 씁쓸했다.

보통 그림 주문을 받고 완성하는 데 대략 10일 소요되고, 표구해서 설치하는 데는 20일가량 걸린다.

박식은 인사동에서 상당히 인정받는 위치가 되었고, 자연히 그의 그림을 찾는 사람이 많아졌다.

분주한 중에 청운 선생 댁을 찾은 지도 보름이 넘었다.

만난 지 오래되면 가지고 가는 선물의 격이 달라야 한다. 한우갈비와 전복을 각각 한 상자씩 샀다.

이날은 정민과 함께 평창동에 갔다.

"오늘은 부부가 왔군."

"짐이 두 개라 같이 왔습니다."

선물이 많다는 은근한 자랑일 수 있고, 일부러 집사람을 인사시키러 왔다는 핑계일 수도 있다.

"같이 왔으니 잘되었군. 저녁을 먹고 가게."

외식할까 했는데 그럴 필요가 없어 사양하지 않았다.

정민은 사모님의 부엌일을 도왔다.

방안에서는 그림공부가 시작되었다.

"오늘은 구도에 대해서 알아보기로 함세."

박식은 노트를 펴고 기록할 준비를 했다.

"구도 경영에는 취(取)함과 사(捨)함이 있고, 대소(大小) 강약(强弱)이 필요하지. 허실과 공백은 그림을 살리기도 하고, 무거운 것과 가벼운 것을 잘 배치하고, 변(邊)과 각(角)을 잘 처리하면 그림의 완성도가 높아지는 것이지."

선생은 한참 무언가 생각하다가 설명을 이었다.

"그림에는 주(主)와 객(客)이 있네. 주객이 전도되면 그림은 생명을 잃고 졸작이 되는 것이지. 한쪽은 모이게 하고 한쪽은 흩어지게 하는 것이 산수화를 보는 관자의 마음을 편하게 하는 것이라네."

오묘한 이론에 박식은 청운 선생의 가르침이 너무나 고맙고 존경스러워 최선을 다해 섬기는 제자로 남을 것을 마음속으로 다짐했다.

# 사찰 화혼식

이모부가 별세했다는 연락을 받고 박식은 정민과 아들 준식(俊植)을 데리고 부산에 내려갔다.

이모 댁에는 고향의 부모님과 일가친척들이 모였다.

아들 준식이 아버지를 닮았다고 하니 박식의 기분이 좋았다. 내 아들임을 다른 사람이 확인해 주는 것이니까.

웃어른들과 아이들에게 용돈을 주는 아들의 모습을 본 어머니는 사뭇 흐뭇해했다. 아들 덕에 자신이 돋보였기 때문이다.

부산에 내려온 김에 중앙동 화랑가 일대를 둘러보았다. 타워갤러리의 한쪽 모퉁이에 자신의 그림이 걸려 있는 것을 보고 또 한 번 뿌듯함을 느꼈다. 지난달 인사동 화랑에 넘겼던 10호 산수풍경이었다. 큐레이터는 서울에서 넘길 때 가격의 10배라고 하면서 자주 팔린다고 덧붙였다. 다른 화랑에도 자신의 그림이 걸려 있는 것을 확인했다. 화가는 이럴 때 제일 행복하다.

가족과 용두산에 올라 부산항을 내려다보았다. 서양화를 그린다면 좋을 풍경으로 보였다.

자갈치시장에 내려와 생선회를 마음껏 즐기고 과메기를 보자 청운 선생 생각이 나서 한 포를 샀다.

청주 안주로 좋아하신다는 걸 언젠가 들은 것 같아서다.

사람을 만나는 일은 작가 생활의 일부이기도 하다.

이모부 장례식을 마치고 상경한 지 얼마 안 돼 강영준 묵염회 회장으로부터 전화가 왔다.

사흘 후 총회가 있으니 보직 하나를 맡으라고 했다. 감투는 자신의 머리에 잘 안 맞는다고 사양했지만 강 회장은 막무가내였다. 회원들의 연령이 높아 실무를 맡을 총무가 필요하다고 했다.

회원과의 친분이 아직 성숙되지 않았고 경험이 적어 조심스럽다고 했다.

"그럼 경험을 쌓는 의미에서 부총무제를 신설하겠네. 그걸 맡게."

박식의 부총무 임명을 위해 여론에 들어갔다.

회원의 동향을 살펴볼 수 있는 좋은 기회라 생각하며 열심히 일해 보려고 마음먹었다.

박식과 정민은 비록 결혼식은 올리지 않았으나 혼인신고를 하고 아이를 호적에 올렸다. 기회가 되면 조촐한 혼인식을 올릴 작정이다.

경제적 여유와 마음의 안정이 의외로 빨리 찾아왔다.

어느 날 박식은 사찰의 스님과 의논을 하였다.

"결혼이란 인간지대사이니 크나 작으나 형식을 취하는 것이 합당하지 않을까?"

스님의 조언에 "그럼 좋은 방법이 있을까요?" 박식이 물었다.

"양가 부모님 모시고 절에서 간단하게 화혼식을 해도 돼."

절에서 결혼하는 것을 화혼이라 하는가 보다.

스님 주례로 식을 올렸다.

1979년 가을, 천신만고 끝에 국전 특선의 영광도 얻었다.

박식에게는 가화만사성에 입신양명의 양수겸장 복이 묶음으로 들어온 것이다.

작가로서의 입지가 탄탄해져 가니 화단의 주목을 받기 시작했다.

이와는 달리 송 검사의 신변에 다른 상황이 벌어지고 말았다.

정권 교체기를 맞아 송 검사는 서울 자리를 지키지 못하고 수원지청으로 전보 발령을 받았다. 설상가상으로 전 정권의 수사 비리가 포착되어 난감한 처지에 놓였다. 그동안 박식은 미라를 통해 송 검사 덕을 많이 보았기에 그가 불이익을 당하는 걸 보고만 있을 수는 없었다.

박식은 송 검사와의 문제를 청운 선생에게 조심스럽게 알렸다.

"검찰 수뇌부에 친한 사람이 있으니 한번 알아보도록 하겠네."

빛이 보이는 대안이 선생에게서 쉽게 나올 줄은 몰랐다.

송 검사에게 은혜를 갚을 좋은 기회가 될지 몰랐다.

봐주는 힘이 잘 먹혔던 시절이라 송 검사는 조사에서 혐의가 풀렸다.

미라와 송 검사는 박식의 노력에 고맙다는 말을 되풀이했다.

김치로가 박식의 도움을 덜 받게 된 계기가 마련되었다.

어느 날 표구를 시키기 위해 찾아온 손님 한 분이 김치로의 그림을 보고 호감을 느끼며 그림을 그리게 된 동기를 물었다.

생계를 위해 어렵게 무명화가로 살아간다는 사실을 알고, 김치로의 용모와 그림 솜씨에 호감을 느껴 도와주겠다고 나섰다.

집 약도를 주면서 한번 찾아오라고 말한, 풍채 좋고 부티 나는 그 사람은 성북동 중간쯤 길상사 입구 저택에서 살고 있었다.

큰 대문을 거쳐 들어간 곳은 넓은 거실이었다. 벽면에는 유명화가의 그림으로 꽉 차 있었다. 이렇게 큰 한옥은 처음 봤다. 김치로는 정신이 얼떨떨했다.

나이 60대의 박동식 어른은 그림 그리기를 취미로 하면서 많은 그림을 소장하고 있었다.

박식은 김치로가 성북동 박동식 댁으로 들어가게 된 사정을 청운 선생에게 전했다. 선생은 박동식과 잘 아는 사이로 그가 훌륭한 작가임을 강조했다.

박동식 어른의 배려로 김치로의 제2 인생이 시작되었다.

박동식 집에서 집안을 둘러보며 자신이 쓸 수 있는 공간이 어떤지 살폈다.

어른의 외동딸 순님의 생활이 어떤지 곁눈으로 알게 되었다.

상류사회의 모습을 처음 본 터라 사소한 생활의 격식과 가족 간 예의의 가풍이 어떤지 조금 알아챘다.

사흘이 지나자 재료 구매차 순님과 인사동으로 외출할 기회가 있었다. 엄한 가정에서 자란 순님은 결혼 적령기 총각과 외출하는 것이 새장 밖으로 나온 새처럼 홀가분했다.

그들이 표구사에 들렀을 때 우연히 박식을 만났다. 김치로는 순님에게 그를 존경하는 화가 형님으로 소개했다. 같이 식사하자는 제안에 박식은 두 사람이 오붓한 시간을 가지라고 일부러 거절했다.

재료 구매대금은 순님이 계산했다. 사천집에서 먹은 점심까지도 그녀가 값을 치렀다. 식사 후 전통찻집에서 마신 찻값은 남자가 치르려고 했으나 이마저 순님의 지갑에서 나온 빳빳한 지폐로 치렀다.

"이왕 쏠 바엔 기분 좋게 한 방에 쏘아야죠."

싱긋이 웃는 그녀가 아버지한테 혼날까 걱정하는 것은 기우다. 박동식 어른은 딸을 너무 사랑한다.

순님이 대학에서 경영학을 전공한 것은 아버지의 뜻이 작용했다. 회사를 이어받도록 하고 싶었던 것이다.

일류대학 출신을 데릴사위로 삼으려 했으나 김치로를 보고는 마음이 바뀌었다. 재산만 빼먹으려는 헛똑똑이보다 김치로 같은 순수한 청년이 마음에 들었다. 관상학에 다소 조예가 있는 박동식은 김치로의 범상치 않은 골상을 감지한 것이다. 비록 농고를 졸업하고 대학은 가지 않았지만 그림 소질에서 장래성을 보았다.

# 인생역전

박식이 국전 특선작가로 활약하는 반면, 김치로는 아직 입선작가도 아니어서 표구 일로 생계유지를 하는 정도였다. 밤에만 조금씩 그리다 보니 화가의 길은 멀었다. 이런 때 표구사에서 박동식 어른을 만난 것은 운명의 전환점이다.

박동식은 김치로가 거짓말을 모르고 자존심을 세우지 않는 점에 더욱 신임하게 되었다. 때를 봐서 미술대학에 보낼 생각이었다. 능력을 키우고 싶었다. 예비 장인의 이런 뜻도 모르고 김치로는 국전에만 전념했다. 가을 국전에 입선만 해도 대성공이다.

"형님, 국전 소재 준비와 기초그림 좀 도와주십시오."

국전준비를 하고자 김치로는 박식에게 달라붙었다.

형님 아우 호칭은 이런 때를 위해서라고 하면서.

국전 소재는 박식이 한때 시도했던 것을 택했고, 기초그림은 박식이 주문하는 대로 따랐다. 형님으로부터 좋은 배움의 기회를 얻은 셈이다.

박식의 도움으로 그는 국전작품에 전력을 쏟았다. 특히 산수화에 심혈을 기울였는데, 그림을 그리면 행복했다.

순님은 김치로의 뒷바라지를 하며 그림을 함께 그렸다. 국전에 나란히 출품하려고 두 점의 화판을 만들었다. 밑그림과 구도는 박식이 직접 와서 도와주었다. 김치로를 상경하도록 부추긴 사람이 박식 자신인지라 그는 김치로를 열심히 도왔다.

좋은 환경에서 그림을 그리는 김치로는 행복했다. 남자다움과 정직성을 인정해 주는 순님이 민망할 정도로 애정 표현을 할 때는 자신이 어떻게 해야 할지 몰라 어리둥절해지기도 했다.

박동식의 집으로 들어간 김치로는 좋은 그림환경을 만났다.

순님과 둘이 함께하는 작업은 보람이 넘치는 일이었다.

하루는 작업을 같이하다가 잠시 쉬는데 순님이 색다른 제안을 했다.

"치로씨, 금년에 국전 입선하면 내년에 미술대학에 들어가면 어때요?"

"글쎄."

망설이던 김치로는 말을 이었다.

"입학금이 상당할 텐데…."

"생각 있으면 아버님께 말씀드려볼게요. 미리 준비해야 하니까요."

"데생이나 이론 실력도 충분치 않고…"

현실과 동떨어진 이야기 같아서 김치로 입에서는 더듬는 말만 나왔다.

“일단 결심만 하세요. 학원에 가서 공부하는 길도 있고요.”

순님은 즉답을 요구하지 않았다.

갑작스런 제안이라 김치로 또한 생각이 필요할 것이다.

순님은 치로의 식사와 의상을 매일 정성 들여 챙겼다.

아버지가 출근하면 식모와 집사가 집안을 정돈한다. 성격이 조용한 어머니는 집안에 계시는지조차 잘 느껴지지 않았다. 딸이 김치로라는 총각을 사랑하는 것도 몰랐다.

김치로의 국전작품이 완성될 무렵 박식과 정민이 찾아왔다.

“끝마무리를 보니 좋은 느낌이 드는군.”

박식이 말했다.

“완성 전에 형이 약점을 보완해 줘요.”

김치로는 다시 정민을 보았다.

“형수님도 전문가이니 한 말씀 해주시고요.”

전문가라는 호칭에 정민은 한마디쯤 해주고 싶었다.

“그림이 좋아 보이네요. 단지 두 작품이 같아 보이는 점만 피하면 좋겠어요. 예전에 두 작품을 한 작가의 것으로 오인받은 경험이 있어서요.”

박식은 여기에 덧붙이고 싶은 것이 있었다.

“하나는 이름을 쓰고, 다른 하나는 도장만 찍어. 출품도 50명 정도

띄어서 제출하고."

일단 사진을 찍어서 청운 선생에게 보여 평을 받아보는 게 좋겠다고 박식이 소소하게 조언했다.

아직 출품기간이 남아 있었다.

아무리 무던한 엄마라도 딸이 밤낮으로 남자와 한방에서 작업하는 게 불안하지 않을 수 없었다. 일부러 과일과 차를 준비하여 문을 두드리는 것도 이 때문이다. 식모에게 시키면 쓸데없는 소문으로 번질 위험이 있다.

작품사진을 들고 김치로가 박식을 대동하고 청운 선생을 찾았다.

작품에 만족한 선생은 사진 두 장을 더 찍어서 가져오라고 했다. 차기 심사위원 물망에 오른 이가 찾아오면 보여주겠다는 것이다.

출품에 최선을 다한 후는 운명에 맡긴다.

김치로가 표구사에 가서 좋은 액자로 출품해 달라고 당부하고 나오는데 화가 한 분이 출품작을 가지고 들어왔다. 자기도 국전출품을 한다며 인사를 청했다.

이 사람은 국전에 다섯 번 낙방했는데도 꿈을 꺾지 말고 용기를 가지라고 말했다. 불굴의 정신을 가진 사람이 미술계에 많음을 느꼈다. 명함을 주고받으며 앞으로 연락하기로 했다.

저녁식사 자리에서 박동식 어른께 출품 이야기를 소상히 올렸다.

"참 잘했다."

선생은 김치로가 자초지종을 시원하게 보고하는 것이 마음에 들었다.

회사를 경영하면서 익힌 사람 보는 안목이 그의 마음을 움직였다.

나란히 국전에 출품한 박식과 김치로는 청운 선생을 방문해 산수화를 공부했다. 이때 함께 간 정민과 순님은 직접 실습하지 않고 옆에서 지켜만 보고 있었다. 열린 귀로 들어온 이론을 들으며 두 여인은 자기 그림을 그리고 있었다.

여인들은 이론에 매료되고 말았다.

"그림을 그릴 땐 사물을 닮으려 하지 말고 먼저 계절에 대한 배려가 필요해."

선생은 예를 들었다.

봄은 포근하고 담백하게 그린다. 나목은 새싹이 움트는 녹색(綠色)점을 가한다. 겨울의 잔재와 봄의 시작은 파릇파릇한 신록과 분홍색으로 도화지를 그린다.

여름은 우거진 숲의 형태를 생각하면서 나무의 무성함을 먹으로 나타내는데 몰골법이나 미접법으로 그린다.

가을은 맑고 깨끗하게 그리되, 아직 남아 있는 나뭇잎의 골격과 다양한 단풍색을 설채하고 전체적으로는 가을색을 표현한다.

겨울은 흰 눈을 배경으로 취하곤 하므로 흰 부분에 아무것도 칠하지 않고 남겨 놓으면서 약간의 선염으로 원근과 음양을 표현하는 것이 좋다. 나무나 가옥에 눈이 쌓인 만설(滿雪)을 잘 나타내는 것이 요체다.

두 제자를 훌륭한 작가로 만들겠다는 욕심으로 선생은 섬세한 부분까지 이론을 펼쳐 나갔다.

"다음엔 풍수학상의 산수화를 그리도록 하겠네."

선생은 여러 화가들의 일화도 들려주었다.

김치로는 상경하여 표구 일을 하면서 해전 김창수에게 그림을 조금 배웠으나 박식의 소개로 청운 선생을 만나 지금은 청운의 제자가 되었다.

두 사람은 청운의 집을 함께 드나들었다.

박식과 김치로는 적어도 당분간 함께할 운명인가 보다.

집으로 돌아온 김치로는 박동식 어른에게 오늘 있었던 일을 설명했다. 국전 출품작을 사진으로 찍어 청운 선생에게 보여드렸다는 김치로의 말을 듣고 어른은 기뻐했다.

"잘했어. 선배들의 경험과 경륜은 늘 배울 게 많아."

"박식씨와 연대해서 계속 산수화를 배우려고 합니다."

어른은 박식을 잘 알고 있기에 연대나 협업에 대해 반대할 리가 없었다.

"순님이와 국전작품 하느라 고생했는데 같이 쉬도록 해라."

단순히 쉬라고 했는데 김치로는 영화 구경과 고궁 구경을 떠올리며 순님과 김칫국 마시는 일을 상상했다.

# 여자의 운명

주말에 두 사람은 나들이에 나섰다. 그들에게 평일과 주말은 별로 차이가 없으나 주말 인파 속에 그들도 휩싸이고 싶었다.

새장을 빠져나온 새처럼 두 사람은 여기저기 돌아다녔다. 명동 칼국수집에 들렀다가 남산한옥마을에서 외줄타기 장면을 구경했다. 김치로가 인생은 줄타기 같다고 생각하고 있는데 순님이 손짓으로 남산 꼭대기를 가리켰다.

"우리 저기로 가요."

생각해 보니 그는 서울 와서 아직 남산에 가보지 못했다.

"걸어가야 하나요?"

김치로의 눈에는 남산이 높아 보였다.

"아니, 케이블카 타고 가요."

남산 케이블카까지 가는 데는 오래 걸리지 않았다.

촌뜨기가 케이블카에 오르니 하늘의 새가 된 기분이었다.

아래로 내려다보는 순간 약간의 공포감 때문에 순님의 손을 잡고 말았다. 처음 잡아본 여자의 손은 부드러웠다.

손을 잡힌 채 순님이 남자를 쳐다보았다.

"무서워요?"

"무척 행복해요."

그의 입에서 이런 품위 있는 말이 나올 줄 몰랐다.

여자는 눈 아래 펼쳐진 서울 시내의 집들을 가리켰다.

"서울에 집들이 참 많죠?"

"……"

"왜, 많지 않아요?"

여자가 다그치자 남자는 정신을 가다듬었다.

"저 많은 집 중에 왜 내 집은 없지?"

그때야 여자는 웃었다.

"지금부터 열심히 일해서 집 사세요."

이번에 여자는 남자의 손을 힘주어 잡았다.

그들이 고궁 구경을 마치고 거리를 거닐 무렵 종로의 한 한복집을 지나게 되자 순님이 한번 들어가 보자고 했다.

"내 모습 춘향이 같지 않아요?"

그녀가 한복을 다 입은 후 취한 포즈는 참으로 아름다웠다.

"이 도령 역할은 내가 해야겠지요?"

순님은 그러면 어울리겠다고 했다.

부부가 될 운명이 아닐까.

두 사람이 생각하는 건 하늘만이 알고 있을지 모른다.

미라는 남편을 도와준 청운 선생에게 인사차 약간의 선물과 용채를 준비했다. 박식과 함께 평창동 댁을 찾았다.

“선생님, 지난번 남편 일에 조언을 해주셔서 일이 잘 풀렸습니다. 감사합니다.”

“별로 한 일이 없는데 잘되었다니 다행이군요. 일종의 관운일지도….”

뒷말을 흐린 것은 선생의 겸손이라고 미라는 생각하고 싶었다.

나오는 길에 청운 선생의 그림 한 점을 구입했다.

그들은 그림을 든 채 인사동 한식집에 들렀다.

저녁식사를 겸해서 모처럼 이야기를 나누었다.

아이 문제는 그들의 관심사에서 빠질 수 없었다.

“둘째가 안 생겨서 난감하기도 해요.”

미라는 아직 송 검사의 자식을 잉태하지 못하고 있었다. 둘째를 낳아 남편의 마음을 편하게 해주고 싶었다. 박식을 닮은 첫째를 주변에서 알아챌까 봐 늘 불안하게 생각했던 것이다.

박식이 아이의 아버지라고 생각하니 미라는 그에게 안기고 싶었다.

그러나 모든 감정을 억제하고 수원 집으로 돌아왔다.

마음 같아서는 호텔에라도 들어갈까 생각했으나 그들은 각자 집으로 돌아왔다.

김치로는 순님의 부모를 걱정시키면 안 된다는 각오가 서 있었다.

김치로는 이렇게 잠이 오지 않는 밤은 경험해보지 못했다.

그는 순님의 방 앞을 일없이 서성였다. 잠이 오지 않는 것은 순님도 마찬가지였다.

둘은 앞뜰로 나와 하늘을 쳐다보았다.

쪽달이 서녘 하늘에 걸려 있었다.

"저 쪽달에 함께 타고 있다는 상상을 해봐요."

여자의 낭만적인 말에 남자는 팔을 뻗어 여자의 허리를 세차게 감았다.

식구들은 이미 잠자리에 들었으므로 남자는 마음 놓고 여자를 안았다.

그리고 여자의 방으로 들어갔다.

포옹이 있었고, 입맞춤이 있었으며, 여자의 몸이 침대에 던져졌다.

어느 쪽의 저항도 없었다는 것은 마음의 준비가 돼 있었다는 뜻이다.

몸을 연다는 것이 무슨 의미인지도 알았다.

격정의 분위기는 밤에서 새벽으로 이어졌다. 불은 꺼졌지만 방에서 흘러나오는 거친 숨소리는 식구들 귀에까지 들렸을지 모른다. 들었다 해도 그들의 행위를 확인하려고 방을 들여다보지는 않을 것이다.

이튿날 전시관에 들러 작품을 관람했다.

대부분의 경우 그들은 함께 다녔다. 누가 봐도 부부로 알 것이다.

박동식 어른은 뭔가 눈치를 챈 것 같았으나 모른 척했다.

이대로 인연이 맺어진다 해도 걱정할 일은 아니라고 생각했다.

이런 결과는 누구도 바라지 않았지만 순님의 몸이 불어났다.

어머니가 먼저 눈치채고 딸을 병원으로 데려갔다.

"이것아 왜 말하지 않았어?"

말한다고 임신이 안 되는 것일까?

어머니는 안절부절못했으나 정작 본인은 태연했다.

어머니는 남편 박동식에게 이 사실을 알렸다.

"시집도 가지 않았는데, 이런 일이?"

부인의 놀람에 박동식의 반응은 덤덤했다.

"김치로는 괜찮은 젊은이야. 너무 상심 말게."

있을 일이 일어났다는 듯 말하는 주인 양반의 말에 부인은 어안이 벙벙했다. 딸보다 남편이 더 미워졌다.

뼈대 있는 집안에 남의 이목이 있으니 유야무야하기는 어려웠다.

딸의 배가 더 불러지기 전에 결혼식을 올리기로 했다.

박동식은 아들이 없어 차라리 외손자라도 빨리 보고 싶었다.

# 김치로와 순님의 결혼

인사동 전통찻집에서 두 남성이 고향 이야기에 열을 올리고 있었다.

그들은 박식과 김치로였다.

진주시절의 이야기를 할 때는 '아, 우리가 그랬었지' 두 사람은 맞장구를 쳤다.

박식은 친구의 죽음을 잊을 수 없다.

"상철의 죽음이 억울하고 슬퍼서 한참 동안 잠을 자지 못한 적이 있었지."

김치로도 그때의 상황을 상기하며 함께 아파했다.

고향 이야기의 서론이 끝나자, 김치로는 기다렸다는 듯 본론으로 들어갔다.

"형님, 저도 결혼하게 되었어요."

"응, 뭐라고? 네가 결혼한다고?"

박식은 축하한다고 말했으나 김치로가 무슨 재주로 결혼자금을 준비할 건지 궁금했다.

굼벵이도 구르는 재주가 있었다.

“상대가 누군지 궁금하죠? 순님이에요.”

순님이라면 이해가 갔다. 그녀의 아버지가 엄청 부자이니 외동딸에게 물려줄 것은 돈뿐이라는 생각이 들었다.

“형님께 말할 게 하나 더 있는데….”

치로가 말끝을 흐렸다.

“야, 뭔데 빨리 말해. 사람 속 터지게 하지 말고.”

박식의 궁금증은 더해갔다.

“순님에게 아이가 생겼어요.”

“네가 임신을 했다고?”

박식은 너무 놀라 남자가 임신했냐고 물어버렸다.

“순님이 임신했다는 거죠.”

“그게 그거지.”

김치로가 여자 만나 자식 만드는 일까지 박식 형님을 닮았다고 말하자 박식은 허탈 웃음이 나와 버렸다. 이런 공통분모가 있다니!

김치로가 부모에게 알렸을 때 결혼자금이 걱정되면서도 손주를 볼 것이란 희망이 생기자 부모님은 아주 기뻐했다.

어머니와 아버지는 결혼 허락을 입가의 미소로 대신했다.

김치로는 부잣집 외동딸과 결혼한다는 이야기는 하지 않았다. 혹시 데릴사위로 갈까 봐 부모가 걱정할 수 있기 때문이다.

고향 부모의 허락을 받았다는 사실을 김치로에게서 들었을 때 순님 부모는 "잘되었다"고 하면서 결혼 준비를 서두르자고 했다.

이런 와중에 국전 결과가 발표되었다.

박식 입선, 정민 낙선, 김치로 입선, 순님 특선.

의외의 결과였지만 임신에다 결혼까지 하게 된 순님에게는 특별한 선물이요 위로이기도 했다. 김치로의 입선이 아쉽긴 했으나 딸이 특선을 하여 아버지 박동식은 기분이 퍽 좋았다.

박식과 김치로는 청운 선생에게 소식을 전했으나 선생은 심사위원을 통해 이미 국전소식을 알고 있었다.

"공모전이란 약간의 운도 따라야 하니까."

이런 말로 그들을 위로했다.

김치로가 표구사에 가서 함께 출품했던 화가의 소식을 물어봤다. 금년에도 낙선했다는 것이다. 의기양양하던 그분의 모습을 상상하니 실망이 컸으리라는 생각이 들었다.

대검찰청 특수부로 옮긴 송 검사와 미라가 박식의 입선 소식을 듣고 축하 인사를 전했다. 미라는 박식을 통해 청운 선생의 작품을 구입했다.

국전 발표 한 달 후 김치로와 순님의 결혼 일자가 잡혔다.

청운 선생이 주례를 맡았다. 주례 요청에 비교적 인색한 선생이 제자인 김치로의 결혼 주례는 쾌히 승낙했다.

상장기업의 사위로서 김치로는 자고 일어나니 유명한 사람이 되어 있더라는 말이 결코 빈말이 아님을 깨달았다.

김치로는 장인 박동식을 친부모처럼 모시기로 했다.

결혼한 이듬해 봄 순님은 옥동자를 출산했다. 친정과 시가에 이보다 더 큰 경사는 없다. 박동식은 외손자에게 돈 쓸 일만 남았다.

아이를 키우기 위해 순님은 그림을 중단하고 집에서 친정어머니와 금이야 옥이야 아이 돌보는 일에 전념했다.

외할아버지 박동식은 아이 이름을 김성필(金成必)로 지었는데 반드시 성공하라는 뜻이라고 작명의 변을 말했다. 식구들을 불러 모아놓고 외손자를 잘 교육시켜 회사를 물려줄 생각이라고 말했다. 사위인 김치로와 딸인 순님은 화가로 성공하면 만족하겠다고 덧붙였다.

김치로의 산수화는 작년의 것과는 큰 차이를 보였다. 작가는 작품으로 말한다고 했으니 이제 작품으로 승부를 걸 경륜이 되었다.

강남의 H화랑에서 초대전을 열어주겠다는 연락이 왔다.

김치로는 박식과 의논한 후 청운 선생에게 조언을 구했다.

화랑에서 5대5로 제안했다. 아직 인기작가가 아니니 그 정도는 해볼 만하다는 생각이 들었다. 작가는 작품만 제공하고 모든 비용은 화랑이 담당한다.

김치로의 작품은 중산층이 좋아하는 평범한 수준이었다.

국전 입선을 한 후에 처음이니 시험 삼아 한번 해볼 만했다. 이번 작품은 대부분 실경을 위주로 그렸는데, 수묵담채로 그리면서 여백을 충분히 남겨 놓아서 그런지 시원한 느낌을 주었다.

작품 하나하나에 대해 박식과 청운 선생의 조언을 듣고 인사동에서 고급 표구를 했다.

늦은 봄이라 오픈 시간을 오후 6시로 해도 괜찮았다. 일과를 마치고 오면 좋은 시간이다.

많은 지인이 참석했다.

장인 박동식, 청운 선생, 강영준 묵염회 회장, 심태식 화랑 주인, 표구사 주인 해전 김창수, 김치로의 친구이며 한국화가인 백도철….

H화랑 자체에서 초대한 손님도 많았다.

송치구 검사가 이번에도 빠지지 않고 참여해줘서 고마웠다.

전시회의 성패는 작품의 판매에 달려 있다.

박동식의 회사원이 많이 와서 기대 이상으로 그림을 많이 사줘서 전시회는 성황을 이뤘다. 매진을 거듭하여 그림에 추가로 딱지가 붙은 것이 많았다. 첫 전시회에 기적이 일어난 셈이다.

# 경주 전시회

박식은 경주전시 준비를 하고 있었다.

마침 경주에 사는 최복식이 머리에 떠올랐다. 그는 두 번의 국전 입선과 한 번의 국전 특선 경력이 있다. 묵염회 부총무인 그는 지방에서는 흔치 않은 경력의 소유자다.

최복식은 가능한 편의를 제공했다. 경주의 송림이며 왕릉, 남산 마애불 등을 소개해 주었다. 경주 경치는 잘만 그리면 전시회 작품으로 좋을 것 같다는 예감이 들었다.

작가는 경력이 중요하지만 작품전에서 좋은 평을 받고 작품이 팔리는 경향이 중요한 변수로 작용한다.

경주에는 지인이 최복식뿐이니 조금 긴장되었다.

박식의 경주전시를 미라한테서 알게 된 송 검사는 한때 근무 동기인 경주지청장의 협조를 부탁했다.

지청장이 직원 몇 명을 데리고 전시회에 온 것은 분위기를 띄운 계기가 되었다. 그들은 그림을 감상할 뿐만 아니라 몇 점의 그림까지 구입했다.

오픈식은 하지 않았지만 옛날에 비하면 나은 편이다. 80년대 초에는 별도의 전시장이 없어서 청기와다방에서 전시한 적도 있었다.

일주일의 전시기간 도중에 청운 선생이 직접 와서 격려해주었다. 김치로와 순님이 팔을 끼고 함께 왔다.

정민은 아들을 데리고 내려와 일주일 내내 박식과 함께 지냈다.

"떡 본 김에 제사 지내볼까?"

박식은 정민에게 큰소리치고 싶었다.

가족에게 불국사와 석굴암을 구경시켜 주는 것은 가장으로서 감당해야 하는 작은 의무를 수행했다는 생각이 들기 때문이다. 불상에 시주를 하든 기도를 하든 박식 자신에게도 복이 오리라 믿고 싶었다.

불국사 월산 주지 스님과 부용당한의원 조인좌 원장이 다녀갔다. 경주의 유명화가, 서예가를 포함하여 예술인들이 방문했다. 다 열거하려면 비례대표 선거명부처럼 마냥 길어질 같다.

최복식에게 감사 표시를 잊어서는 안 된다. 전시회를 경주로 초청하고 박식의 가족과 김치로의 가족을 함께 데리고 왕릉 추어탕을 대접한 것은 박식이 "내가 이런 사람이야"라는 걸 뽐내게 해주었다.

"천년고도의 도시에서 왕릉을 바라보며 식사를 하니 마치 신라의 왕과 함께 음식을 즐기는 기분이군요."

박식은 최복식에게 감사패라도 주고 싶었다.

"서울에서 받은 은혜를 갚는 건데요, 뭐."

최복식은 겸손했다.

식사 후 전시장에 가보니 많은 사람이 와서 열심히 그림 평을 하고 있었다.

"경주에는 문화인들이 많네요."

정민이 애를 안고 감상하면서 말했다. 애를 작품 가까이 데리고 가는 것은 "너도 아빠처럼 훌륭한 미술가가 되거라" 하고 말하는 것 같았다.

전시회가 끝나는 날 그림의 추가 주문이 있어서 박식은 여관에 머물면서 산수화를 그려야만 했다. 지역 유지에게 주려고 최복식이 급히 주문했다. 가족만 먼저 서울로 보낸 까닭이다.

전시회를 마치고 상경한 박식은 우선 청운 선생을 찾았다.

"경주에서 전시회를 가진 것은 의미가 있어. 천년고도의 화려한 문화를 느낄 수 있으니까."

지역 선택이 좋았다는 선생의 칭찬이었다.

"전시회를 하면서 작품 소재 아이디어도 많이 얻었습니다. 경주의 것과 연관하여 국전을 준비해볼까 합니다만."

매사에 적극적인 박식을 선생은 한 번 더 눈에 힘을 주어 쳐다보았다.

'촌뜨기가 생각이 깊네.'

그는 속으로 중얼거리며 박식에게 수고했다고 어깨를 두드렸다.

"모두가 선생님의 덕분입니다."

전시 피로가 가시기 전에 바로 다음날 산수화 공부를 위해 청운 선생 댁을 찾았다.

선생은 이제 박식을 수제자로 삼으려 했다.

떡잎이 이미 보였기 때문이다.

"오늘은 풍수학상의 산수화를 공부하도록 함세."

풍수학은 우리나라에서 자체 발전했다는 설과 중국에서 유입되었다는 설이 있으나, 단군신화에 풍수적인 내용이 있어 우리나라의 전통이라는 학설이 지배적이다.

풍수는 장풍득수(藏風得水)의 줄임말로 혈장 주변에 바람을 막고 물이 감도는 것을 의미한다.

풍수지리에 따라 정확히 그리기는 어려우나 참고하라는 뜻으로 선생은 설명을 시작했다.

"산의 맥이 태조산(太祖山)을 거처 중조산(中祖山), 소조산(小祖山), 현무(玄武), 주산(主山), 입수(入首), 혈장(穴場) 순으로 그리는 것이며, 배산(背山)이나 사기(死氣)가 되면 죽은 그림이 되니 이를 피해야 하네."

산수화 작업의 금기사항을 소상하게 듣는 것은 처음이었다.

"화론이 재밌고 화가로서 기틀을 마련하는 계기가 됐습니다."

유념할 것이 또 있다고 하면서 선생은 계속했다.

"산수화에는 관념산수와 실경산수가 있네. 관념산수는 전통적인 기법으로 상상을 동원해서 그리고, 실경산수는 실제로 존재하는 산하를 그리는 것이지. 실경을 진경으로 부르는 사람이 있는데, 진경은 진수진경을 말하는바 실경을 그리는 이상으로 자연의 오묘한 경색을 작가를 통해 진실되고 아름답게 풍경미를 나타낸다네. 진경은 자연과 인간의 일체미(一體美)를 나타낼 뿐만 아니라 현현한 자연미를 그리는 것이라고 할 수 있다네.”

최근 한국 작가들은 실경을 많이 그린다. 실경을 진경으로 알고 그리는 경우가 많다. 진경은 그 의미가 다른데도.

진경이란 용어는 중국 송나라 장국방(張君房)의 진수진경(眞秀眞景)이라는 말과 유명생진경(幽冥生眞景)이라는 문헌 등에서 알려졌다. 유명(幽冥)은 어둡고 오묘하며 깊숙한 느낌의 경치를 말한다. 실경을 이상적으로 표현하여 선경이라는 수작을 이르는 말이다. 진경은 육안으로 보는 것 외에도 대기와 자연의 기를 그려서 감상자의 감흥을 일으키고 탈속된 느낌을 준다.

진경작가로는 겸재(謙齋) 정선(鄭敾: 1676~1759)을 꼽을 수 있다. 겸재는 우리 것을 그리기 위해 여러 명승지를 찾아다니며 실경그림을 많이 그렸다. 젊었을 때는 전통적인 그림을 그렸으나 연륜을 더하면서 우리 것에 관심을 가지고 실경을 그리기 시작했다. 실경을 그리다 보니 자연히 진경이 되어 한국의 진경작가로 명성이 높아지게 되었다.

# 청운 희수전 준비

박식이 청운 선생 댁에서 공부하고 있는데 미라가 찾아왔다.

그녀는 대검찰청에 근무하는 송 검사가 누구의 투서로 조사를 받게 되었다고 말했다. 비리가 폭로되어 파면 직전에 있다며 당황해하는 기색이 역력했다.

이야기를 들은 청운 선생은 이번 사건이 쉽지 않을 거라는 예감이 든다고 말했다.

청운 선생은 내용을 알아보았다. 확실한 증거를 들이대는 수사에는 피할 수 없다는 것을 알았다.

변호사 업무 가능 조건으로 송 검사는 옷을 벗었다.

검사직을 그만두고 변호사 개업을 하기 전 고향 진주에 다녀오고자 했다. 친가와 처가가 가까운 진주에 가서 지인들의 의견을 듣고 싶어 했다.

미라는 친정아버지와 의논한 끝에 결국 진주로 이사 가기로 했다.

경쟁이 치열한 서울 생활보다 비교적 조용한 시골 생활도 괜찮을 것 같았다.

진주로 내려간다는 미라의 소식을 듣고 박식은 적잖이 서운했다. 필요할 때 옆에 와서 도와주고 격려해주는 모습이 필름처럼 선했다. 미라 따라 진주로 내려갈까, 생각도 해봤으나 화가로서 성공하려면 서울 생활을 포기할 수 없었다. 손바닥에 침을 튀겨 방향을 정할 문제가 아니다.

미라와 헤어지는 서운함을 달래기 위해 박식은 더욱 열심히 그림 공부에 집중했다. 오늘은 청운 선생의 가르침을 일부러 귀를 올려 들으려 했다.

"오늘은 나무 그리는 법을 알아보도록 함세."

선생은 풍경그림 하나를 펼쳐 놓고 설명해 나갔다.

"자연 풍경을 그릴 때는 나무가 아주 중요하네. 나무는 1-3-5-7-9로 그리고 대소강약(大小强弱)의 배열이 필요해. 나무를 세 그루 그리려면, 어른 나무와 아이 나무를 그리는데, 하나는 손잡고 가까이 가고 다른 하나는 좀 떨어져 가는 형태가 자연스러운 것이지. 경치는 좋은데 나무가 없으면 차목(借木)을 하기도 하고. 보기 좋은 나무를 빌려 쓴다는 말이지. 산수화에선 나무가 요체니까."

나무의 종류는 매우 다양하다. 크게 나누어 침엽수(針葉樹)와 활엽수(闊葉樹)가 있다. 침엽수로는 소나무, 잣나무, 향나무 등이 있고, 활엽수로는 떡갈나무, 오동나무, 오리목, 플라타너스 등이 있다.

토질이 좋은 곳의 나무는 키 크고 시원하게, 바위틈의 나무는 키 낮고 꾸불꾸불하게 그리는 것이 좋다.

활엽수는 다양한데 몰골법(沒骨法)이나 미점법(米點法)을 이용하는 것이 적당하다.

산수화는 자연을 소재로 하는 까닭에 바위 하나, 나무 하나 소홀히 해서는 안 되고, 형태나 색채도 계절에 맞는 것을 설정해야 좋은 작품이 된다.

청운 선생의 희수전이 내년 가을에 열린다.

준비하는 작품을 견학하는 것만으로도 큰 공부가 된다.

전시회 준비로 바쁜 선생을 박식은 열흘에 한 번 정도 찾는다. 희수전이 유명 화랑에서 열리고 미술계 명사들이 참석하기 때문에 신경이 많이 쓰인다. 준비기간이 길거니와 소요경비도 거액이라 주위 분들의 후원이 필요하다. 이런 때 제자들이 총동원된다.

작가는 그림만으로 대가 반열에 오르는 것이 아니고 전시회나 선전매체를 통해 많이 홍보된다. 후원 단체나 제자들의 협조도 필요하다.

청운 선생은 10년 만에 여는 전시인지라 인생의 마지막 이벤트라는 기분으로 준비하는 것 같다.

큰 잔치의 계획은 이렇게 세워졌다.

- 전시장 계약

- 작품 액자 제작

- 오픈식 뷔페 주문

- 손님 초대장
- 도록 제작
- 손님접대 식당 계약
- 방송 섭외
- 신문기사 섭외
- 미술잡지 섭외
- 초대 인명록 제작
- 인사 초대(미술계, 화랑계, 정계, 재계)
- 사회자 선정
- 축사 인사 지정
- 축시 낭독인 교섭
- 전시장 의자 준비
- 전시장 도우미 구인

나열해 놓고 보니 세상에 쉬운 일이 없었다.

누가 책임지고 무엇을 해야 할지 정하는 것도 쉽지 않았다.

박식과 김치로가 한몫해야 하는 것은 당연하다. 선생의 희수전을 위해 각자가 힘닿는 데까지 돕는다.

인사 초청은 청운 선생이 직접 하고 간단하고 쉬운 것은 박식과 김치로가 하기로 했다.

일반 전시회라면 일 년 정도 소요되나 노작가의 희수전으로 대형 전시라 준비에만 일 년이 걸리고 작품제작까지 포함하면 2년이 더 걸린다. 도록 제작에는 사진 촬영을 비롯해 지질 선택, 디자인, 표지,

편집, 제본 등 생각할 것이 수두룩하다.

박식과 김치로는 많은 것을 배웠다.

김치로는 순님과 장인에게 설명해 드리고 청운 선생의 전시회에 무엇을 도와드릴지 함께 의논했다.

"내가 도울 것은 지인들을 초청해서 그림을 여러 점 구입하게 하는 것밖에 없네."

그림 대금이 부담스러운데도 박동식은 마치 가진 게 돈밖에 없다는 듯 쉽게 말했다.

# 두 가족 진주 방문

송 검사는 진주에 내려가 변호사 사무실을 개업했다.

개업식에 박식과 김치로를 초청했다. 초청된 두 사람은 옛날의 시골 청년이 아니다. 새내기 화가로 금의환향(錦衣還鄉)의 나들이에 나섰다. 정민과 순님이 각각 아내로서 옷치장에 신경을 쓴 것이 역력했다.

각자는 자신의 그림을 한 점씩 표구해서 가져갔다. 변호사 사무실에 걸어두면 화가가 누군지 알아보고 놀랄 것이다.

"간판장이의 그림이 이렇게?"

놀라서 기절하면 화가는 책임질 수 없다고 말하리라.

사무실 벽에 걸려 있는 박식의 그림을 볼 때마다 미라는 어떤 생각을 할까?

"네 아빠의 그림이야."

아빠의 얼굴도 모르는 아이에게 보이면서 미라는 자랑할지 모른다.

서울에서 근무했는데도 진주에서 전관예우가 통했다.

송 검사에게 사건이 몰려 한동안 고객을 제한할 정도였다.

세 들어 살던 사무실의 건물을 아예 사버리기로 했다. 고급 외제차를 운전하는 기사가 야간근무까지 할 지경이었다. 지방도시의 상류사회 진입에는 일 년이 걸리지 않았다.

미라는 남편 덕에 부러울 게 없지만 가끔 서울 생활이 그리웠다. 박식을 만나고 화랑가에서 고급미술품을 감상하던 것을 잊을 수 없었다.

박식과 단 한 번의 탈선이 후회보다는 황홀한 몰아지경으로 떠올랐다. 참으려고 몸을 뒤틀어보기도 하나 그럴 때마다 불꽃 같은 정염이 머리를 어지럽혔다. 물질의 풍족함으로는 해결할 수 없는 감정의 문제였다.

박식의 마음 역시 온전하지 못하다. 불씨 남은 숯불더미처럼 불쑥불쑥 치솟곤 했다.

정민은 옛날 연적이었던 미라를 만나는 게 반갑지는 않지만 이제는 각자의 가정과 아이가 있으니 만남 자체를 거북스러워할 이유는 없다. 박식과 김치로는 진주에 온 김에 고향 부모와 친구들을 만나고 시내 구경도 할 참이다.

촉석루(矗石樓)와 서장대(西將臺)를 한 번 더 보는 것은 즐거운 일이다. 촉석루에서 남강 따라 내려가면 의암바위를 만난다.

진주의암(晋州義巖)은 논개(論介)가 왜장을 끌어안고 순국한

바위를 말한다. 조선 선조 26년(1593) 6월 29일 임진왜란 제2차 진주성 전투에서 성이 함락되고 7만 관군이 순절했다.

촉석루 옆 논개 사당에는 논개의 영정이 봉안되어 있는데 의당 김은호 선생이 제작했다. 왜장이 마음을 빼앗길 만한 자태로다.

진주는 시골에서 도시로 진출한 첫 시험무대였고, 박식은 간판 글을 쓰고 김치로는 조수로 일하면서 간혹 갈등은 있었지만 형, 동생같이 큰 탈 없이 지내온 끈끈한 우정이 서울까지 이어졌다. 서울에서 성공하여 같이 진주에 온 것이 기특하다는 생각마저 들었다.

박식은 국전 특선 작가로 미술계의 총아로 부러움을 사고, 김치로는 부잣집 외동딸을 아내로 맞아 촉망받는 화가의 기틀을 잡았다. 모두가 박식의 덕택이라 생각하고 형제처럼 지내왔다.

박식과 김치로는 진주에서 김태식 선배를 만났다.

박식에게는 진주의 그림 선배였고 국전작품을 조언해준 김태식은 진주에서 많은 제자를 배출하고 묵창회 회장을 맡고 있었다.

"선배님, 그동안 잘 지내셨습니까?"

"자네들도 별고 없었재. 식이와 치로, 너희 둘의 소문은 잘 듣고 있다네. 서로 도우면서 잘 지낸다니 나도 기분 좋다. 서울에서 대화가로 성공하기 바라네."

서울에서 내려온 이들을 감안해 김태식은 일부러 표준말을 쓰려고 했으나 부드럽게 나오지 않았다.

"치로는 부잣집에 장가가서 억수로 출세해 버렸지요."

박식은 이참에 김치로를 비행기 좀 태우기로 했다.

"이게 다 박식 성님 덕분 아닙니꺼."

"서울이 만만치 않은데 정말 성공했군. 축하허네."

김태식은 젊은이들이 정말 부러웠다. 그러고 보니 얼굴에 때깔이 벗겨지고 인물이 훤해 보였다.

박식과 김치로는 서로를 치켜세웠다.

박식은 김치로가 간판조수로서 잘 도와줬다고 하고, 김치로는 박식이 서울 진출을 도와줬다고 하면서.

김태식이 진주 묵창회 회원들을 소개해줘서 진주 향토 화풍을 듣기도 했다. 간판점 주인을 만난 건 물론이다.

시내 구경 후 진양호에 들러 전망 좋은 커피숍에서 많은 이야기를 나누었다.

"선배님께서 진주에서 버티고 계시니 우리도 힘이 납니다."

진주 이야기를 소상히 들려주는 선배의 자상함이 고마웠다.

박식이 김태식의 호주머니에 넣은 것은 작은 용돈 봉투였다. 김치로가 눈치를 채고 커피값을 지급했다.

# 진주 후배들

박식과 김치로는 국전준비를 위한 소재를 구하기 위해 여러 명승지를 다니며 사진을 찍고 스케치했다. 인물이나 정물은 소질이 부족해서 풍경이나 고가(古家) 쪽으로 집중했다.

경북 안동의 하회마을에서 유성용 선생 댁을 비롯하여 여러 고택을 촬영하면서 둘러보았다. 전통가옥이나 명승지를 찾는 이유는 그만한 문화적 가치가 있기 때문이다.

전통가옥은 아름답고 볼거리가 많아서 돌아보는 데 시간 가는 줄 몰랐다. 이참에 여행해 보자는 생각도 들었다.

귀경길에 문경과 단양의 도자기촌을 방문해서 전통적이고 매력적인 도자기 제작과정을 스케치했다.

소재를 구하면 2, 3개월 최선을 다하여 그려서 만족스러운 작품을 만들어낸다.

박식과 김치로는 귀경하여 청운 선생에게 소재 선정을 부탁했다.

"하나는 전통가옥을 택하고, 하나는 도자기 제작하는 모습을 그리면 좋을 듯하네."

이제 두 사람은 한 가족처럼 작품제작을 함께했다.

두 사람이 박동식에게 지방에 다녀온 일이며 소재를 구한 일 등을 소상히 설명했다.

"마누라, 아들을 굶기지는 않겠군. 하하."

박식이 앞에 있는데도 사위에게 농담을 하는 박동식은 기분이 좋아 보였다.

김치로는 순님의 적극적인 권유로 낮은 수준의 미술대학에 입학했다. 학업 중에도 가을 국전에서 특선을 따내 미술계를 놀라게 했다. 남편의 순탄한 행보로 순님은 아이를 키우는 일에 열정을 쏟았다. 당분간 그림을 쉬기로 한 것도 남편의 승승장구만을 기대하고 싶었기 때문이다.

김치로가 잘나가니 박식도 그를 닮아 하는 일이 형통했다. 정민이 국전을 포기하고 남편에게 힘을 모아준 덕에 문공부장관상을 수상하는 영광을 안았다.

장관상을 받자 박식의 그림은 주문이 쇄도했다. 화랑들은 전속으로 삼으려고 서로 경쟁했다.

김치로와 순님 부부가 국전에 입상하였으니 화가로서 기반은 구축된 셈이다. 직업이 같으니 내조가 먹혀들었다.

김치로와 박식을 축하하기 위해 박동식은 호텔 만찬을 베풀었다.

금일봉까지 준 것은 부자로서 무리한 지출은 아니었다.

재학생은 국전에 출품하지 못하는 규정이 있으나 김치로는 대학 입학 전 일반인 신분으로 특선했기 때문에 재학 중 국전 출품에는 아무런 문제가 없었다. 학교에서는 대환영이며 특별대우를 했다. 입선만 해도 그림이 잘 팔리는데 입선과 특선을 한 사람이 학교에 다니니 재학생들 사이에 인기가 높았다.

간판점 조수로 일할 때만 해도 국전은 상상도 못 했던 김치로 아닌가. 인생역전이 뭔지 몸으로 깨달은 셈이다. 부잣집 딸 덕분에 장인은 외손자를 후계자로 삼겠다고 선언하지 않았던가.

박식과 김치로는 박동식이 준 금일봉으로 선물을 마련했다. 평창동 청운 선생을 방문하기 위해서다.

"김치로가 미술대학에 들어갔습니다. 늦깎이 나이에 말입니다."

박식이 설명했다.

"나도 소문 들었네. 학문에 늦음은 없는 거라네. 죽을 때까지 공부하는 게 인생 아닌가. 열심히 해서 좋은 작가로 성장하게."

청운은 역시 존경스러웠다.

선생은 소품을 한 점씩 주면서, "상 기념으로 표구해서 화실에 걸어 놓게."라고 말했다.

평창동을 나와서 그들은 마누라가 생각나 정민과 순님을 불러냈다.

인사동에서 저녁식사를 하고 종로에 가서 영화를 보기로 했다.

식사 후 종로로 가는데 누군가 박식 앞에 멈춰 섰다.

진주에 있을 때 직업 없이 떠돌이 생활을 하던 백도철이었다.

그는 박식의 후배요 김치로의 친구이다.

김치로의 손을 잡으며 백도철이 반가워했다.

"어, 어쩐 일이여. 여기서 만나게 되다니?"

옆에 선배 박식을 보고는 "형님도 같이 만나게 되는군요." 하며 고개를 90도로 꾸벅했다.

"그래, 가족 일행이 함께 어디 좀 가는 중이야."

박식도 김치로도 영화 보러 간다는 이야기는 하지 않았다. 이야기가 길어질지 모르니까.

"가족이구나. 그럼 우리 담에 시간 내서 한번 만나자."

전화번호만 주고 헤어졌다.

며칠 후 박식과 백도철은 피맛골 주점에서 얼굴을 마주했다.

오랜만에 후배를 만나 술을 핑계 삼아 회포를 풀었다.

직장을 찾을 때까지 서울에 머물러야 한다는 말을 듣자 박식은 박동식으로부터 받은 금일봉을 백도철의 숙식 마련에 쓰기로 했다. 가난한 후배가 서울에서 살 수 있게 하려는 도움의 표시였다.

연고 없는 서울 생활은 어렵다. 백도철까지 서울 입성에 성공하면 박식은 두 후배를 서울로 끌어올리는 마중물 역할을 하는 셈이다. 진주의 삼총사가 서울을 휘어잡게 되려나.

박식은 백도철을 인사동 표구사에 소개해서 조수자리를 마련해 주었다. 자연히 서울에서 자주 만나게 되었다. 백도철은 법이 없어도 살 수 있는 무골호인이라는 것도 알았다. 남을 도우려는 마음이며, 힘이 장사라 세 명 정도는 상대할 수 있는 씨름꾼이요 불의를 못 참는 성격이다. 싸움판에 뛰어들어 곤욕을 치르기도 하는 것은 이런 성격 탓이다.

출근 버스를 타고 인사동으로 가는 중 소매치기가 손님의 주머니를 슬쩍하는 것을 보고 버스를 세워서 일당 3명을 상대하여 마음껏 두들겨 팬 사실은 두고두고 이야깃거리가 되었다. 백도철은 이것을 서울 생활의 매운맛을 배우기 위한 등록금이라고 생각했다.

그때 주민의 신고로 경찰에 연행됐는데, 문제는 그가 가해자로 바뀌었다는 사실이다. 백도철이 상황을 소상히 말했으나 소매치기 세 명 중 한 명이 목격자로 변하여 백도철을 폭행자로 몰아세워 오히려 그가 수감되고 말았다. 버스 승객들은 보복이 두려워 증인으로 서지 않으려 했다.

경찰로부터 전화를 받고 박식은 부리나케 달려갔다. 사정이 딱하게 되었다. 경찰이 폭행 장면을 직접 봤다는 것이다. 석방하려면 세 명 모두로부터 합의를 받아내라고 했다.

상당한 금액으로 합의했다. 그 돈은 모두 박식이 마련했다.

“형님, 고맙습니다. 이러려고 서울 온 건 아닌데….”

백도철은 덩치만큼이나 눈물방울이 컸다.

# 백도철 애인 민숙

햇살 고운 어느 날 백도철은 열심히 표구 일을 하고 있었다.

손님 한 분이 들어왔다. 중년의 여성이었다.

"이 그림 표구 좀 해주세요."

그림은 고화였다. 표구 상식이 미천했던 백도철에게 고화의 표구는 더욱 어려웠다.

"좀 기다리세요. 주인님이 곧 오실 겁니다."

자신의 기술이 부족하다는 이야기는 하지 않았다.

"일단 맡겨 놓을 테니 주인 오시는 대로 해주세요. 이따 올게요."

손님은 나갔다.

누구의 그림인지도 모르고 받아 놓았으나 아무래도 귀한 것 같아서 잘 보관했다.

곧 표구사 주인이 돌아왔다. 표구를 위해 받아 놓은 그림을 보자 주인은 잠시 멍해졌다.

"이 그림 좀 알아봐야겠어. 그림이 예사롭지 않아."

표구 일을 오래 하다 보면 감이 들어오는 그림이 있다.

주인은 요리조리 그림을 뜯어보았다.

"겸재 정선 선생의 그림이야. 틀림없어."

그러고는 백도철을 쳐다보았다.

"연령대는 어느 정도던가?"

"사오십 대인 것 같아요. 한복을 입었어요."

그림 주인은 그날 오지 않고 다음날 왔다.

"표구를 고급으로 하는 경우에 시간이 많이 걸립니다만."

표구점 주인의 말에 그녀는 별로 신경을 쓰지 않았다.

"보통으로 해주세요."

그녀가 그림의 진가를 모르는 것 같았다.

"그림을 양도하실 생각은 없습니까?"

"얼마 주시겠습니까?"

"얼마쯤으로 생각하시나요?"

"10만 원 주시겠어요?"

"조금 더 얹어서 15만 원 드릴게요. 손님 기분을 생각해 드려야죠."

실제 그림가격은 300만 원쯤 된다는데 생각해 주는 것이 15만 원이라?

진품명품에 문외한이니 주인의 눈치를 살피다가 그녀는 그렇게 하라고 했다.

주인은 돈을 건넨 뒤 그림을 들고 어디론가 가버렸다.

백도철은 영문도 모르고 열심히 일만 했다.

늦게 돌아온 주인은 백도철에게 거금 50만 원을 주면서 말했다.

"이런 게 자주 있는 건 아니지만 종종 있어. 때로는 입이 무거워야 해."

점원의 입단속을 시키며 빳빳한 만 원짜리 지폐 묶음을 백도철에게 주었다.

그가 안 받겠다고 하는 걸 보고 주인은 속으로 '이놈 그래도 쓸 만하군.' 하며 만족해했다.

백도철은 우선 이 돈을 어디에 쓸 건지 생각해 보았다.

'지난번 폭행사건 합의금을 박식 형님이 도와주었지. 갚아야 한다.'

생각하며 행동 빠르게 그날 밤 박식을 만나 돈을 내밀었다.

박식은 멍했다.

"웬 돈이야? 무턱 대놓고 돈을 내밀면 어떡해? 이유나 알자."

"전에 경찰서에서 합의금 처리해줬잖아요. 이제 갚는 거니까 받으세요."

백도철은 오십만 원 지폐뭉치 그대로 내밀었다.

"그 돈은 안 줘도 돼. 서울 생활 어려울 텐데 그냥 네가 써라."

박식은 받지 않았다.

"그럼 형님이 받아뒀다가 저 곤란할 때 다시 줘요."

온갖 말로 유도해봤으나 박식은 한사코 사양했다.

"합의금은 내가 충분히 해줄 수 있는 금액이었어. 부담 갖지 마."

기어코 돈을 전하지 못한 백도철은 돈을 도로 챙겨 넣어야만 했다.

박식은 유명화가로 출세한 국전 작가, 김치로는 부잣집 사위에 유명화가, 그럼 백도철은?

생각하다가 자신도 운수 좋거나, 팔자 피거나, 만사형통하거나, 뭔가 하나는 걸려들 것 같은 기분이 들었다. 희망이 부풀어 올라 고무풍선이 될 것만 같았다.

서울 생활이 익숙해질 무렵 백도철은 고향 생각이 나서 가고파와 과수원길 노래를 자주 불렀다. 진주에서 잠깐 사귄 적이 있는 이민숙을 떠올리기에 이르렀다. 잠이 오지 않아 마음먹고 편지를 썼다.

민숙씨에게

아무 연락 없이 서울로 와서 미안합니다.

상경한 지 벌써 5개월이나 되었네요.

서울 생활에 바쁘다 보니 지금에야 몇 자 적어 소식 전합니다.

어느 정도 자리를 잡고 나니 민숙씨가 가까이 있으면 좋겠다는 생각이 드네요.

민숙씨가 서울로 오면 좋을 듯합니다.

취직자리는 내가 만들어 볼게요.

서울은 무한한 가능성이 있는 곳입니다.

잘 생각해 보고 연락 주세요.

그럼 오늘은 이만 적습니다.

만날 때까지 건강하세요.

서울에서 도철

우송하고 나니 백도철은 마음이 후련했다.

민숙이 서울로 오면 같이 살아볼까 생각 중이다. 물론 여자가 동의해야 할 것이다. 사랑하지만 강제로 끌어올 수는 없다.

먼저 상경하여 입지를 굳힌 박식과 김치로가 부러웠다.

자신이 보금자리를 마련하게 되면 서울 삼총사가 될 거라는 생각이 들었다. 진주의 삼총사라 불러도 좋을 것이다.

# 도전 심사위원

오늘은 자부심을 가져도 좋을 만한 일이 생겼다.

진주에서 도전 심사위원으로 위촉되었다는 연락이 왔다. 이틀 후 예술회관으로 출석해 주면 좋겠다는 내용이었다. 날씨가 흐리고 을씨년스러워 마음이 울적하던 차에 기분 전환되는 소식이었다.

국전 특선 이후 심사에 초대받기는 처음이다. 은근히 심사를 한번 하고 싶었는데 마침 때가 왔다.

머리에 먼저 스치는 것은 미라를 만날 수 있는 가능성이었다.

미라의 생각이 머리에서 떠나지 않는 자신을 꾸짖고 싶었으나 운명적으로 존재하는 미라의 잔상은 어쩔 수 없는 것 같았다. 진주 이야기만 나오면 미라가 먼저 떠오르니 이를 어찌하면 좋을까.

김치로를 불러 심사위원 위촉 사실을 먼저 말하고 청운 선생 댁에 함께 가자고 했다. 여럿이 의논하면 결정의 오류가 적을 것이라는 생각이 들어서였다.

진주에서 도전 심사 부탁을 받았다고 전하자 선생은 신중했다.

"그러면 가야지. 처음 심사라 마음의 준비를 하고 동료 심사위원들의 의견을 충분히 타진해서 경솔하지 않게 결정하도록 하게."

선생의 말을 경청하는 박식을 김치로는 부러운 눈으로 쳐다보았다.

"형님 잘 되었네요. 저하고 같이 갑시다. 이참에 저도 진주 한번 다녀오고 싶어요."

"같이 다녀오자. 그런데 학교는 결석해도 되겠냐?"

박식은 말해 놓고 김치로를 쳐다보았다.

"교수님에게 양해를 구할까 합니다. 장인어른께도 말씀드리고요."

"장인어른보다 순님이 허락이 더 어려울 텐데?"

아들 낳았다고 남편을 휘어잡고 있는 순님의 기세등등함을 박식이 알고 있기 때문이다.

도전 심사는 또 한 번의 금의환향(錦衣還鄉) 기회라고 박식은 생각했다. 옛 조수 김치로를 대동하고 고향 가는 흐뭇한 기분은 본인만이 제대로 느낄 것 같았다.

김치로의 서울 생활을 수학기호로 표시하면 이렇다.

김치로 = 부잣집 사위 + 옥동자 아버지 + 국전 특선작가

이보다 더 화려한 공식이 있을까.

박식과 김치로 두 사람이 진주에 다녀오겠다는 계획은 변경이 불가피해졌다. 부인들이 함께 진주로 가겠다고 고집을 부리는 통에 결국 두 가족 모두 여행하기로 결정했다.

진주 여행은 2박 3일 일정으로 잡았다.

도전 심사를 마치고 박식 부부는 남해 친가와 정민 친정을 다녀오기로 했다. 데려가는 아이가 신경 쓰이긴 하지만 이를 보는 부모에게는 기쁨이다.

한편 손주를 3일간 못 보게 되는 박동식 어른은 고향 가는 사위 김치로에게 부모님 선물에 쓰라며 100만 원이라는 큰돈을 손에 쥐여주었다.

박식은 부모에게 보약, 전자제품 밥솥, TV를 사드리기로 했다. 모든 제품은 진주에서 마련하기로 했다. 한편 김치로는 TV와 세탁기를 목록으로 적었다.

진주 호텔에 짐을 푼 그들은 가전제품 대리점에서 제품을 구입해서 각 주소로 배송을 의뢰했다.

남해 고향 집에 도착했을 때 가전제품이 이미 설치돼 있었다. 새 가전제품으로 집안이 훤한데, 잘생긴 손주를 데리고 온 아들과 며느리가 들어서니 집안이 더욱 훤해졌다.

박식의 부모는 너무 반가워 아들과 며느리를 교대로 끌어안았다. 특히 아버지가 며느리의 어깨를 잡고 흔들며 기뻐하는 모습은 오히려 민망할 정도였다. 며느리의 하얀 목덜미에 손이 닿지 않은 것은 참 다행이었다.

"그냥 오면 되지, 웬 가전제품을 이렇게 많이 샀어?"

어머니가 놀라는 기색을 했다.

그런데 아버지는 가전제품과는 관계없는 사람처럼 별로 놀라지 않았다.

"아버님, 여기 보약 받으세요."

며느리가 눈치 빠르게, 침울할 뻔했던 시아버지에게 보약 보따리를 풀어 보였다.

"뭐, 이런 것까지…."

그때야 시아버지의 입가에 미소가 감돌았다.

시어머니가 자신과 관련되는 다른 보따리를 찾았으나 보이지 않자,

"이 보약은 나도 같이 먹어도 되지?"

보약을 가리키며 허전한 듯 말했다.

"보약은 같이 먹는 게 아니라오. 내가 먹어 몸이 좋으면 당신도 좋은 거지."

아버지는 어머니의 서운한 마음을 달랠 생각은 않고 보약 보따리를 끌어안기에 바빴다. 그게 무슨 뜻인지 아버지만 알고 있는 것 같았으나 어머니는 반쯤 이해한 듯했다.

박식은 어머니에게 자랑스러운 아들의 모습을 뽐내고 싶었다.

"필요한 거 있으시면 언제든 말씀하세요. 저는 능력이 있습니다."

옛날의 박식이 아니니 그 정도로 말해도 될 것 같았다.

"아냐, 이거면 충분해. 너희들 건강하고 손자들 잘 자라면 되지."

남해에서 아들과 아내의 잠자리를 고려하여 박식은 늦게 가족을 데리고 진주로 돌아왔다.

진주로 돌아온 박식 가족은 정민 친정을 찾았다.

정민 부모 이야기는 길어 다음 기회에 하도록 한다.

한편 김치로는 진주에서 부모님을 만났다.

흐뭇해하시는 부모님께 큰절했다. 성필이도 따라 절을 했으니 제법 컸다는 뜻이다.

작은 구식 TV는 신식 큰 TV로 바뀌었다.

도착 전에 이미 설치가 다 돼 있었는데, 큰 화면으로 영화를 보는 부모님이 흐뭇해하는 모습을 보고 김치로는 효도란 부모를 기쁘게 하는 것으로 정의하고 싶었다

# 미라와 밀회

도전 심사라는 공식 업무를 끝낸 박식은 이제 가족을 위한 스케줄 짜기에 들어갔다.

진주에 왔을 때는 꼭 둘러봐야 하는 두 곳이 있다. 간판점과 전태식 사장집이다.

이튿날 우선 미라의 친정집인 전태식 사장 집을 방문했다. 은근히 미라를 보리라 기대했으나 그녀는 없고 동생 전성기가 그림공부를 하고 있었다. 벌써 미술대학생이 된 성기가 반갑게 맞이했다.

"안녕하세요. 선생님 오랜만이세요."

"성기, 너 의젓한 어른이 되었구나."

전성기는 눈치 빠르게 박식의 마음을 읽어보고 있었다.

"누님 불러올까요? 한번 만나보시죠."

성기가 누나 집에 전화했다. 누나는 없고 가사도우미가 전화를 받았다.

시내에 나갔다가 돌아온 미라는 도우미의 전갈이 끝나기 전에 친정으로 달려갔다. 뜻밖에 박식이 와 있었다.

"소식도 없이 이렇게?"

반가우면서도 갑작스런 방문이라 그녀는 어쩔 줄 몰라 했다. 성기가 자리를 뜨려고 일어섰다.

"누나, 박 선생님과 이야기 좀 해요. 저는 친구와 약속이 있어서 나가야 해. 한 시간 정도 걸릴 거야."

대학생이라면 이만한 눈치는 있다고 말하는 행동 같았다.

박식과 미라는 성기 방으로 들어갔다.

두 사람이 만나 이렇게 말이 없던 적은 거의 없었다. 말은 의사소통이 어려울 때 하는 것이지 이심전심이 통하는 때는 필요 없는 것으로 느껴졌다. 미라가 박식에게 돌진하여 포옹했다.

'?'

말문을 열지 못한 박식이 어리둥절한 표정을 하는데 미라는 그의 허리를 풀고 이번에는 입술을 그의 입으로 가져가 포개버렸다.

"정말 보고 싶었어요. 박식씨."

여자의 저돌적인 행동에 남자는 주눅이 들어버렸다.

"나, 나도…."

박식의 입에서는 몇 마디밖에 나오지 않았다.

"우리의 만남은 누구도 막을 수 없어요. 부부만 만나라는 법은 없잖아요."

미라는 "우린 아이의 부모로서 만나는 거잖아요."라고 주장하고 싶었으나 지금은 그들 사이에 그런 말이 필요 없었다. 겉으로 드러난 법은 중요하지 않았다. 행복하다고 느끼는 마음만으로 충분했다.

미라와 송 검사는 진주 지방 유지와의 친분을 위해 라이온스 클럽에 입회했다. 라이온스 행사 때는 부부가 동행하며 상당한 금액을 기부하기도 했다.

미라는 둘째를 원했으나 아이가 생기지 않아 답답하고 초조했다. 첫째 아이의 비밀이 탄로 나기 전에 송 검사의 아이를 가지고 싶었다. 고향에서 살고 있으나 그녀는 혼자 있을 때면 왠지 외롭고 쓸쓸했다. 부모 뜻에 따라 사랑했던 박식과 헤어져 결혼해야 했던 일이 생각나면 집을 뛰쳐나오고 싶은 마음까지 생겼으나 이성이 이를 억눌렀다.

박식은 미라를 가슴속에 묻어 두면서도 가정을 깨면서까지 탈선하고 싶지는 않았다. 가끔 깊은 시름에 잠기곤 하나 인생에 자주 찾아오는 방해물은 의지력 강한 인간이 피할 수 있다고 생각했다.

주위 사람들은 자기 의지와 달리 인생길을 걷는 것처럼 느껴졌다. 정민도 예외가 아니다. 박식을 좋아했으나 상철의 강간 행위로 원하지 않은 아이까지 갖게 되었으니까.

박식은 아내와 아들을 부양할 의무가 있는데 미라의 아들까지 부양해야 할 생물적 책임이 있으니 인생이 참 묘하다는 생각이 들었다.

김치로는 부잣집 데릴사위 생활이 불안했으나 이제 정착에 들어섰고 아이의 재롱에 웃음꽃을 피웠다.

외할아버지가 일찍 귀가하여 외손자 성필을 안고 정원을 배회하는 모습은 '손자 사랑은 할아버지로구나' 여길 정도였다. 사위와 딸이 손자 돌볼 시간이 없으니 조부모가 시간을 많이 내었다.

진주에서 일정을 마친 두 가족은 내친김에 남쪽 지방 관광에 나섰다. 야생차의 본고장인 하동에 가서 악양면 평사리와 화개장터를 구경하고, 쌍계사를 둘러본 다음 구례 화엄사로 갔다.

쌍계사는 신라 성덕왕 21년(722) 대비(大悲), 삼법(三法) 두 화상께서 선종(禪宗)의 육조(六祖)이신 혜능스님의 정상을 모시고 귀국하여 창건하였다는 전설이 있다.

쌍계사는 국보 한 점, 보물 9점 등 30여 점의 문화재를 보유한 사찰로서 조계종 25개 본사 중 제13교구 본사이다. 전통강원과 금강계단이 설치되어 선맥과 강맥, 율맥의 법통이 바로 선 수행도량으로 명성이 높다.

쌍계사는 오래된 건물이 많아 그림의 소재로 많이 이용되고 있으며 일 년 내내 관광객이 끊이지 않는 곳이다. 양생차의 시발지가 이곳이며 신라 흥덕왕 3년 서기 828년 당나라에 사신으로 갔던 대렴이 차의 종자를 가지고 돌아와 왕명으로 지리산에 심었다고 한다. 쌍계사를 위주로 양생차가 많고 지금도 그 역사적 배경이 전해져오는 것은 틀림없는 사실이다.

구례 화엄사는 통일신라시대에 창건된 대한불교 조계종의 제19교 본사이다. 그림의 소재로 쓰일 만한 것이 많아 다시 한 번 올 생각이었다.

# 그림공부

두 가족은 서울에 늦게 도착했다.

박식 가족은 바로 집으로 갔으나 김치로 가족은 우선 처가에 들러 진주 다녀온 이야기를 소상히 말씀드렸다.

딸과 사위보다 손자를 더 보고 싶어 했던 박동식은 기다렸다는 듯 아이를 안았다.

"성필아, 이리 오렴. 우리 이쁜 강아지."

농촌을 모르는 순님은 어머니에게 생소해 보일지 모르는 소탈한 농촌 풍경을 이것저것 많이 말씀드렸다.

"그런 경험도 김 서방 덕분인 줄 알아라."

어머니의 말을 순님은 남편 김 서방을 잘 섬기라는 뜻으로 해석하고 싶었다.

이튿날 박식과 김치로는 청운 선생을 찾았다.

선생은 박식의 도전 심사 상황이 궁금했다.

"진주에서 도전 심사는 잘 끝났는가?"

"예, 처음이라 제 주장을 조금 접고 잘 넘어갔습니다."

"다른 사람의 의견을 존중하는 법을 배우는 게 중요하지."

"지방에도 그림 수준이 꽤 높아졌습니다."

"미술계의 변화라고 해야겠지. 도전 심사 경험을 살려 다음은 국전 심사를 해봐야지."

"많이 지도 편달해주십시오."

화가의 길은 쉼이 없다고 박식은 생각했다.

박식은 국전준비에 들어갔다.

사흘 후 청운 선생 댁에 들러 머리도 식힐 겸 해서 산수화 공부를 했다.

"오늘은 태점법을 공부하기로 하자."

"희수전 준비에 바쁘실 텐데 공부는 조금만 하시죠."

선생이 바쁜 것을 핑계 삼아 공부는 조금만 하고 싶었다.

"잠깐이면 될 거야."

그러나 공부는 박식의 희망과 달리 길게 이어졌다.

태점(苔點)은 그림을 점으로 처리한다는 뜻이다. 그림을 아름답게 보이도록 찍는 점을 화안(畵眼)이라 한다.

태점은 바위나 땅끝, 나뭇가지 등에 이끼를 나타내는 것으로 진묵과 담묵을 사용한다.

태점을 미점(美點)이라고 하는데, 산수화에서 여름을 표현할 때

찍는 미점(米點)과는 구별할 필요가 있다.

태점에는 단태, 쌍태, 3태, 5태, 대태(大苔), 소태(小苔)가 있다.

태점에는 다양한 모양이 있다. 구슬같이 둥근 것과 새 부리같이 뾰족한 것도 있다. 태점을 찍을 때는 대소강약으로 찍어야 하고, 원화보다 진해야 한다. 너무 크면 원화를 약해 보이게 하므로 신중해야 한다. 태점은 작품의 단조로움을 보완하고 아름답고 품위 있게 한다.

중국의 석도는 태점을 무수히 찍어 그림을 완성했고, 우리나라의 6대가 중 한 사람인 소정(小亭) 변관식(邊寬植) 선생은 자기만의 점법을 개발하여 산의 선을 파하는 파선법(破線法)이라 했다.

태점은 적당한 곳에 찍어 그림의 격을 높이고 아울러 단조로움을 없애고 점으로 그림을 아름답게 한다. 전통화에서 태점이 매우 중요한 이유이다.

산수화를 그릴 때 선과 먹이 주(主)가 되고 마무리는 점이 한다. 그렇게 완성된 산수화는 감상자의 감흥을 일으킨다. 선과 점, 먹 중에서 한 가지만 빠져도 걸작이 될 수 없다.

청운 선생 댁을 나온 박식과 김치로는 인사동 선천(宣川)식당에서 순댓국을 먹었고, 전통찻집에서 설록차를 마셨다. 시골에서 올라와 서울 입성에 성공한 그들은 시골 입맛을 회상하며 행복해했다.

"우리의 인연이 이렇게 이어지다니!"

촌티를 벗어가는 그들은 서로 대견하다는 듯 마주 바라보았다.

"우린 아들 복도 있나 봐요."

김치로가 자랑스러워할 만했다.

박식에겐 아들 준식, 김치로에겐 아들 성필이 있으니까.

찻집에 앉아 있는 동안 청운 선생의 희수전에 대해서, 그리고 자신들의 국전작품에 대해서 의논했다.

박식은 쌍계사와 화엄사에서 찍은 사진을 모아 국전작품 소재로 이용할 만한 것을 고르고 있었다. 김치로와 백도철을 불러서 같이 연구하기로 했다.

정민과 순님을 참여시켜 좋은 것을 고르도록 했다.

박식은 청운 선생에게 의논하고, 김치로는 몇 장을 골라 학교 교수에게 여쭤보기로 했다. 대작을 그릴 때는 여러 경험자의 의견을 들어보는 것이 좋다.

박식은 묵염회 회장의 전화를 받았다.

"이번 가을 회원전 때부터 박식씨가 총무를 맡아 전시준비를 진행해 주시게."

전임 총무가 여러 번 그만두려 했으나 지금까지 미뤄 왔다고 했다.

"아직 모르는 게 많아서…. 회장님께 폐가 되지 않을까요?"

박식은 주저주저했다.

"전임 총무에게 물으면서 해보시게."

총무가 하는 일은 너무 많다. 그렇다고 보수가 있는 것도 아니다.

전임 총무는 건강상 이유를 들었다. 여느 사람과 마찬가지로 가장 손쉬운 이유를 들었다고 박식은 생각했다.

총무는 모든 전시업무를 총괄한다.

회원에게 보낼 공문을 작성하여 회장의 결재를 받아서 우송한다. 자료 수집과 도록 발간, 전시장 계약, 오픈파티 준비 등 할 일이 많지만 아무런 보수가 없다. 그래서 회장의 신임이 있고 젊은 친구가 임명되기 마련이다.

회원들 협조가 부족하면 난감하기도 하다. 전시 당일에는 혼자 하기가 매우 어렵다.

국전준비를 해야 하고 판매그림을 그려야 하는 박식은 피하고 싶었으나 회장의 부탁인 만큼 결국 총무직을 수락했다.

두 사람이 적극적으로 도와줄 것으로 믿고 있다.

김치로는 학교를 마치고 시간을 내야 하고, 정민은 당분간 국전을 미루고 가사와 박식의 총무 일을 도와줘야 한다.

# 청운 희수전

박식과 김치로는 서울 생활의 기반을 확보해 나갔다.

김치로는 처음 상경할 때는 연명 수준의 작은 직장이라도 괜찮다고 생각했는데 지금 너무 과분한 환경에 그저 감사할 따름이다.

만학의 학생으로서, 작가로서 열심히 해야 하기에 늘 바쁘게 움직였다. 학교성적이 좋아서 자신감이 들기도 했다.

이 무렵 박식은 운전을 배우고 중고 포니를 구입했다. 초보이지만 양평과 여주에 도자기 그림 그리러 다녀오기로 했다.

박식이 사고를 당한 것은 여주를 다녀오는 길이었다.

서울 입구에 도착하여 천호대교를 건너기 위해 교량 진입로에서 우회전을 하려는데 뒤에서 오던 트럭이 자신의 포니를 들이받았다. 그 자리에서 기절해버렸다. 깨어 보니 병원이었다.

두 여인이 침대 옆에서 지켜보고 있었는데 정민과 순님이었다.

좀 떨어진 벽 쪽에서는 김치로가 환자를 바라보고 있었다.

하루 만에 깨어난 박식은 상처 난 곳이 없었으나 목이 약간 뻐근했다. 하루 정도 더 있다가 퇴원해도 된다는 의사의 말에 환자와 이를 바라보던 사람들은 안도했다.

"형님, 천당 갔다 오셔서 다행입니다. 영 못 보는 줄 알았어요. 저한테 그림 한 점 남기지 않고 간다면? 너무 섭섭하죠."

웃을 때가 아니지만 모두 웃고 말았다.

"저 보여요? 당신 마누라 말이에요."

파랗게 질렸던 얼굴은 온데간데없고 미소를 짓는 정민은 남편의 시선을 계속 잡으려 했다.

"깨어나셨군요. 큰일 날 뻔했어요."

순님은 안도하는 목소리로 말했다.

퇴원해서 차를 보고는 박식이 깜짝 놀랐다.

"여기에서 내가 어찌 빠져나왔지?"

그는 당장 폐차해 버렸다.

운전미숙이 원인이었지만 차간거리 확보가 안 된 뒤차가 제동이 어려웠다는 게 원인이었다.

교통사고 후 박식은 화실에서 그림 그리는 일에 열중하고, 김치로는 방과 후 박식의 화실에 들러 공부하면서 국전작품을 연구하곤 했다.

박식은 당분간 승용차는 타지 않기로 했다. 여주 갈 때도 대중교통을 이용했다. 청운 선생과 화랑 주인 심태식은 박식의 실력 발휘에 큰 기대를 걸고 있었다.

작가는 연륜을 더해가면서 마무리를 잘하겠다는 욕심이 생기기 마련인가 보다. 청운 선생은 77년을 살아오면서 쌓아온 인생을 희수전에 쏟아붓고 싶었다. 박식과 김치로는 그런 선생의 뜻을 받들어 희수전 준비에 최선을 다했다.

전시장은 지난해에 계약되었지만 준비할 것은 끝이 없다. 작품의 표구와 도록 제작은 3개월 전부터 준비해도 미진한 것이 많다. 큰 도록과 작은 도록, 인사말씀, 초대장, 방명록을 준비해야 하고, 오픈 테이프, 가위, 장갑 등 준비할 도구도 많다.

박식과 김치로는 손님초대 명부작성을 챙겼다. 작품 구매자와 연락하는 것은 박동식 사장의 도움이 필요했다. 그의 인맥은 넓기로 유명하기 때문이다.

전시 하루 전 그림 운반과 디스플레이는 전문가에게 맡기는 것이 일반적이다.

"날씨는 어떨까?"

일기예보까지 신경 써야 하는 것이 전시회이다.

큰 규모의 전시는 상당기간 기획하고 준비하여 실수를 줄여야 한다.

청운의 희수전은 7년 만에 개최하는 전시회라 본인은 물론이고 주위의 관심이 쏠리는 상황이다.

일주일 전 4대 신문에 '청운 변영훈 선생의 희수전'이 보도되었고, 미술잡지 '창미'와 '아트미림' 등 여러 곳에도 기사가 실렸다. 미술계

인사들로부터 축하 전화가 쇄도했다. 호당가격을 물어보는 사람도 있었다. 대작은 큰 금액이라 소품 등으로 인사해야만 했다.

선생의 희수전이라 박식과 김치로, 백도철은 신경을 많이 썼다. 정민과 순님이 오픈식 준비에 최선을 다하는 모습도 보기 좋았다.

초청장과 도록은 먼 곳의 지인에게는 전시 일주일 전에 발송하였고, 가까운 곳의 분들께는 하루 전날 알렸다. 사흘 전부터 일기예보 확인하는 것을 잊지 않았다.

지방에서 오는 사람들을 위해 여관비와 교통비 봉투를 준비했다.

전시 전날 작품 이동이 있었다. 탑차를 이용해 화랑으로 옮기고 오전 중으로 디스플레이 마치고 의자를 배치했다.

오후 화랑에서 청운 선생의 방송 인터뷰가 있었다.

오후 5시 오픈식인데도 오전부터 손님들이 몰려들기 시작했다. 제자들은 손님맞이에 바빴다.

박식은 자신의 전시회와 너무 다른 것에 놀라면서도 배울 점이 많다는 것을 깨달았다.

오후 5시 청운 선생의 희수전이 개최되었다.

뭔가 많다는 느낌을 지울 수가 없었다.

손님, 화환, 선물, 축하봉투….

방명록에 적힌 직함들이 화려했다. 미술계, 재계, 정계, 문화계에서 한가락 하는 명사들이었다.

손님맞이에 누구보다 바쁜 사람이 있다.

박식, 김치로, 백도철이 가장 분주했고, 정민과 순임은 한복을 입고 아름다운 모습으로 손님을 맞이했다.

명사들이 좌석표에 따라 자리에 앉자 개회사에 이어 축사가 있었다.

예술원 회원이며 미술계 거목인 장민기 선생, 예총회장 주상기, 국회의원 백수길이 축사를 마치자 청운 선생이 답사로 손님을 환영했다.

"50년 그림 인생을 되돌아보며 죽었다 다시 태어난다 해도 그림을 그리겠다는 자부심을 가지고 있습니다. 남은 시간 짧은 세월이라 해도 그림에 정열을 쏟을 각오입니다."

답사의 요지였다.

허윤정 시인의 '살아있음이 환희여!'라는 시는 예술인의 자부심을 일깨워 주었다.

그림은 영혼을 어루만지는 신의 선물이라고 했던가. 마음을 힐링하는 아트테라피의 역할을 한다. 돈벌이나 출세의 도구가 아니라 감상자의 영혼을 행복하게 하고 마음의 상처를 치유한다.

주인공 청운은 전시장을 돌며 여러 사람과 악수하고 담소하며 제자들과 사진촬영을 하였다. 이런 아름다운 모습으로 인생을 정리하면 좋겠다며 제자들은 부러워했다.

송치구 변호사는 청운 선생의 전시회에 그냥 넘어갈 수는 없었다. 무리가 따랐지만 큰 금액의 전지를 구매했다. 그동안의 도움에 대한 보답이었다.

박식은 선생의 전시 마무리를 위해 작품 배송은 물론 수금과 비용 지급 등 많은 일을 보조했다. 전시 마무리 일 처리에 일주일이 소요되었다. 청운 선생은 박식과 김치로에게 상을 내렸다.

전시회를 끝낸 청운 선생은 허전한 생각이 들었으나 한가로운 일상에 들어감으로써 행복을 느꼈다. 건강이 허용한다면 산수(傘壽)전이나 미수(米壽)전을 해보고 싶었다. 내일은 누구도 보장 못 하는 희망일 뿐 확신은 아니다. 주위 화가들이 하나둘 앞서거니 뒤서거니 가버리는 걸 보고 확신은 있을 수 없다고 믿었다. 건강이 허락하면 창작에 진력하고 사회활동에 힘쓰는, 소박한 소망을 가질 뿐이었다.

# 민숙 상경

백도철은 표구사에서 열심히 일하며 틈틈이 그림을 배웠다.

서울 생활이 익어갈 무렵 진주의 여자 친구 이민숙으로부터 서울에 오겠다는 전화가 왔다. 그는 민숙의 취직자리를 위해 백방으로 뛰었고 박식과 김치로도 열심히 도왔다.

우선 박식의 집에 비어 있는 방을 쓰고 아이를 돌보며 취직자리를 알아보는 것으로 의견을 모았다.

정민은 아이가 학교 가면 시간이 있으니 인사동에 작은 화랑 점포를 얻어 경영해 보려 했는데 민숙의 상경이 도움이 될 거라는 생각이 들었다.

박식은 장고 끝에 화랑을 여는 것에 동의했다. 심태식 화랑 주인의 눈치를 볼 수밖에 없었지만 이해하리라 기대했다.

점포는 만만치 않았다. 좋은 자리는 권리금이 높고 인테리어 비용 역시 녹록지 않았다. 준비금을 조달하는 문제도 쉽지 않았다. 화랑을 여는 것은 박식 자신뿐만 아니라 후배의 애인 민숙을 위해서도 좋은 일이라 백방으로 뛰었다.

박식에게서 화랑 오픈 계획을 들은 청운 선생은 역시 신중했다.

"사업에는 위험이 뒤따른다는 걸 잊지 말게. 철저히 검토해야 할 거네."

"모험이기도 하지만 한 살이라도 젊었을 때 시작해 보려고요."

"화랑을 꾸미고 그림을 구입하려면 큰돈이 들 텐데…."

경험자라면 당연한 걱정이었다.

"그림은 우선 저의 작품과 김치로, 정민, 순님의 작품으로 하고, 선생님께서 조금만 협조해주시면 당분간 유지하는 데는 지장이 없을 것 같습니다."

주제넘은 생각이라고 핀잔을 줄 만한데 선생의 표정은 달랐다.

"뜻이 뚜렷하면 길이 있기 마련이야. 나도 적극적으로 협조할 테니 열심히 해보게."

박식의 배려에 백도철은 용기를 얻어 당장 민숙을 서울로 불렀다.

박식과 김치로, 백도철 삼총사가 서울에서 활개를 치겠구나. 백도철은 생각할수록 힘이 불끈 솟았다.

민숙이 상경했다. 원피스가 색상은 화려한데 어딘가 어울리지 않는다고 순님은 생각했지만 내색은 하지 않았다. 시골에서 올라온 여자들이 명동 아가씨 스타일을 닮는 데 시간이 그리 오래 걸리지 않을 것임을 알기 때문이다.

민숙의 상경을 축하하는 의미에서 박식 부부와 김치로 부부 그리고 백도철과 민숙이 짝이 되어 앉으니 마치 부부 계모임 같아 화기애애했다. 여섯 명이 저녁식사를 하며 화랑 개업 이야기로 술맛을 키웠다.

점포 계약하는 데 돈이 조금 부족하여 김치로와 백도철이 도와주었다.

인사동은 전국에서 그림이 모여들기도 하고 전국으로 팔려 나가기도 한다. 전국의 화상들이 모여들다 보니 수준 높은 그림이 있는 반면 낮은 것도 있다. 김치로나 백도철의 그림이 충분히 끼어들 수 있는 틈이 있다는 뜻이다.

정민이 화랑의 사장을 맡았고 민숙은 종업원으로 취직했다.

청운 선생에게 화랑 이름을 하나 부탁했다.

"남은 박식이 영남 사람이니 '영남화랑'이 좋을 듯하네."

"감사합니다."

"실력이 있으니 영남을 대표하는 화랑이 될 거야."

"고향의 자부심을 지키겠습니다."

박식은 '지금까지 고생한 것을 모두 보여주겠다'는 각오를 다시 한 번 다졌다.

영남화랑의 개업 준비에는 20일로 족했다.

개업은 조촐했으나 모일 사람은 다 모였다.

진주에서 온 사람들이 왜 이렇게 많을까? 박식이 서울에 정착하여 고향 사람을 고구마 줄기처럼 끌어올려서 그런가.

전시작품은 먼저 청운 선생 작품과 묵염회 회장 작품을 걸었고, 다음 박식과 김치로, 백도철, 정민, 순님의 작품 등으로 화랑을 꾸려나갔다.

특별한 오픈식은 하지 않았지만 방문객에게 수시로 한과를 선물했다.

선천식당의 식권을 배포한 것은 진주 사람들의 입맛에 맞을 거라는 생각에서였다. 민숙은 호기심을 갖고 개업식 광경을 경험하면서 식권을 열심히 배포했다.

시간이 날 때마다 정민은 그림에 대한 간단한 지식을 민숙에게 들려주었다. 진주에서 올라온 사람은 무조건 그림을 배워야 한다는 강제규정이라도 있는 것처럼 그녀는 열심히 설명했다.

오후 박동식 어른이 영남화랑에 들렀다. 대뜸 박식 그림 한 점을 구매했다.

진주 송 변호사가 미라와 함께 상경하여 화랑에 들러 그림 두 점을 구매했는데 이는 박식에 대한 그들의 특별한 배려로 여겨졌다.

거리를 지나던 사람들이 개업 화환을 보고 화랑에 들러 그림을 감상할 때는 유명작가라도 된 기분이었다. 그림을 사려고 문의할 때는 즐거웠고, 실제로 그림을 구입할 때는 가슴이 벌렁거리기까지 했다.

손님에게 떡과 다과를 대접하고 음료수를 대접하는 정민과 민숙이 이미 다정한 자매라도 된 듯 친숙해졌다.

개업 첫날 7점의 작품이 거래되었고 고객 방문이 꽤 많았다. 화랑을 수시 개방함에 따라 부담 없이 찾아오는 사람이 많았다.

영남화랑에 걸어둔 박식과 김치로의 그림이 많이 팔리자 그들의 활동은 더 분주해졌다. 정민과 민숙이 화랑 운영에 전념하는 동안 박식과 김치로는 국전준비에 열중했다.

# 백도철과 민숙의 동거

청운의 희수전을 끝내고 영남화랑을 개업한 후 비교적 여유를 찾은 백도철과 민숙은 자기들만의 시간을 가지고 싶었다. 백도철은 민숙에게 자신의 방을 보여주고 싶다고 했다.

서울에 올라온 후 단둘이 만나기는 처음이다.

“민숙씨, 서울 생활 어때요, 마음에 들어요?”

“처음엔 외로워서 바로 진주로 내려가고 싶었는데, 지금은 정이 들어가는 것 같아요. 도철씨도 잘해주잖아요.”

‘보따리 싸서 가버리면 어떡하지?’

백도철도 걱정했지만 그런 일은 없을 것 같아 차츰 안심되었다.

방 한가운데 방석을 깔고 앉아 대화하면서 그들은 서로 눈을 마주치곤 했다.

“민숙씨, 이제 서울에서 살 준비가 되었나요?”

백도철은 여자의 마음을 확인하고 싶었다.

"반은 결심이 된 것 같아요."

"그럼 됐어요. 반은 내가 결심시켜줄게요."

말이 떨어지기 무섭게 남자는 여자에게 몸을 던지고 끌어안았다.

"왜 이리 급하세요, 도철씨?"

"완전 결심할 때까지 꽉 안을 거요."

백도철의 팔에 힘이 들어갔다.

민숙의 눈동자는 포기하고 있었다. 모든 것을 남자에게 맡겼다.

깊은 숨소리가 두 사람의 입에서 바쁘게 흘러나왔다.

하룻밤을 백도철의 방에서 보낸 민숙은 순종하는 양으로 변했다.

박식의 화랑 일에서 돈을 모으면 좀 더 큰 방을 얻어 백도철과 살림을 차리기로 했다. 그러한 꿈이 언제 실현될지는 모르지만.

영남화랑이 문을 연 지 일주일 만에 그림 20여 점이 팔렸다. 괜찮은 금액이 들어왔다. 개업을 위해 빌린 돈을 갚으려면 아직 시일이 더 필요했다.

박식의 그림이 인기가 좋아졌다. 청운 선생 그림이 20퍼센트 이익이라면 박식의 것은 거의 백퍼센트였다. 정민과 민숙은 손님에게 박식의 그림을 권하곤 했다. 손님이 청운 그림을 할인해서 사려고 할 땐 딱하기도 했다. 괜히 선생에게 미안함을 느꼈다.

그림 구입자의 눈높이는 일반인과 좀 다르다. 수년 동안 연마해 온 안목은 전체적으로 잘 볼 줄 안다. 화랑을 운영하려면 그림을 접하는 눈부터 훈련해야 한다.

"언니, 안목을 높이는 방법이 있나요?"

민숙이 궁금해서 정민에게 물었다.

"우선 그림에 대한 지식이 필요하지. 책의 설명과 실물그림을 비교하면 안목이 높아질 거야."

일반적으로 미적 직관은 대상을 직접적인 관찰이나 인식의 작용으로 체험적 미의식의 본질을 성립시킨다. 감각적인 직관과 직접적인 직관에 의해서 나타난 미감을 인식하는 것은 모두 예술의 전반적인 인식으로 나타난다.

화랑을 하면서 경험을 직관에 의해서 나타나는 미의식으로 판단하는 경험체계가 작동한다. 감각적으로 성립되는 판단의 효과는 크다. 누구든 미적 경험의 성패를 가름하게 된다. 감각이 뛰어나고 안목이 높은 수장가가 많은데, 화랑 주인이 작품의 진가를 몰라 오히려 싼 값에 파는 경우가 허다하다.

인사동에 모여드는 전국의 화상이나 미술 애호가들이 영남화랑으로 오게 하려면 홍보가 필요하다. 이를 위해 미술 잡지나 신문이 좋은 방편이다.

미술신문에 화랑을 홍보하고 여성잡지에는 광고를 실었다. 화랑이 인기를 얻자 그림 판매가 많아지고 민숙의 급료도 올랐다.

백도철과 민숙은 전세방을 얻어 동거에 들어갔다.

새집으로 이사해서 그들이 달콤한 시간을 보내고 있을 때, 백도철은 진주 어머니로부터 전화를 받았다. 좋은 혼처가 나왔으니 빨리 내려와서 선을 보라는 것이다. 처녀가 나이는 좀 있어도 초등학교 선생에 집안이 좋다고 어머니는 자랑했다.

짧은 서울 생활에 민숙과 동거하는 것을 안다면 부모는 당장 진주로 내려오라고 할 것이다.

표구 일이 뜸할 때 주인에게 양해를 얻어 진주에 다녀오기로 했다.

부모에게 인사한 후 백도철은 찬찬히 말했다.

"서울에서 살아가려면 직장에서 기술을 더 배우고 경험을 더 익혀야 합니다. 가족을 부양하기 위해서는 기반을 다져 놓아야 하니 결혼은 아직 이릅니다. 서울 생활 정말 어려워요."

백도철은 끝의 말을 강조했다.

생각 같아선 서울 생활이 장난이 아니라고 말하고 싶었다.

"그러면 선이라도 한번 보려무나."

듣고 있던 아버지가 말했다.

"예, 그러겠습니다."

개념 없이 선을 보고 백도철은 서울로 올라왔다.

그는 민숙에게는 자기 부모님만 뵙고 왔다고 말했다.

"민숙씨 사랑하는 마음 변함없고 이대로가 제일 행복하구려."

백도철은 일부러 여자에게 애정 표현을 진하게 했다.

갑작스런 사랑 타령이 미심쩍었으나 사랑이라는 단어는 바로 들으나 거꾸로 들으나 기분이 나쁘지 않은 말이다.

상황이 애매할 때는 남녀의 사랑은 더욱 격렬해지는 법이다.

젊은이의 땀은 일할 때만 흘리는 것이 아니다. 진한 사랑의 표현이

땀으로 분출될 때 희열이 함께 쏟아지기 마련이다.

그들은 한 시간 동안 천국의 문턱에라도 다녀온 느낌이었다.

꿀잠은 이런 때 취하는 것임을 알았다.

# 위작 사건

요즘 영남화랑에는 그림을 찾는 손님이 많아졌다.

일천만 원 상당의 그림이 매매되는 등 활기찬 화업이 이뤄지고 있었다.

이날 잘생긴 신사 한 분이 뭔가를 들고 화랑으로 들어왔다.

유명한 청보 선생의 전지 한 점을 펼쳐놓고는 불안한 듯 말했다.

"이 그림 삼천만 원에 구입했는데 급한 일이 생겨서 반값에 팔려고 합니다. 화랑에서 구입하시면 돈이 될 겁니다."

정민은 청보의 그림에 마음이 동했다. 그러나 어제 판매한 그림 대금 일천만 원밖에 없어 반값에 사기는 어렵다고 말했다.

"좀 급해서 그러는데, 할 수 없죠. 그거라도 주십시오."

그 사람은 일천만 원을 받아갔다. 은행에 입금하지 않은 돈이어서 박식에게 의논도 하지 않고 그림을 구입했다.

남자가 떠난 뒤 그녀는 박식에게 전화해서 자초지종을 이야기했다.

집에서 만난 그들 부부는 '참 잘했다'고 서로를 추켜세우면서 술잔을 마주하며 기분을 풀었다.

다음 날 박식은 그림을 보려고 화랑에 들렀다.

백도철이 다니는 표구사 주인을 초청해서 표구를 부탁했다. 그림을 펼치니 청보 선생의 청록산수였다.

이때 표구사 주인의 얼굴이 야릇한 표정으로 변했다.

"아니, 이 그림은 위작인데요."

요모조모 몇 번 더 살피던 그의 눈빛은 여전히 바뀌지 않았다.

"진품이면 이천만 원도 더 나가는 작품입니다만 이건 아닌데요."

표구사 주인의 결론에 박식은 어안이 벙벙했다.

"결국 집사람이 실수했군요."

"요즈음 화랑 경험이 없는 곳을 찾아다니며 사기 치는 사람이 종종 있지요."

이런 일로 그림 애호가들이 손해를 보는 경우는 허다하다. 그림을 볼 수 있는 전문가가 되려면 상당한 시간이 필요하다. 위품은 근절되어야 하지만 나쁜 사람이 계속 나오므로 진품을 가리는 실력을 키워야 한다.

종로경찰서에 이 사실을 고발하고 범인의 인상착의를 알려주었다.

실수로 거액을 날린 정민은 분해서 몸 둘 바를 몰랐다. 화랑을 시작하자마자 일어난 일이라 충격으로 다가왔다.

박식은 사기꾼 찾기에 몰두하다가 불현듯 송 변호사 생각이 났다.

미라로부터 자초지종을 들은 송 변호사는 중부지청에 직접 찾아가는 방법을 알려주었다. 검찰은 형사를 동원하여 전직 사기꾼들을 색출하기 시작했다.

일반적으로 그림 시장의 위작 사건은 소품이나 소액 사기가 많은데 이처럼 대작으로 사기를 치는 것은 특이하다. 빠른 시일 내에 색출하지 않으면 꼬리를 물고 사회적 파장을 일으킬 수 있다.

소액 사건이라면 몰라도 거액사건은 그냥 넘어가기가 어렵다. 범죄를 밝혀내지 못하면 미술시장의 여론이 나빠질 것이 자명하다. 조사하면 그런 그림을 그릴 수 있는 전문 화가는 손에 꼽을 정도다.

형사는 지금까지의 정보를 이용해서 용의자의 돈 씀씀이를 추적하고 움직이는 자의 신상을 파악하며 정밀조사에 나섰다.

사기꾼은 지방 소도시에서 그림을 그려, 속아 넘어갈 만한 구매 대상을 물색한 후 전격적으로 해치우는 것이다.

정민은 그림 솜씨를 발휘하여 범인의 몽타주를 직접 그리고 키와 옷 색깔까지 사진처럼 그려서 형사에게 제공했다.

표구사 화랑을 다니면서 몽타주를 보이니 누구라는 정보를 알아냈고, 결국 수사망을 좁혀 나갔다.

사기 전과가 있는 김 모라는 사람이 걸려들었다. 돈이 없어서 생계가 어려웠는데 최근 들어 씀씀이가 늘었다고 한다.

유력 용의자에게 몽타주를 내밀고 조사과정을 이야기하니 처음에는 부인했으나 도저히 빠져나갈 구멍이 없음을 알고 자백했다. 돈은 이미 반을 써버려 오백만 원만 남아 있었다. 검찰에서는 위품 작가도 검거했다.

사건이 마무리되면서 정민과 박식은 안정을 찾고 화랑 운영에 열중하게 되었다. 김치로와 백도철도 한시름 놓고 하던 일을 열심히 했다. 청운 선생과 박동식 어른에게도 잘 해결되었다고 말씀드리고 진주송 변호사에게도 결과를 알려주었다.

이쯤에서 박식은 작가(作家)의 변(辯)을 전하고 싶었다.

예술을 한다는 자부심으로 뽐내거나 상대방을 무시하는 저급한 화가가 되고 싶지 않았다. 내세울 만한 자랑거리가 없고 재주가 특출하지 않으니 자신은 주어진 임무에 충실하고 근면해야 한다고 생각했다.

노력 없이 출세하고 돈 벌고 명예를 누리는 사람이 있다. 그들은 대부분 좋은 학교 나오고, 좋은 선생 만나서 교수로 일하고, 외국 유학해서 좋은 제자 거느려 작품을 자기 것으로 만드는 경우가 있다. 그들 일부는 배경 좋고 운이 좋은 작가도 있다.

하지만 역사에 남는 대작가는 천재적 작가는 많으나 좋은 학교 나오고 좋은 배경을 가지고 성공한 사람은 드물다. 다만 좋은 선생이나 후원자를 만난 사람은 있다.

진정한 작가는 가난하게 살아도 오로지 좋은 작품을 창작하는 사람이다. 반 고흐가 그랬고 페르메이르가 그랬다. 우리나라의 최북이나 장승업도 그랬다. 이 나라에도 출세주의나 배금주의에 물들지 않고 오로지 창작에만 몰두하는 작가가 많다. 끝없는 창작 정신에서 새롭고 인간적인 작품이 나온다.

진정한 미의 천착은 매우 어렵다. 미에는 희극(喜劇)미가 있고 비극(悲劇)미도 있다. 미는 인간의 순결한 감정의 표현이며 최고의 경지에 이른 지성적 결정체라 하겠다. 미를 추구하는 자는 그 영혼이 순결하고 정의로워야 한다. 미(美)에는 추(醜)함도 있고 악(惡)함도 있다. 미술이란 아름다운 것만 취하는 것이 아니고 추한 것도 취하는 것이다.

많은 화가들이 추구하는 아름다움이 다 미술일 수는 없고, 지고지순한 미의 근원은 인간 자체의 엄숙하고 정신적인 진실의 소산이라 하겠다.

그림을 그릴 때는 의재필선(意在筆先)이라고 하였다. 뜻이 붓놀림보다 먼저라는 의미이다.

모든 예술이 미의 천착에서 얻어지는 인격의 반영이다. 아무리 많이 배우고 학문이 깊어도 진실한 인간적인 인격이 없이는 진정한 예술이 나올 수 없다는 것이다. 화가는 화가로서의 기본정신이 투철해야 한다.

그림은 시와 같고, 시는 그림과 같다는 말이 있듯이, 그림을 보면 시를 읽는 것 같고, 시를 읽으면 그림을 보는 듯한 것이 진실한 예술이라 하겠다.

박식 자신이 진정한 예술가라는 뜻은 아니고 운명적으로 그림을 그리게 되었고 그에 순응할 뿐이다. 그래서 이 길에서 벗어날 생각은 없으며 충실하게 매진하려는 것이다.

# 그림 팔아주기

박식이 상경한 지 10년째가 되었다.

서울 생활 10년에 아이는 학교에 들어가고, 국전에 두 번 특선하고, 화랑이 자리 잡고, 돈 벌어 차를 사고, 정민은 화랑 사장으로 이름을 얻고 있으니 부러울 게 없지만 박식의 마음은 왠지 허전하기만 했다.

김치로는 미술대학을 졸업하고 대학원을 다니며 국전 특선과 입선으로 화단에서 유망 중견작가의 자리를 굳혔다. 순님은 아버지 회사를 물려받아 사장이 되었다.

백도철은 표구사 직장을 얻고, 화가로서 경력을 쌓아가며, 민숙과 살림을 차려 옥동자를 얻어 깨가 쏟아지는 삶을 살고 있었다.

진주 촌뜨기 삼총사가 상경하여 남 보기에는 충분히 출세한 셈이다.

어찌 보면 행운인데도 박식의 마음 한구석은 개운치 않았다. 장삿속으로 보면 괜찮지만 남의 귀중한 재산을 허투루 하기엔 양심이 허락지 않았다.

진주의 미라와 송 변호사는 돈 벌어 부자로 살며 진주의 유지가 되었다.

주변 사람들의 일이 모두 잘 풀리는 상황이지만 박식은 여럿이 자리를 함께하여 중요 안건을 의논하고 싶었다.

선천식당(宣川食堂)에 박식, 김치로, 정민, 순님, 민숙이 다 모였다. 백도철만 빠졌다. 박영규(朴英圭) 사장이 직접 나와서 환대를 해 주었고 특식으로 주문했다.

식당 방문을 닫고 박식이 입을 열었다.

"도철이 어떤 사람으로부터 그림을 맡아서 팔아야 하나 본데 우리가 도와줘야 할 것 같아 의논차 이렇게 모이자고 했어요."

도와줘야 할 사람의 형편인즉슨, 죽은 남편이 그림을 좋아하다 보니 그림만 사들이고 부인에게 용돈을 넉넉하게 주지 못했다. 남편은 원망을 듣기 싫어 백만 원에 산 그림을 십만 원 이하로 부르곤 했다. 부인은 싼 그림이라 신경 쓰지 않고 방에 그림이 몇 점이 있는지도 모르고 있었다.

그러다가 어느 날 남편이 갑자기 뇌출혈로 쓰러져 사망하니 부인은 그 미운 그림의 일부를 싸게 팔아버렸다. 남편이 백만 원에 구입한 것이 그 후 값이 뛰어 일천만 원을 호가했으나 부인은 그걸 알 리 없었다.

남은 그림을 팔기 위해 어느 날 부인이 백도철을 찾아왔다.

백도철이 그림을 팔기 위해 삼총사가 모인 자리에서 자초지종을 설명했다.

이야기를 다 들은 김치로는 자기 생각을 말했다.

"도철이 생각대로 그걸 우리가 합심해서 판 뒤 다시 모여서 대책을 세우는 것이 좋을 듯합니다."

모두의 마음이 일치했다.

표구사 주인은 그림이 어디서 나왔느냐고 물었다.

"아는 분이 팔아 달라고 해서 받아뒀습니다."

백도철이 대답했다.

"정확한 가격을 알아보고 팔도록 함세."

"다 팔면 사장님께 소개비를 충분히 드리겠습니다."

백도철은 표구사 주인이 양심적으로 잘해줄 것으로 믿었다. 그림은 사진을 찍어 필요한 것만 한 점씩 가지고 나와서 팔았다. 그림을 모두 파는 데 3개월이 걸렸다.

총판매대금이 12억 5천만 원이라는 큰돈이 되었다.

그림의 주인은 왜 그림값을 모르고 팔았을까?

그 주인은 여러 집을 찾아다니다가 백도철을 만났다. 점원이 순진하고 착해 보였다. 백도철은 사실 그림을 잘 모르기 때문에 요구하는 금액을 주고 사왔다. 그림을 팔아서 남는다면 조금 더 주기로 생각하고 박식에게 판매 도움을 청한 것이다.

3개월 후 그림을 다 판 다음 백도철과 민숙은 수고를 자축하는 의미에서 박식과 김치로, 정민, 순님을 초청해 선천식당에서 만났다.

김치로가 먼저 의견을 제시했다.

“엄청난 액수인데 분배를 잘해야겠어요. 주인에게 상당액을 드리고, 다음 소개비 지급하고, 일정 부분 분배를 한 다음, 남는 돈은 도철이 집을 하나 사면 좋겠어요.”

백도철과 김치로는 이제 박식 형님의 의견을 들어보고 싶었다.

“나의 의견으로는 주인에게 1억5천을 드리고, 소개비를 1억 지불하며, 나머지는 인사동에 건물을 하나 사서 표구사를 하면 좋을 듯하네. 건물의 남는 공간은 세를 놓아도 좋겠지. 도철과 치로의 생각은 어때?”

“박식 형님 생각이 좋습니다. 도철이 결정만 하면 되겠네요.”

김치로가 말했다.

“박식 형님 말대로 하면 10억이 남는데 형님에게 1억 드리고, 치로에게도 1억, 나머지는 건물을 사서 활용하면 되겠어요.”

백도철이 자신의 의견을 내놓았다.

건물을 사서 일층은 표구사를 하고, 2층은 화랑, 3층은 박식과 김치로의 화실로 하고, 맨 위층은 백도철과 민숙의 살림집으로 정했다.

“한 역할도 없는 우리는 돈 받을 이유가 없으니 화실만 같이 쓰는 걸로 흡족합니다.”

순님은 남편 김치로의 허리를 찌르며 동의하라고 재촉했다.

민숙은 두 여인을 챙겼다.

“정민 언니와 순님 언니에게도 1억씩 드리고 남는 돈으로 건물을 사도 좋을 듯합니다.”

“도철이 생각을 존중하면서 민숙 제수씨 말대로 하세요. 오늘 의논은 비밀로 하면 좋겠어요."

박식이 교통정리를 했다.

다들 분배를 하고 남는 돈으로 건물을 사서 운영하도록 했다.

논의를 끝내고 와인을 시켜 기분을 고조시킨 다음 모두 집으로 돌아갔다.

정리하면 배분금은 이랬다.

그림 원주인: 1억 5천

표구사 주인: 소개비 1억

박식과 오정민 부부: 각각 1억

김치로와 박순님 부부: 각각 1억

백도철과 이민숙 부부: 건물 6억

# 화실 제자들

백도철은 진주 부모님에게 5천만 원, 박식과 치로도 각각 부모님에게 5천만 원씩을 송금했다.

뜻밖의 돈을 받은 시골 부모들은 궁금했다. 어려운 살림에 뭉칫돈을 받았으니 오히려 불안할 만하다. 백도철의 표구 사업에 동참한 이익금이라고 말한들 알아들을 리 없다. 안심시키는 데 시간이 걸렸다.

청운 선생이 별세하고 박식이 인사동에 화실을 내려는 계획을 미뤘다. 백도철이 건물을 구입하면 거기에 화실을 내기로 했다.

백도철은 길가의 건물을 물색하고 다녔다.

인사동 중간쯤에 5층 건물이 나왔는데 박식과 김치로 보기에도 좋았다. 은행 담보 2억이 들어 있는 건물이라 가지고 있는 현금으로 충분했다. 단지 세 들어 있는 사람들이 권리 주장을 해서 문제가 발생했다.

1층의 세 점포 중 하나만 쓰고 두 점포는 그대로 두기로 했다. 2층은 전통찻집으로 그대로 쓰고, 4층은 화실, 5층은 주택으로 쓰기로 했다.

건물 구입과 이전 등기 정리에 두 달이 걸렸다.

표구사와 화랑을 개업했다. 화실은 칸을 막아 각각 독립된 방으로 만들어 박식과 김치로가 각각 쓰기로 했다. 박식의 방은 미술지도를 위해 조금 크게 꾸미고, 김치로의 방은 그림만 그리므로 방이 클 필요가 없었다.

박식은 인사동으로 화실을 옮기고 제자들에게 미술 교습을 시작했다. 국전을 준비하는 제자와 취미로 산수화를 배우려는 사람이 있었다. 국전반에 세 사람, 취미반에 여섯 사람이 들어왔다. 국전반은 다 남자이고, 취미반은 다 여자였다. 국전반은 직장이 있는 사람이라 주로 야간에 열고, 취미반은 주부들이라 낮에 열었다.

주부들은 일 때문에 일주일에 한 번 나오는 사람과 두 번 나오는 사람이 있었다. 취미로 배우는 사람들은 여유로운 가정이라 나름대로 개성에 맞는 산수화나 화조를 그리는 사람이 많았다.

취미로 배우는 주부들은 부담이 적어서 그런지 순조로운 진척을 보였으나, 국전 출품을 준비하는 사람들은 소재를 구하고 구도를 잡으며 본그림을 그리기 시작하면서 선생의 눈치를 보고 잘 봐달라며 경쟁이 심했다. 그림 재주가 있어도 미대를 가지 못한 남자들은 직장을 다니면서 틈틈이 그림을 배워 국전을 통해서 화가로 입문하고 싶어 했는데 경쟁이 치열했다.

남자 제자로 입문한 김홍석은 회사원이고, 유지성과 홍문수는 중학교 교사이다. 김홍석은 이미 한번 출품해서 낙방한 경험이 있고, 유지성과 홍문수는 초보이다. 그러나 누가 먼저 입선할지는 아무도 모른다. 김홍석은 고궁 풍경, 윤지성과 홍문수는 산수화를 그렸다. 세 사람 모두 2주간 초본을 그린 후 본그림을 그리기 시작했다.

국전 작품을 그릴 때는 한 점만 그리는 것이 아니고, 여러 점을 그려서 그중 가장 좋은 것을 출품하는데, 직장일로 시간 제약이 있어 한 점을 계속 다듬어 나가는 실정이다.

여자 제자는 박영자, 이금자, 고보옥, 백종림, 백순임, 백정옥 등이다. 이들 모두 취미로 그리지만 상당한 수준의 화가들이다.

오늘은 세 백씨, 즉 백종림, 백순임, 백정옥이 모였다.

오전 수업 후 선천식당에서 식사했다. 선천식당은 인사동에서 가장 오래된 식당으로 구순을 바라보는 박영규(朴英圭) 여사장이 경영하면서 인사동의 명소로 자리매김했다. 음식이 깔끔하고 고전적이라 연세 드신 분들이 선호하는 식당이다.

인사동은 화가들이 많이 모여드는 곳이다.

고미술점과 표구사, 재료점이 많아서 전국에서 화가나 화가 지망생이 모여든다. 그림 그리는 사람은 인사동을 모를 리 없다. 인사동에서 재료를 살 수 있고 화랑에서 그림 구경을 할 수 있어 자연히 여기에 화실을 가지려는 사람이 많다. 한국 화가들은 인사동을 고향같이 동경한다.

박식과 김치로는 인사동에 화실을 가지게 되었으니 화가로서의 조건이 충족된 셈이다. 많은 사람의 작품을 접할 수 있어 좋았다.

박식은 국전에 두 번 특선하고 김치로는 한 번 특선했다. 박식은 인사동 화실에서 후학을 가르치고 김치로는 학교에서 후학을 가르치는데 교습내용은 매우 다르다. 화실에서는 기초보다 작품 위주로 가르치고 학교에서는 기초를 가르친다. 박식은 틈틈이 화랑용 산수화를 그렸다. 남자 제자들은 국전준비를 하고, 취미반은 산수, 화조, 문인화를 그렸다.

자기 그림공부를 하면서 문하생을 가르치는 일은 쉽지 않다. 박식은 사명감을 가지고 최선을 다하는 성격이다.

청운 선생이 별세한 후 김치로도 가끔 박식에게 교습을 받았다. 바쁠 때는 수강생 중에서 선배가 후배를 가르치기도 했다.

교습 시간이 아닐 경우 박식은 혼자서 사색에 잠기기도 한다.

사람은 자기 운명을 모르나 운명대로 살아가고 있다고 믿는다. 뒤에서 날아오는 돌은 피할 수 없기에 숙명이지만, 앞에서 날아오는 돌은 피할 수 있기에 운명이라 해도 좋다. 운명은 노력하고 조심하면 좋아질 수 있다는 뜻이다.

살다 보면 왜 나에게 이런 일이 있을까? 의문이 생길 때가 있다. 능력 있는 사람은 운명을 스스로 만들어 간다고 생각하고, 능력 없는 사람은 신의 명령에 따라 움직인다고 생각한다. 사람의 일생에는 상상도 할 수 없는 운명의 전환이 일어나고 인생을 송두리째 바꾸는 사건이 일어날 수 있다.

사주 보는 사람에게 물으면 사주대로 산다고 하고, 관상 보는 사람에게 물으면 관상대로 산다고 하고, 풍수 전문가에게 물으면 풍수대로 산다고 한다. 점 보는 사람은 점괘대로 살고 손금 보는 사람은 타고난 손금대로 사는 것인가?

부모 덕, 학벌 덕, 배우자 덕으로 산다고 할지라도 모든 복덕이 노력덕이라는 걸 알게 될 때가 온다.

박식과 김치로, 백도철은 가난한 집에서 태어나 머리는 명석하지만 좋은 학교를 가지 못하고 운명적으로 서울에 와서 그림공부를 하고 기술을 배우며 삶의 터전을 마련했다.

박식은 청운 선생을 만나 화가로서의 길을 찾았고, 김치로는 박식의 덕분에 박동식 사장을 만나 미술대학을 나오고 대학 강사로 자리를 잡았으며, 백도철은 역시 박식 덕분에 서울로 진출하여 뜻밖의 행운을 잡아 박식과 김치로에게 도움을 주는 상황이 되었다.

세 사람은 형제보다 더 끈끈한 정으로 외로운 객지에서 서로 의지하며 살아갔다. 나름대로 자리를 잡고 서울에 온 보람을 느끼며 살아갔다.

사색에 잠겨 있는데 노크 소리에 돌아보니 여제자들이 들어오기 시작했다. 교습 시간이다.

## 행복한 순간

미라의 집에 변이 생겼다.

송 변호사는 진주 사회의 상위권을 유지하면서 잘 살고 있었다.

하루는 단독주택에 강도가 들어 흉기로 위협하고 귀금속을 모두 가져가 버렸다. 미라는 충격을 받아 병원에 입원했고, 송 변호사는 허탈함을 이기지 못해 매일 술이 떡이 되도록 마시고 공포를 잊으려 했다.

입원한 지 일주일 만에 퇴원한 미라가 집에서 쉬고 있을 때 경찰에서 찾아와 당시의 상황과 범인의 인상착의 및 말투 등을 물었다.

"서울 말투에 검은색으로 염색한 군복을 입은 듯했고, 160센티 정도의 키에 운동화 차림의 날렵해 보이는 40대 남자였습니다."

미라는 기억에 남은 대로 말했다.

"단서가 될 만한 일은 더 없었나요?"

"칼날이 번쩍였는데 보통 상점에서 볼 수 없는 외제 느낌이었어요."

범인은 몇 달 전부터 돈깨나 있는 부잣집을 택하여 계획을 세우고는 곤히 잠든 시간에 일부러 사람을 깨워 번쩍이는 칼을 들이대고 정신을 뺀 다음 귀금속을 몽땅 털어서 유유히 사라지는 전형적인 서울식 강도 수법이었다. 서울에서 내려와 원정 털이를 하고 그날로 상경하는 지능적인 강도들이었다. 흔적을 남기지 않았고 귀금속은 서울 전문 장물아비들에게 처리해 감쪽같은 강도 행위를 했다.

송 변호사는 트라우마가 심해 일손이 잡히지 않아, 술로 세월을 보내고 있었다. 밤잠을 잘 수 없었다. 부부는 당분간 집을 비우고 처가에서 지내기도 했으나 미라는 더 심해져 무서움에 잠을 이루지 못했다.

이런 와중에 미라의 아버지 전태식이 별세했다.

건설업을 하면서 과음하여 간경화가 심해져 71세로 생을 마감했다. 동생 성기가 아직 가업을 이어받을 만한 나이가 아니라 미라의 걱정은 태산 같았다.

전태식의 재산처리는 매우 복잡하고 분배하기 난감했다. 회사는 운영이 어려워 다른 사람에게 넘겼고, 부동산은 어머니 몫과 처남 성기 몫을 제하고 미라에게도 한몫 돌아왔다. 송 변호사는 자신의 기본 재산에다 유산까지 합하여 상당한 재산의 소유자가 되었다.

강도사건 5개월 만에 경찰에서 검거 소식이 왔다. 강도 두 명이 원정강도를 하다가 전국에서 수배 중인 것을 모르고 마음 놓고 다니다가 전라북도 이리에서 검거되었다. 그동안 강도질해서 모은 금은 녹여서 팔고 보석은 모두 보관하고 있었다. 보석은 녹일 수도 없고 금액이 크기 때문에 발각의 우려를 고려해서 일정기간이 지나면 판매하려는 속셈이었다. 그래서 미라의 보석도 전량 돌아왔다.

사건이 해결되고 상속문제도 정리되어 미라는 송 변호사와 모처럼 서울 나들이에 나섰다. 아들 민수는 학교 때문에 외할머니에게 맡겨 놓고 두 사람만 서울에 왔다.

그들은 청운 선생을 문상하고 난 뒤 처음 서울에 왔다. 서울 시절 알고 지내던 여러 지인을 만나고 서울호텔에서 하룻밤을 지냈다. 송 변호사는 지청장 시절 알고 지내던 사람들과 요정에서 술판을 벌이고 신나는 시간을 가지고 싶어 했고, 미라는 박식을 만나 그간의 회포를 풀고 싶었다.

송 변호사는 좀 늦을 것 같으니 오늘 하루는 서로 자유 시간을 갖자고 했다. 미라는 좀 쉬고 있을 테니 그리 하라고 했다. 자연스럽게 두 사람은 각자만의 자유 시간을 갖게 된 것이다.

미라는 박식에게 전화를 했다.

"지금 서울이에요. 만날 수 있을까요?"

"그럼 화실로 나와요."

퇴근 후라 아무도 없는 화실에서 그들은 만났다.

그리고 두 사람은 전에 만나던 영남여관에 들렀다. 신발을 제대로 벗었는지도 모르고 남자는 달려들어 오랜만에 만난 여자를 으스러지게 안았다. 말이 필요 없는 긴 순간이 흘렀다.

"정말 그리웠어요."

안긴 여자는 행복해하며 말했다.

"각자의 길이 있지만 한시라도 잊어본 적이 없었소."

"매우 민망하지만 오늘 하루는 같이 지내요."

여자의 말에 남자의 팔에는 더 힘이 들어갔다.

"송 변호사는 몇 시에 들어옵니까?"

"밤에 한잔하고 온다며 기다리지 말래요."

시간이 충분하다는 말로 들려 남자는 더 흥분을 느꼈다.

두 사람의 순간적 폭발에서 천둥 같은 전음(電音)이 일어났다. 욕망의 뇌관이 폭발하는 순간적 굉음이 두 사람의 정신을 마비시켰다.

처녀 시절의 미라가 아닌 성숙한 여성은 절정이 뭔지를 알고 있었다. 박식은 능숙한 전투력을 과시하는 전사처럼 행동했다.

불륜의 죄의식이 그들에게 존재하지 않았다.

그들은 오로지 행복만을 따라갈 따름이다.

서로에게 자유를 준 하룻밤은 남녀에게 활력소를 불어넣어 주었다.

그들은 아무런 미련 없이 회포를 풀고 각자의 자리로 돌아갔다. 가정을 어떻게 꾸려가야 한다는 것을 그들은 알고 있었다.

박식은 새벽에 집으로 돌아왔다.

정민의 추궁에 특별한 대답은 하지 않고 "오늘은 왠지 울적하여 바람을 쐬고 왔어." 긴 변명을 하고 싶지 않았다. 여자의 예감으로 이상한 느낌이었으나 더 이상 추궁하지 않았다.

송 변호사도 지청근무 때 지냈던 여러 지인과 만나고 밤늦게 호텔로 돌아와 만취한 상태로 잠들었다. 밤늦게 도착한 미라는 다행으로 여기며 잠이 들었다.

미라와 송 변호사는 다음날 박식과 김치로를 찾아 금방 도착한 것처럼 반갑게 수인사를 나누었다. 그동안 많은 변화가 있었고, 인사동에 화실을 차려 화가로서의 위치가 당당하게 된 것을 보고 미라는 감탄했다.

송 변호사와 미라는 진주의 끔찍한 강도사건을 이야기하고 서울로 오고 싶다는 의견을 내비쳤다. 아이의 교육을 위해 서울 아파트를 구입하려 한다는 것이다. 박식도 은근히 진주강도사건을 핑계 삼아 미라가 서울로 오기를 바라고 있었다.

이럴 경우 미라는 아들 민수와 서울에서 살고, 송 변호사는 진주에 뿌리를 내리면 일주일에 한 번씩 번갈아 왕래하면서 기러기 부부로 살아간다는 생각을 하고 있었다.

박식은 미라가 서울에 혼자 살 수 있다는 말에 은근히 기대를 가지고 있었으나 눈치 빠른 정민은 내심 경계의 눈초리를 굴리고 있었다.

저녁에 미라는 정민과 순님, 민숙 등 여자들만을 만나 선천식당에서 식사하고 전통차를 즐기며 지나온 세월의 '여자의 일생'에 대해 여러 이야기를 나누었다.

미라는 진주에 도착해서도 눈만 감으면 박식의 영상이 아른거렸다. 그렇다고 바람난 여인처럼 무지한 짓을 하려는 것은 아니고 이성적으로 대처하는 지혜로운 여인이고 싶었다.

박식도 사랑에 흔들리기는 하나 겉으로는 큰 변화를 일으키지 않았다. 만일 미라가 서울에 오면 변화가 있을 수 있겠다는 생각이 들었다. 송 검사가 충무로 발령받았을 때 충무로 이사하였고, 서울로 왔을 때 서울로 올 정도로 연민이 컸기 때문이다. 사랑하는 사람을 가까운 거리에 둔다는 의미에서 미라가 서울에 온다는 사실은 박식의 기대를 고무풍선으로 만들었다.

# 그림 시장

여고 선후배 동창인 정민과 민숙은 화랑 주인과 종업원으로 서로 이해하면서 잘 지내는 편이었다. 수입이 많을 때 월급만 받는 민숙은 좀 서운할 때가 있었다. 백도철이 건물 소유주가 되어 잠시 종업원으로 있는 게 선후배 관계를 해치지는 않았다.

영남화랑을 찾아온 한 고객이 민숙이 경상도말을 하자 고향이 어디냐고 물었다. 진주라고 했더니 자기도 진주라고 했다. 친근감인지 모르나 그림을 구입하고 앞으로 그림을 많이 팔아주겠다며 명함을 주고 갔다.

그의 명함에는 태평양주식회사 사장 김태우라고 적혀 있었다. 구입한 그림을 사무실로 보내달라고 했다. 가격을 한 푼도 깎지 않고 다 지불하고 그는 가버렸다. 행동이나 말씨로 보아 권력의 중심에 있는 사람처럼 느껴졌다.

정민이 화랑으로 들어오자 민숙은 받은 그림 값을 내놓았다. 생각보다 많은 돈을 받아 정민은 고마운 마음에 민숙에게 용돈을 넉넉하게 주었다.

일주일 후 김태우 사장이 찾아왔다. 마침 박식이 와 있어 민숙은 김태우 사장을 박식과 정민에게 소개했다. 김 사장은 박식의 고향이 남해라고 하니 자기도 남해에서 태어났다고 했다. 두 사람이 남해에서 태어나 진주가 활동무대였다는 소개가 된 셈이다.

김 사장은 박식을 친근한 표정으로 보았다.

"나와 동향이니 같이 일해 보면 어떻겠습니까?"

"무슨 일을 하시는지 궁금합니다만."

"차차 이야기하겠습니다."

박식과 정민은 어리둥절했다.

말을 시작했으면 매듭을 지어야지.

그는 일주일 후에 오겠다며 가버렸다.

김태우 사장은 영남화랑에 끌렸고, 화랑을 경영하는 사람이 남해 출신이라니 믿을 수 있다는 확신을 가졌다.

일주일 후 나타난 김 사장이 고급 요정에서 박식과 술자리를 같이 하면서 자신이 하고자 하는 일을 토로했다.

김 사장은 5층짜리 건물을 가지고 있으며, 70평 정도의 건물은 4층과 5층이 비어 있는데, 빈 공간에 값나가는 그림을 사서 보관하고 싶다고 말했다. 회사의 비자금으로 그림을 사고 팔 때 손쉬운 그림을 사기 위해서는 믿을 만한 사람이 필요했고, 화랑 경험이 있어야 하므로 영남화랑을 찾은 것이다. 거래를 해보니 믿음이 가고 고향이 같고 순수해서 일을 맡겨도 좋다는 결론에 이르렀다.

박식은 김 사장의 비자금을 비밀로 하고 좋은 그림을 사는 데 표구사 주인이 안성맞춤이라는 생각이 들어 동의하고 일에 착수하기로 했다.

박식의 통장에 우선 50억이 입금되었다.

그 돈으로 유명화가들의 그림을 구입하기로 했다. 경험 많은 전일호 표구사 주인에게 그림 구입의 책임을 맡겼다. 전일호는 30여 년의 경험에 눈썰미가 있어서 진위를 구분하는 안목이 높았다.

80년대는 동양화가 대세를 이루었으나 차츰 서양화로 인기가 옮아가는 시기라 동서양화를 같이 구입하기로 했다. 전일호는 구입 비밀을 지키며 구입비용의 1퍼센트를 소개비로 받기로 했다. 대신 위작일 때는 배상하기로 약정했다.

영남화랑을 거점으로 하여 여러 화랑을 다니며 좋은 그림을 소리 없이 구입했다. 전일호는 5일 만에 10억 원어치를 구입했다. 구입 화랑과 작가 경력, 구입 가격을 장부에 정리하고 장래성 있는 그림만 골라서 사들였다. 건물에는 미술품을 보관할 수 있도록 각목으로 칸을 만들어 소품용과 대작용으로 나누어 보관하기로 했다. 전일호는 서두르지 않고 차근차근 그림을 사들이고 아무런 흔적을 남기지 않았다.

거물 수집가 김태우 사장은 구입가격의 1퍼센트를 박식에게도 주기로 했다. 그 대신 생존 작가의 그림이 아니고 작고 작가의 그림을 요구했다. 동양화로 3원 3재 그림, 서예로 추사와 한석봉 글씨, 대원군 난초, 혜원 풍속화 등 값진 그림은 모두 사들였다. 서양화는 박수근, 이중섭, 이인성, 김인성, 도상봉, 김환기 등 유명화가들의 그림을 구입했다.

박식은 하루에 한 번씩 화랑에 들러 구입한 그림을 하나하나 살피고 탑차로 창고에 보관했다. 정민과 민숙의 그림에 대한 안목을 높이는 데 큰 도움이 되었다. 이름 있는 화랑에서 그림을 구입하지만 화랑협회의 감정서가 있는 것만 구입했다. 그것은 전일호 사장이 책임을 면하려는 수단이다. 큰 화랑이라도 소장한 그림이 많지 않아 손님들의 소장품을 소개받아 구입하곤 한다. 그림을 골라 적당한 가격으로 구입하는 일은 상당한 경험을 요구하는데 자기 안목으로 거래할 수 있는 실력자는 그리 많지 않다.

전일호는 그림 구입에 조심한다. 잘못하면 자신에게 손해가 될 뿐만 아니라 신용도에 금이 가기 때문이다. 잘못 구입한 그림이 발각되면 당장 구입책에서 물러나게 되어 돈벌이가 중단된다. 여러 도록을 구입해서 필법과 색채를 연구하고 작가마다 나타나는 특징을 연구하는 이유도 이 때문이다. 지금까지 구입한 작품에 하자가 없었다는 건 다행이다.

실은 작품 구입을 전적으로 전일호에게 맡기는 게 아니고 다른 전문가에게 암암리에 감시를 의뢰한다. 50억이라는 큰돈을 위임하고 그냥 방치하는 건 아니라는 뜻이다. 박식은 그걸 모르고 있을 뿐이다.

김태우 사장은 우선 50억 원을 맡기고 추후 200억 원가량의 비자금을 그림에 투자할 계획이다. 구입이 순조로우면 계속해서 구입할 예정이다. 구입할 때마다 장부를 만들어 김 사장에게 보고한다. 박식은 전일호를 믿고 그림 대금을 지불하고 하나하나 확인하면서 정리해 나갔다.

그림 구입은 돈만 있다고 되는 것이 아니고 그림에 대한 상당한 지식과 안목이 있어야 가능하다는 점은 이미 설명했다. 모든 예술품 구입에는 전문가들의 도움이 필요한 것이다.

박식은 그동안 많은 경험을 쌓았으나 아직 초보 수준이라 전적으로 전일호에게 의지하는 편이다. 전일호는 표구일을 하면서 고화나 유명작가 작품으로 이익을 본 적이 있다. 그는 도록을 구입해서 많은 공부를 했고 사고파는 요령이 풍부하다. 인사동 화랑 가에서 모르는 사람이 없고 안목도 인정받아 전문가로 통한다. 작품을 저렴하게 구입하는 편이라는 여론을 잘 알고 있는 박식은 전적으로 그에게 일을 맡기고 있다.

# 이전 기념전

영남화랑이 차츰 이름이 나고 그림 수준이 높아져 고객이 많아지면서 화랑이 좁아 넓은 곳으로 이전하게 되었다.

이전 개업 기념전은 한국원로작가 초대전으로 하고, 동서양화 10인의 정상급 작가를 초대했다. 인사동의 상업화랑에서 개최하는 전시회로는 큰 규모라 신문방송에서 크게 보도해 관람객이 줄을 이었다. 보통 전시는 일주일이지만 이번 전시는 2주일로 연장했다.

이전개업식에 출품 작가와 유명 인사가 참석했다. 그 속에는 박동식 어른과 김태우 사장이 포함됐다. 참석자들을 선천식당으로 안내해 식사대접을 했다.

화랑 문을 열자마자 손님이 몰려들어 오전 중에 그림의 절반 이상이 나갔고 전화 문의도 많았다. 김태우 사장은 큰 작품을 자기가 사겠다고 했다. 해질 무렵에 작품이 거의 다 나갔다.

"이 모두가 당신의 인덕인가 봐요."

정민은 흡족한 마음에 박식을 칭찬했다.

"당신 수고가 많았소."

박식은 정민의 어깨를 다독거렸다.

이 모든 게 박식이 김태우 사장과 인연을 맺은 데서 비롯했다고 정민은 생각하고 싶었다.

주위 화랑 주인들이 소문을 듣고 화랑에 들렀다. 정말 그림이 잘 팔리는 걸 보고 놀라는 눈치였다.

이전기념 타월을 100개 주문했으나 예상외로 많은 손님이 방문해 100개를 추가 주문했다.

이전개업을 도우러 삼총사 부부가 오는 것은 당연하다.

김치로와 순님, 백도철과 민숙은 일찌감치 화랑으로 와서 자기 일처럼 도왔다.

이런 좋은 일에는 진주 미라에게 알리는 것이 자연스럽다. 이튿날 송 변호사는 재판관계로 오지 못하고 미라 혼자 축하차 상경했다.

"미라씨, 왔어요? 고마워요."

박식은 반가워 유부녀 미라의 손을 꽉 잡았다. 손에 열기가 오르면 포옹할 것 같아 손을 놓고, 대신 허리를 끌며 테이블로 안내했다.

정민은 미라가 나타나자 이상한 기분이 들었다. 투피스가 너무 예뻐 질투심이 생겼으나 정민은 평소 습관대로 인사만 하고 무관심 모드로 들어갔다.

미라가 그림을 한 점 사려고 했으나 이미 다 팔려나가고 마음에 드는 그림이 없어서 박식이 괜찮은 작품 한 점을 주문해 주기로 했다.

개업일 작품이 매진되었다는 소문에 자신을 초대해주기를 요청하는 작가도 있었다. 전시가 2주간이라 찾아오는 고객 중에는 추가 작품을 요구하는 자도 있었다. 전시장에서 원하는 그림이 다 팔리면 추가로 작가에게 부탁해서 그리는 경우가 허다하다. 때로는 작가들의 양해를 구하고 화랑에서 비슷하게 그려주곤 하는데, 작가로서 자존심이 상하기도 하나 화랑의 사정에 따라 허용하기도 한다.

신문방송 홍보가 있는데다가 2주 동안 전시를 하다 보니 같은 그림을 그려 달라는 사람이 많았다. 요구를 다 들어줄 수 없어서 몇 점만 작가에게 부탁해서 그려주기로 했다.

이번 전시로 화랑 홍보가 많이 되어 박식은 개인적으로도 큰 도움이 되었다. 대가들이 드나들고 인사동의 명소로 자리매김하면서 그의 화가 위치는 굳어져 갔다.

기념전 참석차 상경한 미라는 영남여관에서 하룻밤을 지내기로 했다.

얼마 전 박식이 퇴근 후 이 여관에 들러 미라와 함께 짧은 시간을 보낸 적이 있기 때문에 영남여관은 두 사람에게 이미 낯이 익었다.

박식은 카운터에서 그녀의 방을 알아내고 마음을 졸이며 문을 열었다. 엄밀한 만남은 긴장되는 만큼 쾌감의 농도가 짙은 법이다.

시간은 오래 걸리지 않았다. 미라는 이미 속옷차림으로 기다리고 있었고, 넥타이를 매지 않은 박식은 웃옷을 벗어 던지는 데 몇 초도 걸리지 않았다. 두 사람의 몸과 마음은 서로를 받아들일 준비가 돼 있었다.

"민수는?"

아들 소식이 궁금한 박식이 구체적으로 물어보려다가 이름 부분에서 멈춰버렸다. 더 물을 필요가 없었다. 엄마 아빠가 이렇게 사랑하면 아이는 저절로 행복하게 클 것만 같았다.

미라도 대답할 생각을 하지 않았다. 엄마가 알아서 키우는데 생부는 염려 놓으라고 말하는 것 같았다.

긴 시간은 아니지만 뜨거운 만남을 즐기고 박식은 집으로 돌아왔다.

정민은 박식이 미라와 만난 것을 감지했다. 여자의 느낌이란 이럴 때 매우 유효하다. 그러나 정민은 태연한 자세를 취하며 다정한 목소리로 남편에게 물었다.

"저녁은 어떻게? 가져올까요?"

박식의 입술이 촉촉한 걸로 봐서 저녁은 먹은 게 확실했으나 그를 안심시키기 위해 일부러 물었다.

"놔둬요. 아까 손님과 간단히 먹었으니까."

정민은 그 손님이 누군지, 어디에서 먹었는지를 묻지 않았다. 미라가 상경할 때마다 그가 그녀를 따로 만난다는 사실을 알고 있었기 때문이다. 남편은 미안한 마음에 스스로 괴로워할 거라고 믿었다. 이 순간 그런 기색이 보였다. 구차하게 따지면 오히려 못난 자기를 보이는 것 같아서 덮기로 했다.

"준식이 재우다 나왔는데, 먼저 방으로 들어갈게요."

정민의 사려 깊은 처사에 박식도 무언중에 자책의 기회를 가졌다. 부부란 한쪽이 잘못하거나 경솔하면 파탄이 일어난다. 자식을 키우는 부부가 다투거나 불화하면 아이에게 나쁜 인상을 줄 수 있다. 정민이 참는 기색을 보일수록 자신은 자꾸 쥐구멍을 찾고 싶었다.

서울 생활을 망가뜨리지 않고 잘 유지되는 것은, 폭풍 같은 사건도 잠잠해지는 것은 전적으로 정민의 지혜 덕분이라고 박식은 믿고 싶었다.

# 화랑의 행운

김치로는 교수가 되었다. 촌뜨기가 어떻게 교수가 되었냐고 묻는 것은 어리석다. 그가 얼마나 열심히 공부했고, 어떻게 살아왔는지를 안다면 그런 질문이 나올 수 없다.

박동식 부부와 딸 순님은 엄청 기뻐했다. 장인은 사위를 처음 보았을 때 남자의 관상이 남달랐음을 알았다. 학구열과 정직성이 이런 결과를 가져왔다고도 믿었다.

"치로씨, 결국 해냈군요. 축하해요."

순님은 준비한 축하 떡 케이크를 자르며 말했다.

"당신의 내조 덕분이오. 장인, 장모님 감사합니다."

한 번에 세 사람에게 감사 표시를 하고 나니 김치로는 마음이 후련했다.

주마등같은 과거가 지나갔다. 표구사 일꾼에서 미대 학생으로 키워준 장인이 고마웠고, 그 은혜를 잊을 수 없었다. 장인 장모를 친부모처럼 섬기고 효도하기로 맹세했다.

고향 부모에게도 효도하고 전화로 자주 안부를 물었다. 가끔 용돈을 보내고 손주의 사진을 찍어 보내기도 했다.

박식과 백도철이 축하해주었다. 당연히 세 부부가 선천식당에서 식사하면서 지나온 일들을 회상하고 서로를 위로했다.

여섯 명이 맥주 한 잔씩 들고 오늘의 주인공 김치로가 건배사를 선창했다.

"나가자!"

나라와 가정과 자신을 위해서 건배한 거라고 설명했을 때 모두가 웃었다. 역대급 건배사라고 하면서.

박식은 서울생활 리더로서 한마디 해야 했다.

"치로가 교수가 되었고, 도철이 화가로서 건물주가 되었으니 어찌 기쁘지 않겠나. 이제 내가 성공할 일만 남았네."

"형님은 국전 특선 두 번의 유명 화가 아닌가요?"

국전 특선 한 번의 김치로가 부러운 듯 끼어들었다.

"그럼 모두가 서울에서 성공한 셈이니, 다 함께 파이팅!"

박식의 소리에 모두가 파이팅을 했다.

"이 모두가 형님 덕분입니다. 형님, 만세!"

백도철이 소리치자 박식이 이제 주인공이 된 느낌이었다.

주거니 받거니 하다가 모두 취해버렸다.

택시를 잡아타고 각자 집으로 돌아왔을 때는 거의 자정이 되었다.

삼총사의 서울 생활에 행운이 고구마 줄기처럼 딸려오는 느낌이다.

영남화랑에 80대 할아버지 한 분이 찾아왔다. 경상도 말씨에 건장한 노인은 정민과 민숙을 보자 정민에게 말을 걸었다.

"그림을 사러온 게 아니라 소장한 그림을 팔려고 왔는데 살 수 있겠는가?"

존댓말이 무거운지 노인은 처음부터 말을 내려놓았다.

딸 같은 정민이 노인 앞으로 나아갔다.

"소장하신 그림이 몇 점 정도 되시나요?"

"한 50점."

"언제쯤 작품을 보러 갈까요?"

"내일쯤 어때?"

할아버지는 약도와 전화번호를 주고 갔다.

위치는 성북동 쪽이었다.

혼자 처리하기에 벅차 정민은 박식과 전일호를 대동하고 주소대로 찾아갔다. 집이 성 같은 대저택이라 눈을 의심했으나 주소가 맞아 일행은 들어갔다.

"저희들은 모두 화랑에서 근무하는 그림 전문가입니다."

정민은 할아버지를 안심시키기 위해 서두를 꺼내고 말을 이었다.

"그림을 잘 보는 전문가를 모시고 왔습니다."

"일단 들어오라우."

처음 보는 두 남자에게도 주인 노인은 말을 놓았다.

뒷방에는 고서화가 가득했다. 3원 3재 것은 물론이고 근대 작가 중 이름 있는 명작들이 가득했다.

전일호는 하나하나 살핀 후 입을 열었다.

"가격대가 한 20억 원어치 되겠습니다."

할아버지는 약간 놀란 표정을 지었다.

"찬찬히 살펴봐. 계산이 나오면 오늘이라도 그림을 매도할 테니."

그림을 한 번 더 세밀히 보았다. 그림은 양호한 상태로 위작은 아니었다. 상당한 전문가를 동원해서 사들인 것 같았다.

할아버지는 아쉬운 듯 2억만 더 쓰라고 했다.

"저희들이 잘 팔면 되니까 그렇게 하겠습니다."

최종 결론은 박식이 내렸다.

전문가 전일호도 고개를 끄덕였다.

실제로 하나하나 판매한다면 25억은 되는 물건이다.

다음날 돈을 준비하여 성북동에 들러 미술품을 구입했다.

거액의 미술품을 구입해서 탑차로 창고에 보관하는 일은 전일호가 담당했다. 박식이 옆에서 참관하며 도와주지만 거래 명세서는 전 사장이 모두 정리했다.

구입한 그림이 아직 30억에 못 미쳐 여러 화랑에 부탁해서 좋은 그림을 구해달라고 했다. 거래가 성사되면 1퍼센트의 소개비를 받는다.

작품 거래에서 혹시 실수하면 거래가 중단된다.

고미술계는 비교적 깨끗해서 단시간에 삼천만여 원의 거액을 벌면서 더 큰 욕심을 부리지 않겠다고 각오했다. 거액이 오고 가는 중 조금이라도 하자가 발생하면 전일호도 큰 낭패를 당할 수 있다. 정확한 거래를 위해 애쓰는 이유이다.

# 미라 남편의 죽음

서울에 다녀온 미라가 친정 상속문제와 재산정리를 하고 아이 학교문제에 신경 쓰고 있을 때 송 변호사가 충무에 다녀오자고 했다. 충무지청에 근무할 때의 지인들을 만나고 싶었던 것이다. 미라도 머리를 식힐 수 있는 좋은 기회였다. 송 변호사가 직접 운전했다.

그는 외제차 운전의 묘미를 느끼며 과속하는 편인데, 가끔 과속과태료 고지서가 날아오기도 했다. 자동차 사고를 한번 당하고 고생한 경험이 있는데도 과속의 매력을 잊지 못했다.

진주에서 충무행 국도를 탔다.

2차선에서 앞서 달리는 노선버스가 너무 갑갑하여 1차선으로 추월하려는 순간 마주 달려오던 트럭을 보지 못해 정면충돌 하고 말았다. 대형사고였다. 송 변호사와 미라는 의식을 잃고 병원에 실려 갔다. 트럭운전사도 크게 다쳤다.

송 변호사는 출혈이 심해 깨어나지 못했고, 미라는 에어백 덕에 간신히 목숨은 건졌다. 위중하여 충무병원에서 진주로 옮겨졌다.

그러나 송 변호사는 머리를 다쳐 회복이 어려운 상태에서 결국 사고 일주일 만에 숨을 거두었고, 미라는 큰 상처 없이 사흘 만에 퇴원했다.

사고원인은 송 변호사의 운전 부주의로 밝혀졌다.

가족들은 큰 충격에 빠졌다.

미라 주변은 초토화되었고 사후정리 역시 복잡했다. 그동안 수임한 사건의 변호가 무산되면서 금전적 손해는 물론이고 재산정리와 사망신고 사고 처리 등에서 모멸적인 무시와 억울한 일들이 미라를 조여 왔다.

상속세를 치르기 위해 건물을 매도하고 세입자들의 보증금을 지급하고 정리하는 데만 3개월이 걸렸다.

미라는 진주의 기억을 잊고 싶었다.

서울로 이사해서 아들 민수 교육에 정성을 쏟을 생각이었다.

건물을 구입하여 임대해서 생계와 학비를 마련할 계획이다.

박식에게 그림공부를 받아보고 싶었다.

미라의 소식은 안타까웠지만 서울로 오면 미라를 만날 기회가 올 것을 박식은 기대하고 있었다. 닥쳐올 일이 복잡하고 미묘할 수도 있다는 것도 각오해야 했다.

미라의 상경 소식에 정민의 고민은 커지기만 했다. 박식과 미라의 관계를 마냥 관용으로 대할 수는 없었다.

미라에게도 예상치 못한 고민이 하나 생겼다.

두 달 전 서울을 다녀온 후 몸에 이상이 생겼다. 생명이 꿈틀거리는 느낌이었다. 아이를 유복자로 키울까 혹은 낙태를 시킬까 고민해야만 했다.

누구의 아이인지 여자는 계산을 잘한다. 비밀로 하면서 아이를 지킬 수 있을 것 같았다. 충분한 재산은 누구의 도움 없이 양육할 수 있는 힘이었다.

미라가 유복자를 품고 있으면 정민이 눈치 챌 리 없다. 배 안에 있는 동안은 모를 것이나 아이의 얼굴을 보면 의심할 것이다. 아들 준식을 닮은 아이라면 여자의 세밀한 눈썰미는 비밀을 알아챌지 모른다.

정민이 박식과 미라의 관계를 이해하는 것은 자신도 과거 상철과의 동거와 혼인의 약점이 있었기 때문이다.

박식은 생각이 단순하고 결정이 빨라 정민은 늘 옆에서 조용히 조언을 한다. 가정을 지켜야 하는 아이의 엄마로서, 남편의 아내로서 정민은 야성적인 한 남자를 잘 다스려야 한다.

박식은 가정을 깨지 않으려 노력하며 미라와의 애정관계를 드러내지 않으려 애쓰고 있다. 미라와 결혼하지 못한 이유가 그녀 부모의 탐욕 때문이라 생각했다. 부모의 결정을 거역하지 못한 미라는 결국 송 검사와 정략결혼을 하고 말았다.

사랑했던 박식과 미라는 순간적 감정을 누르지 못하고 불륜을 저질렀으나 송 검사에게 항상 미안하다는 생각을 가지고 있었다. 그 후 이성이 야성을 누르지 못해 또 선을 넘고 말았다.

서울로 올라온 미라는 강남에 10층 빌딩과 살림집 아파트를 구입했다. 당분간 박식과 만나는 것을 삼가고 있다. 임신을 정민이 눈치채면 불화의 씨앗이 될 수 있다. 물론 미라의 남편이 살아 있을 때 임신한 것이지만 비밀은 언제 탄로 날지 모르기 때문이다.

김치로와 백도철은 박식과 미라의 관계를 아직 알지 못한다. 김치로는 순님과 결혼해 살고, 백도철은 민숙과 동거 중이니 주변의 애정관계를 샅샅이 살필 만큼 한가하지 않다. 정민은 화랑사업과 그림 그리기에 열정을 쏟고 있는 중이다.

미라는 강남의 100평짜리 10층 건물을 관리하기가 쉽지 않았다. 월세를 내지 않고 보증금을 다 까고도 나가지 않는 사람, 건물에 해를 끼치거나 쓰레기를 치우지 않는 사람, 이웃을 못살게 구는 사람 등 많은 문제가 발생했다. 폐해를 감당하려면 전문가를 고용해야 하는데 시골에서 온 여자 혼자서 어떻게 해야 할지 두서를 잡지 못했다.

전기, 수도, 화장실 등에 매일 골치 아픈 일들이 일어나는데, 결국 복덕방에 부탁해서 관리인을 구했다. 여자 혼자 있다는 걸 알고 얕잡아보며 갖은 행패를 부리는 악질을 만날 때는 울고 싶기도 했다.

미라는 송 변호사 친구인 지청장을 찾아가 어려움을 이야기하고 도움을 청했다. 지청장 부탁 덕분인지 경찰이 관리인을 찾아 불법행동을 경고했다. 남편이 검사였다는 것을 알았는지 이후로는 관리인이 수작을 걸지 않았다.

그럼에도 50개가 넘는 사무실 관리에는 별의별 일들이 발생했다. 그럴 때마다 서울 생활 수업료라 생각하고 참고 해결해 나갔다.

박식을 만나거나 인사동을 방문할 시간이 없었고 또 몸이 무거워 다니기도 어려웠다. 병원 진찰과 아들 민수의 통학을 챙기는 일에도 바빴다. 진주에 남겨놓은 건물 임대 관리도 걱정거리에 속했다.

미라는 아기를 가졌기에 정민의 눈치를 살펴야만 했다. 미라는 박식을 만나지 않더라도 서울에 사는 것만으로 행복하고 전화로 안부를 물을 수 있어 다행이라는 생각이 들었다. 박식이 학생 지도와 그림 그리기, 묵염회 총무 일에 바빠 만나지 않는 것이 미라에게는 오히려 좋았다. 오해 살 여지를 주지 않는 게 중요하기 때문이다.

# 아버지 별세

정민은 화랑 경영에 힘을 쏟았다.

민숙이 열심히 도와줘서 그림이 잘 팔렸다.

미라는 서울 온 지 3개월 만에 영남화랑에 들렀다.

"한 번 온다는 것이 이렇게 늦어 미안합니다. 정민씨."

"아닙니다. 이사하시느라 바쁘셨을 텐데…."

화랑의 차 테이블에 마주앉아 그들은 담소를 계속했다.

"서울 공부가 쉽지 않네요."

한때 서울에 살았음에도 미라는 서울 생활의 어려움을 토로했다.

살림이 커진 영향도 있지만 남편 없이 혼자 살아가는 일이 힘들었기 때문이다.

"그럼요. 저희도 처음 서울 와서는 어리둥절했어요."

정민의 위로였다.

"남편과 서울 있을 때는 느끼지 못했는데 혼자 있으니 챙길 게 너무 많아요."

박식한테 도움 청하려는 의도로 느껴지는 것은 여자의 질투심 때문일까? 정민은 생각을 털고 미라를 바라보았다.

"큰 건물을 샀으니 그럴 만도 하지요. 건물 관리도 어려울 테고요."

미라는 화랑을 두리번거려 보았다.

여자의 마음을 아는 정민이 말을 이었다.

"모처럼 오셨으니 화실에 가서 박식씨 만나보시죠. 치로씨와 같이 작업 중일 거예요."

친절도 하셔라.

미라는 정민의 배려에 감탄했다. 그게 정민의 진심이 아니어도 상관없었다.

화실에서 미라와 박식 두 사람은 그동안 있었던 일에 이야기가 길어졌다. 정민은 화실에서 그들이 너무 오래 이야기하는 것이 못마땅하면서도 김치로가 함께 있어 그나마 안심이었다.

정민은 음료수를 들고 화실로 들어갔다.

"마시면서 담소하세요."

대화를 방해하지 않기 위해 정민은 일부러 김치로 옆에 앉았다. 미라와 박식이 좀 부담스럽다는 듯 정민을 쳐다보았다.

"시간 내서 강남에 한 번 찾아가겠습니다."

박식은 이야기를 마무리하려 했다.

"형님, 저도 같이 가보도록 하겠습니다."

김치로가 같이 간다는 말에 정민은 마음이 놓였다.

성북동 이사장의 고화 수집에 박식과 전일호 사장은 신경을 많이 썼고 정민은 철저히 화랑 관리를 하고 있었다. 박식은 문하생들을 지도하며 화랑에서 주문하는 그림 그리기에 바빴는데, 때문에 수강생을 늘리지는 않았다.

서울에는 박식, 김치로, 백도철, 전미라 등 네 가정이 유대관계를 가지면서 때로는 각자 생활에 충실하면서 살았다.

서울은 뒤섞이는 곳이라 여기에서 살아가려면 적당히 악질적이고 독종이며 비인간적인 괴물이 되어야 한다. 미라가 서울 생활을 배우기 위해서는 수업료를 더 내야 한다. 일종의 인생수업료가 되겠다.

박식이 제자들과 산수화 수업을 하고 있을 때 진주에서 아버지가 위독하시다는 연락이 왔다. 진주 경상대학병원에 입원 중이고 오늘을 넘기기 어려우니 빨리 와야 한다고 했다. 정민이 같이 가려 했으나 아이들을 돌보고 화랑을 지켜야 했다.

박식은 혼자 진주행 버스에 올랐다. 진주에 도착하자마자 택시를 타고 병원으로 갔다. 병실에 친척들과 어머니가 임종 직전의 아버지 손을 잡고 통곡하고 있었다.

"여보, 기다리던 아들이 왔어요. 눈을 떠보세요."

박식이 아버지 어깨를 흔들어봤다.

"제가 왔습니다. 아버지."

박식이 왔다는 소리에 아버지는 잠시 눈을 떴다.

손을 잡고 눈물을 흘린 아버지는 마침내 운명하고 말았다.

객지에서 불효했다는 죄책감에 박식의 가슴은 아팠다.

의사가 사망 확인을 하자 시신은 영안실로 옮겨졌다.

정민은 부리나케 아들 준식을 데리고 진주로 내려왔다. 운명 전에 시아버지를 보지 못한 게 못내 아쉬웠다.

민숙은 박식이 알려준 주소록에 따라 서울 지인에게 부고를 알렸다.

김치로와 백도철이 다음날 식구들과 진주에 왔다.

여러 사람이 도와줘서 장례는 무사히 치렀다.

장례를 마친 후 박식은 어머니를 서울로 모시겠다고 했으나 어머니는 꿈쩍도 하지 않았다.

"당분간은 여기에 있겠다. 네 아버지가 외로워서 견디겠니? 너희들만 서울로 올라가거라."

어머니는 마치 살아 있는 사람을 두고 말하는 것 같았다.

"조만간 서울로 모실 테니 천천히 준비하세요."

아버지를 고향 선산에 모시고 어머니를 고향에 남겨둔 채 서울로 올라온 박식은 가장으로서 어깨가 더 무거워졌다.

# 아내 정민의 죽음

정민은 서울에 도착하자마자 몸이 피곤해서 병원에 갔다.

몸의 어딘가가 무거운 기분이 들어 종합진찰을 받고 싶었다.

무거운 진단이 나왔다. 자궁에 혹이 있다는 것이다.

"정밀검사 예약을 하시죠."

의사는 일주일 후 날짜를 잡았다.

그녀는 확실한 검사 결과가 나오기 전에는 박식에게 알리고 싶지 않았다.

정민은 피곤해서 당분간 집에서 쉬겠다고 박식에게 말했다.

"많이 피곤한가 보군. 화랑은 민숙씨에게 맡기고 당분간 쉬도록 해요."

그동안 먹고 사는 일에 바빴고 그러던 차에 진주까지 갔다 왔으니 아내의 피곤은 당연하다고 느꼈다.

정민은 일주일 후 다시 병원을 찾았다.

심각한 표정을 지은 의사는 머뭇거렸다.

“문제가 좀 있는 것 같습니다. 내일 보호자와 함께 오세요.”

보호자를 대동하라는 말은 상태가 예사롭지 않다는 뜻일 수 있다.

다음날 병원에 들렀을 때 의사는 박식을 따로 불렀다.

“부인께서 자궁암 3기로 당장 수술이 필요합니다.”

“약물치료만으로는 안 되겠습니까?”

“다소 치료는 가능합니다만 빠른 시일 내에 수술하는 것이 좋습니다.”

“본인에게 알리지 않고 수술하면 어떻겠습니까?”

“요즘은 수술 성공률이 높아 환자에게 알리더라도 심적 부담이 적을 겁니다.”

의사는 환자 앞에서 상태를 정직하게 이야기했다.

정민은 자궁암 수술에 대해 불안한 기색을 보이지 않았다. 담담한 마음으로 받아들였다.

“그런데 일주일 후에 수술하면 안 되나요?”

정민이 물었다.

암은 수술이 빠를수록 좋다고 의사가 설명해도 정민은 일주일을 고집했다. 준비할 시간이 필요하다는 것이다.

무슨 준비인지 박식은 궁금했다.

의사는 가족이 결정해서 알려달라고 했다.

일주일이 금방이긴 하나 그동안 암이 번지면 어쩌나 걱정을 하면서, 집으로 돌아온 박식은 정민과 의논했다. 3기라서 기회를 놓치면 위험하다고 말해도 생각할 시간이 필요하다는 것이다.

그녀는 노트를 가져와서 뭔가 적고 있었다.

아들 준식에 관한 부분에서는 성격과 소질, 습관에 대해서 적었고, 특성을 고려해 키워야 한다는 내용이 들어 있었다.

"지금까지 운명대로 살아왔는데 만일 죽는다 해도 팔자려니 생각하고 너무 걱정하지 마세요. 준식이도 중학생이니 걱정할 것 없어요."

태연하게 말하면서 쓰기를 마친 그녀는 수술을 받겠다고 말했다.

운명을 받아들였다.

정민이 수술을 끝낸 후 병실에 있을 때 김치로 부부와 백도철 부부가 왔다. 김치로가 정민을 위로했다.

"형수님, 요즈음은 의술이 좋아 수술 성공률이 높답니다. 편안한 마음 가지세요."

운명이 자신을 어디로 데려갈지 정민은 생각하고 있었다.

여러 난관을 극복하고 살아온 여인으로서 죽음은 두려워할 일이 아니었다.

운명을 믿는 그녀는 아무도 모르게 죽음을 준비하고 있었다.

박식은 병원에 들러 의사에게 상태를 물었다.

"사실 말씀드리면 상태가 매우 심각합니다."

"어느 정도 심각하다는 뜻입니까?"

"말기 암이라 전신 전이가 되어 방사능 치료를 기대하기 어렵습니다."

환자의 생명이 3~5개월 남았다고 의사가 덧붙이면서 말을 이었다.

"상당히 심한 증상인데 혼자서 참느라 고생하신 것 같네요."

참을성 강한 정민은 남편에게 부담 주지 않으려 무척 애썼다. 영남화랑을 개업하면서 바빴고 몸무게가 많이 빠졌다. 허리가 아프고 붉은 분비물이 나온다고 그녀가 고백을 해도 그냥 피곤한 것으로 박식은 짐작해 버렸다.

박식은 아내가 불편을 느꼈는지 알 수가 없었다. 부부생활에서 약간의 악취 같은 걸 느꼈으나 나이 들면 그럴 수 있으리라 생각하고 그냥 넘어갔다.

객지에서 자리를 잡고 경제적으로도 살 만한 때 정민이 암으로 고생하는 것은 인생이 좀 불공평하다는 생각이 들어 마음이 아팠다. 박식은 정민에게 4, 5개월의 시간이 남았다는 사실은 아직 알리지 않았다. 그렇지만 정작 본인은 자기에게 남겨진 시간을 예감하고 있었다.

중병에 걸린 줄도 모르고 문병 온 김치로와 백도철은 "곧 완쾌될 테니 힘내세요." 하며 위로의 말만 주고 갔다.

박식은 더 이상 숨길 수가 없었다.

며칠 후 그는 두 사람을 점심식사 자리로 불러냈다.

사실을 들은 그들은 놀라움을 금치 못했다.

"만약 형수님께서 소천하시면 형님은 아이 데리고 힘들지 않겠습니까?"

백도철이 말했다.

"일이 그렇다면 대책을 세워야 하지 않을까요?"

김치로도 걱정스럽게 물었다.

세 사람은 밥을 먹으면서 각자의 의견을 내고 있었다.

"위급하긴 해도 요즘 의술이 좋으니 좀 기다려볼까 해."

정민이 이 상태에서 끝나면 박식은 대책이 없을 것 같아 그렇게 말했다.

정민의 문제를 알게 된 진주의 양가에서는 난리가 났다.

지금까지 무얼 했냐며 성화가 대단했다.

아이는 어떻게 키울 건가? 남자가 어떻게 혼자 사니?

여러 질문도 있었다.

본인과의 대화가 어려운 상태가 되었다.

박식은 일이 손에 잡히지 않았다. 제자들과의 수업에도 지장이 있었다. 미라를 생각한 지도 오래되었다. 정민의 죽음 앞에 다른 생각은 끼어들 틈이 없었다.

경험 없는 사회 초년병이 서울에 와서 가난과 싸우며 생존경쟁의 터널을 지나오느라 얼마나 고생했는가? 정민의 내조가 얼마나 컸던가? 오늘의 안정된 삶이 어떻게 이뤄진 건데?

생각하면 정민을 떠나보낼 수 없다고 그는 생각했다.

고민과 불면에서 벗어나려고 술을 마셔봤으나 효과는 잠시뿐이었다.

병원에 들렀을 때 정민의 얼굴이 많이 야위어 있었다. 차라리 자신이 환자가 되어 아프고 싶었다.

평생을 같이하리라 믿고 있었던 정민이 이제 불쌍해지기 시작했고 여기에 자신의 불쌍한 처지가 덧입혀지곤 했다.

미라를 생각하는 것은 정민의 병상 앞에서 젊음의 오만과 청춘의 사치라는 것을 깨달았다.

# 새로운 시도

정민은 떠나고 말았다.

아이와 남편을 남겨두고 다른 세상으로 가버렸다.

박식은 하나씩 챙겨 나가기 시작했다.

아이의 아버지로서, 가장으로서, 예술인으로서 그는 막중한 임무를 느꼈다. 자기완성의 험난한 과제가 남아 있는 만큼 화가로서 최선의 방법을 찾아야 했다.

화랑 운영, 제자 양성, 화단 활동을 지속해야 한다.

화랑은 민숙이 경험을 살려 잘 해나갈 것이라 믿고 싶었다. 이 화랑은 김치로와 백도철의 작품 발표의 장이요, 박식 자신의 활동무대이기도 하다.

정민이 없는 삶을 견디기 위해 그는 근신하며 작품에만 열정을 쏟았다. 미술계의 급변하는 현실과 동양화의 쇠퇴가 눈에 보이는 현실에서 아류에 안주한다는 것은 도태를 의미하므로 그는 새로운 도전에 열을 올렸다.

재료에서 기법에 이르기까지 새로운 것을 개발함으로써 화단의 총아로 남고 싶었다. 전통화의 재료인 종이나 먹을 버리고 캔버스에 아크릴을 사용하는 방법을 도입하고 동양화에서 한국화로 변신하는 작업에 들어갔다. 지금까지 길들여진 동양화에 대한 미련을 버리고 재료에서부터 새로운 시도를 하는 것은 대단한 용기로 자부하고 싶었다.

현대적 한국화를 꿈꾸는 작가는 많지만 서양화와 겨룰 재료와 기법에서 새로운 방법을 찾기란 쉽지 않다. 한국화 작가의 대체적 고민이기도 하다.

박식은 현재를 완전히 뒤엎는 발상으로 새로운 시도에 들어갔다. 한 시대를 반영하는 화가는 그 시대를 부정하고 탈전통의 편에서 한 세기를 넘어서는 시도라고 하겠다. 재료와 방법, 현실 유행 등 참신하게 돌려놓고 누구도 이해하기 어려운 자기화를 시도하는 것이라고도 하겠다. 서구미술이나 동양권미술, 민화나 원시마술에서도 찾아보기 어려운 형상을 시도하고 있다.

보통 화가들은 박식의 방법을 미친 짓이라고 했다. 채색은 원색을 쓰고, 오방색은 물론 광물을 가루로 만들어 그대로 쓰고, 색흙이나 색석(色石)을 갈아 사용했다. 자연히 그림의 두께가 생겨 무겁고 갈라지며, 형태는 전통그림이 아닌 외계의 물건을 보는 듯했다. 때문에 박식의 방법이란 말이 나왔다.

이런 현상은 현실에서 벗어난 초현실의 극적인 형상을 조형함으로써 인간세계가 아니라 신의 경지라는 말을 듣는다. 형상에서 상상을 초월하는 변화를 가져온 그림이 기존의 시장에서는 받아들이기 어렵다.

이러한 획기적인 방법은 더 큰 변화가 요구된다고 생각했다. 누구는 그를 한국의 피카소라 말하기도 했다. 변화를 모색하는 화가는 많으나 기존을 완전히 뒤집어놓는 방법을 택한 화가는 없었다. 미친 화가로 알려지고, 아무도 인정하는 사람이 없고, 시장에서도 받아주지 않으니 그는 외로운 투쟁을 하고 있는 것이다. 시대를 앞서가는 새로운 방법은 누구도 따르기 힘든 작업이다.

"새로운 시도의 작품을 모아 전시회를 해볼까 합니다."

박식은 화단에 이미 공표를 했다.

인사동에서 개최하는 이번 전시회는 작가의 명예를 걸고 하는 도박과도 같은 것이다. 지금까지 걸어온 노선을 바꾸고 젊은 세대를 놀라게 한 획기적인 사건이도 하다. 획기적인 작품이 뒷받침되어야 최종적 성공을 거둘 수 있다는 뜻이기도 하다.

전시에 출품될 작품은 그림의 형상미보다 강렬한 색채와 두터운 물감으로 창조적 질감의 신기술 적용이라 하겠다. 그만큼 기존의 작품보다 튀는 것은 물론이고, 신선하고 아름다운 품격이 돋보이는 작품이다. 대부분 추상성이 있으며 대상의 의도적인 변화를 꾀하고 상을 깨트리는 작업을 했다.

완전추상이 아니라 반추상적 작업이며 형상에 치우치지 않고 반쯤 상을 깨트려 감상자의 궁금증을 일으킨다. 대부분 작품이 반추상으로 되어 있고 색채도 원형이 아니다. 그야말로 획기적이라 하겠다. 이러한 작품 30점으로 영남화랑에서 전시에 들어갔다.

"미술계의 새로운 변화, 새로운 시도"

각 신문 미술기자들은 엉뚱한 그림을 보면서 놀라고 신기하여 대서특필하면서 격찬했다. 신문을 본 미술애호가와 작가들이 모여 들었고 지방에서도 많은 사람이 다녀갔다. 작품의 선호도는 아직 모르지만 일단 성공적이며 희망적이다.

정민을 저세상으로 보낸 박식은 작가로서의 성공을 지상목표로 삼고 새로운 작업에 열정을 쏟기 시작했다.

미라는 신문을 보고 올까 말까 하다가 마지막 날 화랑을 방문했다.

"박식씨, 개인전을 진심으로 축하해요."

"오셨네요. 축하해주셔서 고맙습니다."

"그림이 많이 변했군요. 서명이 없으면 다른 사람 그림인 줄 알겠어요."

작품이 신기한 듯 미라는 유심히 그림을 들여다보고 있었다.

민숙이 차를 준비해서 테이블 위에 놓았다.

미라가 찻잔을 받았다.

"민숙씨, 서울생활 별일 없으시죠?"

"예, 미라씨도 잘 지내셨죠?"

"잘 지내고 있습니다만 서울에서 혼자 사는 게 쉽지 않네요."

이런 말은 혼자가 된 박식과 미라 자신이 동병상련으로 서로 위로

하자는 말같이 들렸다.

박식과 미라가 만난다 해도 죄의식을 가질 필요는 없으나, 배우자를 잃은 두 사람은 양심이 허락지 않아 대놓고 만날 생각은 하지 않았다.

상철이 죽고, 상철의 아이가 죽고, 송 변호사가 죽고, 정민이 죽는 등 일련의 불행의 연속은 박식에게 트라우마로 다가왔다. 삶 자체가 무의미하고 생명의 유한성을 깊이 느끼게 되었다.

미라와의 관계가 사랑이든 그리움이든 영혼을 행복하게 할 수 있는 조건은 아니라는 생각이 들었다.

정민이 떠난 자리를 채워줄 사람이 필요하나 미라가 당사자라고 생각하기에는 양심이 동의하지 않는 것 같았다. 그렇다고 멀리하기에는 서로를 아끼는 감정이 두터웠다.

두 가정을 합치는 점에 현실적 고려가 빠질 수 없다.

박식과 미라에게는 각각 자식이 있다. 아이들끼리 그냥 놔둬도 알아서 잘 지낸다는 법은 없다. 복잡한 문제가 이어질 수 있다. 세 아이 모두 아버지가 박식이라는 사실을 아는 사람은 세상에 딱 두 사람밖에 없다. 박식과 미라.

우선 박식은 지금부터 일을 만들지 말고 그냥 살아가느냐 어떠냐를 두고 고민에 빠졌다. 미라와 만나서 같이 살아간다면 무슨 일이 일어날까? 오히려 혼자 사는 것이 좋지 않을까, 생각도 해봤다.

# 유력 사업가와 만남

장례 후의 자질구레한 일을 정리하고 화랑은 민숙에게 맡기고 마음의 평정이 찾아들 즈음 박식은 미라에게 전화했다.

"바람도 쐴 겸 양평이라도 다녀오면 어떨까요?"

"박식씨, 피곤하실 텐데 괜찮으시겠어요?"

"조용히 미라씨 이야기도 듣고 싶고요."

'조용히'라는 단어에 그녀는 편안함을 느꼈다.

춘삼월 봄바람에 엷은 물결을 보이는 팔당댐이 보기에 좋았다.

물을 내려다보는 조용한 카페에서 두 사람은 서로의 이야기에 열중했다. 잔잔한 물결을 타고 원앙 한 쌍이 유유히 노니는 광경을 그들은 부러운 눈으로 보고 있었다.

오십 고개를 막 넘어선 박식은 그동안 살기 위해서 동분서주했는데 지금 이 시간은 너무도 편안한 시간으로 다가왔다.

카페에서 흘러나오는 이라희의 '미운 사랑'이 그들의 마음을 일렁

이게 했다. 미운 사랑이 열렬 사랑보다 더 깊은 사랑임을 알았다.

창가에 앉은 한 쌍의 젊은 연인이 서로 마주보며 입을 맞추는 게 미라의 눈에 들어왔다.

"우리도 처녀 총각 시절로 돌아갈 수 없을까요? 박식씨가 동생 그림 가르칠 때의 설렘을 저는 기억하고 있어요."

연애 감정에 있어서 나이는 숫자에 불과한 것인가?

박식과 미라는 그 시절을 생각하는 듯 말이 없어졌다.

"이제 커피 마세요."

아름다운 추억의 심연에 빠지면 돌아올 수 없을까봐 염려하는 것처럼 미라가 분위기를 정상으로 돌려놓았다. 현실의 세계가 그들의 대화에 들어오려고 준비하고 있었다.

"아이들 학교 문제와 건물 문제는 잘 해결되었나요?"

박식이 물었다.

"덕분에 좀 정리가 된 것 같아요. 그렇지만 또 다른 문제가 이어지기 마련이니 늘 마음의 준비는 하고 있어요."

"내가 도움이 되는 일이라면 돕겠습니다. 주저 말고 연락하세요."

돕겠다는 말에 미라는 힘을 얻었다.

"박식씨 아이 문제는 저도 함께 도울게요."

대화를 주거니 받거니 한다는 것은 서로가 삶을 나누는 것과 같다.

"우리 당분간 이렇게 부담 없이 만나면 좋겠어요. 아이들 문제도 이야기하고요. 때로는 그림 이야기도 하면서…."

미라가 웃었고 박식이 따라 웃었다.

웃음에 담긴 뜻은 집에 돌아가서 생각해 봐도 될 것이다.

박식은 행복할 수 있을까?

그는 칸트가 말한 '행복의 원칙'을 생각하지 않을 수 없었다.

첫째는 어떤 일을 할 것, 둘째는 어떤 사람을 사랑할 것, 셋째는 어떤 일에 희망을 가질 것.

한때는 세 가지를 만족시켰으나 지금은 둘째가 빠져 있는 것 같았다.

미라를 그냥 두고 그림에만 빠질 수는 없는 허망함이 밀려 왔다.

음악을 들으며 간간이 대화하는 중에 한 쌍의 중년 커플이 들어왔다.

그들은 무척 다정해 보였고, 바로 옆자리에 앉았다.

들으려고 하지 않았는데 어마어마한 내용의 대화가 귀에 들렸다.

남자 입에서 나온 내용이었다.

"이번에 태양기업을 인수하면 강남에 30층 정도의 빌딩을 건축해서 사무실을 그쪽으로 옮기고 미술품을 층층이 전시해서 문화적 기업으로 만들 예정이야."

"일본에서 들어오는 자금이 언제쯤 결제될지 궁금하네요."

일어나 나가려고 했으나 대화가 궁금해서 박식은 조금 더 앉아 있기로 했다.

"미술품 전담할 사람을 구해야 하는데, 당신이 인사동에 가서 한번 알아보구려."

말하는 남자에게 박식이 다가가고 싶었으나 모르는 사람끼리 실례가 될 것 같아 머뭇거렸다.

이때 미라가 용기를 냈다.

"저 실례합니다. 들으려고 들은 것은 아닙니다만 미술품 문제를 말씀하시는 것 같아서인데, 여기 이분이 인사동에서 화랑을 하는 화가예요. 혹시 도움을 드릴 수 있을까 하고 인사드립니다."

마치 대령하고 있었던 것처럼 박식이 허리를 굽혔다.

"저 박식이라고 합니다."

그리고 명함을 건넸다.

"그러세요, 저는 박철이라고 합니다. 이것도 인연인데, 혹시 밀양 박씨 아니십니까?"

남자는 실수를 두려워하지 않는 사람처럼 단도직입적이었다.

"그렇습니다. 이런 반가운 일도 있군요."

"오늘 일가를 만났으니 일이 잘될 것 같습니다. 머리도 식히면서 사업구상도 해볼까 하고 교외로 나왔는데 보람이 있네요."

박철 사장은 만족한 웃음을 지었다.

"실례지만 박 사장님은 고향이 어디십니까?"

"의령입니다만."

"저는 진주입니다. 그래서 상호를 영남화랑이라고 지었고요."

서울에서 한번 만나기로 하고 그들은 헤어졌다.

박식과 미라는 매일 전화로 안부를 물으며 사업의 기대에 부풀어 있었다. 그들이 양평에서 만난 박철은 일본 재벌인 큰아버지의 양자로 들어가 준재벌이 된 사람이었다. 양아버지가 한국에 돈을 보낸 지는 꽤 오래되었다.

밀양박씨 집안이라는 일체성으로 박철은 박식과 가까워졌고, 그림 관계는 모두 박식에게 일임하기로 했다.

박철 사장의 사업 영역이 강남이 될 것 같아 박식은 강남에 있는 미라의 건물 5층에 영남화랑 분점을 개설하기로 했다. 미라와 자연스럽게 만날 수 있을 것에 대해 부끄럽게 생각하지는 않았다. 하루 속히 분점 화랑을 내고 싶었다.

사흘 후 박철씨 부인이 찾아왔다.

"박식씨, 우리 건물에는 동양화와 서양화를 반반씩 걸었으면 해요."

"그러시죠. 우리 회원 중에 서양화를 그리는 사람도 있어 어려운 일은 아닙니다."

"그러면 추상성이 있는 작품으로 알아봐주세요."

부인은 그림에 대해 어느 정도 상식이 있는 것 같았다.

"건물이 준비되면 어떤 크기의 그림을 몇 점이나 걸어야 할지 계산해 보겠습니다."

박식은 자신의 어깨가 점점 무거워지는 것 같았다.

영남화랑은 강남 분점 개설 작업에 들어갔다.

민숙이 화랑을 전담하지만 큰 문제는 반드시 박식과 의논했다.

정민이 살아 있을 때와 마찬가지로 비교적 운영이 잘되었다.

# 거상들의 거래

김태우 사장의 그림 구입이 중반에 접어들었을 때 표구사 전일호 사장으로부터 전화가 걸려왔다.

"남은 선생, 인사동 고려화랑 심인섭 사장이 갑자기 별세하여 소장품을 모두 매도할 거라는데 같이 가보지 않겠어요?"

박식은 절묘한 때에 기묘한 정보라는 생각이 들었다.

"그러지요. 대충 가격이 얼마나 될까요?"

"모은 그림이 30억 원가량 되나본데, 잘 살펴보면 살 만한 게 그리 많지는 않을 것 같아요."

김태우 사장은 내용을 대충 알고 있는 듯했다.

고려화랑은 인사동 중심에 있고, 심 사장이 그림 욕심이 많아 소장품이 많을 거라는 추정은 가능했다.

박식은 소장상태를 빨리 알아보고 싶었다.

"내일이라도 약속을 잡으시죠."

“고려화랑 심 사장의 처남이 책임자로 있는데, 정리되면 연락 주기로 했습니다. 일단 소장품을 확인해야 그림의 진위와 전망을 판단할 수 있으니까요.”

대형 화랑의 사장이 갑자기 사망하자 작품을 구입하려고 눈독을 들이는 수집가가 많아졌다. 경쟁이 심하기는 하나 거액을 일시에 마련하기가 쉽지 않으니 때로는 돈 놓고 돈 먹는 식이 되기도 한다.

전일호 사장의 확인 전화는 빨랐다.

“내일 오후 2시로 약속했습니다. 시간을 비워두십시오.”

이튿날 고려화랑에 들러 그림을 확인했다.

생각보다 좋은 그림이 많았다. 조선 초기 명품과 근대화가 작품이 많았다. 현 시세로 거액이었다. 도합 50억 원이 넘는 금액이다. 이것만 해도 김태우 사장이 요구하는 액수를 채울 수 있을 것 같았다. 보관 상태도 양호했다. 수십 년간 소장한 작품이 그야말로 작은 미술관을 빰칠 정도였다.

작품의 가격은 주인이 달라고 하는 금액에서 10퍼센트를 삭감하기로 하고 가격을 물어봤다. 예상가격이 50억 원인데 상대는 40억 원을 불렀다. 여기서 10퍼센트를 삭감하면 36억이 된다. 예상보다 싼 가격이니 흥정은 시간을 끌 필요가 없었다. 물론 거액이긴 하지만 좋은 그림을 한꺼번에 사는 것도 쉽지 않다.

일사천리로 매매가 진행된 것은 양쪽이 물때를 만났기 때문이다.

전일호와 박식은 김태우 태평양주식회사 사장에게 구입 사실을 알리고 큰 호재를 만났으니 즉시 결재가 가능하도록 부탁했다.

거액 거래가 이뤄졌고 전일호는 큰돈을 받았다.

박식은 좋은 조건의 대우를 받고 기분이 좋았다.

이런 행운의 날에 김치로와 백도철을 데리고 선천식당에서 만찬을 즐긴 것은 어쩌면 당연한 일이었다. 정민이 없어 부부 동반을 못한 게 못내 아쉬울 뿐이다.

박철 사장은 강남에 건물 지을 땅을 알아보았다. 땅을 사서 건물을 지으려면 시간이 걸리고 또 마땅한 장소가 쉽게 나오지 않았다.

생각 끝에 매물로 나온 건물을 구입하는 쪽으로 부인과 합의했다.

20층 규모의 건물이 매물로 나왔다는 정보가 들어와 현장을 살펴보았다. 건물을 다 돌아보기 전에 그들은 구입하기로 결정을 내렸다.

은행대출과 공사비 미불로 인한 채무를 정리하고 등기를 하는 등 잔무 처리에 시간이 꽤 걸렸다.

새 주인의 의도대로 수리하고 현관을 정리하고 그림 걸 준비를 하는 데 3개월이 걸렸다.

박식을 불러 그림 걸 장소를 정하고, 동서양화를 배치하는 데 필요한 그림의 호수를 재고 그림 숫자를 계산하니 50여 점을 걸 수 있었다.

박식은 화랑주인을 두루 찾아다니며 여러 작가의 작품을 구하는 데 협조를 부탁했다. 이 방면에는 전일호가 전문가이므로 그에게 부탁한 것은 당연하다.

박식의 그림은 물론 김치로의 것도 걸기로 했다. 그림이 모두 대작이어야 하므로 그림 구하기가 쉽지 않았다. 더욱이 추상성 그림을 구하기는 더 어려웠다. 반추상 작가들을 물색하고 그림 주문을 했다.

강남의 미라 건물에 영남화랑 강남분점을 내고 강남 수준에 맞는 그림을 준비하기가 쉽지 않아 김치로와 백도철을 동원하여 함께 움직였다.

박식과 김치로는 동양화가이므로 서양화가 쪽에는 아는 사람이 많지 않아 서양화는 전일호에게 부탁했다. 박식은 자신의 그림 5, 6점을 제외하고는 모두 다른 화가에게 주문했다.

김치로가 한몫했다. 동료 교수들과 평소 잘 알고 지내던 작가를 찾아다니면서 그림을 부탁했다. 작가들마다 호당 가격이 다르고 자존심 때문에 다른 작가와 비교하여 그림 값을 요구하기 때문에 그림 대금은 일절 비밀로 했다.

특히 동양화와 서양화는 가격부터 상당한 차이가 있었다. 모두 비밀로 하여 다투는 일이 없도록 했다. 어느 화가는 사실을 발설하여 자신의 그림이 상대방 그림보다 저렴하게 책정되었다는 사실을 알고 항의전화를 하곤 했다. 화가들끼리 연락해서 가격을 알아내면 상당한 진통이 있기 마련이다.

특히 자존심이 강한 작가는 화를 내고 포기하겠다는 말까지 했다.

우여곡절 끝에 그림은 8할 정도 준비되어 사진 촬영을 해서 박철 사장에게 보여주고 허락을 받기로 했다.

강남분점 사무실에서 네 사람이 만났다.

박철 사장은 부인과 같이 왔고, 박식은 영남화랑 강남분점 관장인 미라를 동석시켰다.

양평에서 만난 기억 때문에 무척 친근한 분위기가 느껴졌다.

큐레이터를 시켜 커피를 주문하고 그림사진을 보여주었다. 박철 사장은 그림이 대부분 좋다고 했으나 부인은 동양화에 거부반응을 보였다. 남편은 동양화 구상작품에 관심이 많은 대신 부인은 서양화 반추상에 관심이 높았다. 이미 작가들에게 주문제작을 해놓은 상태라 취소는 난감한 일로 거부감이 큰 그림 두세 점만 빼고 납품하기로 합의를 봤다.

작가들은 자기 작품에 대한 가치평가를 스스로 하려는 경향이 있으며 잘 보이는 장소에 설치하려는 욕심이 있다. 작품은 이미 건물주에게 넘어갔기 때문에 원한다고 좋은 위치를 차지하는 것은 아닌데도 말이다.

박식의 책임하에 배치하는 것이라 화가들은 박식의 눈치를 보고, 때로는 좋은 위치에 걸어달라고 부탁하기까지 했다.

이런 과정에서 문제가 발생했다.

서양화 반추상 작품 한 점이 19층에 걸렸는데 작가가 박식에게 항의를 했다.

“음식점 입구에 걸어두면 어떡합니까?”

자연조명을 받는 곳이었다.

태양이 바로 쪼이는 것도 물감에 변화를 가져올 수 있는 요인이지만 음식점 입구에 걸리는 것이 기분 나쁘다는 것이다. 다른 곳으로 옮겨달라고 했다.

박철 사장의 부인이 이 그림을 좋아해서 입구에 걸어뒀는데 옮기라고 하니 박철은 난감했다. 작가와 주인의 의견이 달라진 셈이다.

이야기를 들은 사모님이 소리를 지르면서 물러주라고 했다. 화가는 화단에서 영향력 있는 사람이라 기분을 상하게 하는 것이 박식에게는 부담되는 일이었다. 박식은 그야말로 샌드위치 신세가 되었다.

자신의 지혜가 시험받는 순간에 박식은 상황을 작가에게 설명하고 보기 좋은 다른 곳에 작품을 걸도록 하겠다고 약속하면서 겨우 양해를 구했다.

사건을 수습하고 작품을 모두 설치하면서 박식은 많은 경험을 했다고 스스로 위로했다.

# 미라에게 성폭행

영남화랑 강남분점의 관장인 미라는 큐레이터에게 점포를 맡기고 건물 관리와 은행업무 등으로 일상이 바쁘게 돌아갔다. 박식과는 업무상 종종 만나기는 하나 오붓한 만남이 없어 아쉬웠다. 그런 기회를 좀처럼 주지 않으니 미라의 심기는 불편했다.

오늘은 큰맘 먹고 박식에게 전화했다.

"우리 조용하게 차 한잔하면 안 될까요?"

"지금 그림 보러 분당으로 가는데, 오늘은 좀…."

박식이 오늘이 안 되면 내일이나 모레라도 시간을 말해 줄만 한데 만남에 대해서는 답을 주지 않았다.

미라는 박식이 자기에 대한 관심이 식어버린 게 아닌가 하고 의심하기 시작했다. 태도와 느낌이 많이 다르다고 그녀는 생각했다. 박식이 바쁜 일정으로 하루에 한 번 하는 전화도 이틀 사흘 지날 때가 있고, 말투도 전과 같지 않다는 것이다.

그러나 박식 자신은 전이나 지금이나 조금도 달라진 것이 없었다. 그의 마음은 변하지 않았고, 오랜 시간 그리워하며 사랑한다는 말은 없어도 이심전심으로 사랑의 믿음은 의심할 여지가 없었다.

미라의 마음에 구멍이 생기기 시작했다.

미라 건물 5층에 세든 회사의 구자경 사장이 아내와 이혼하고 독신으로 지내고 있었다.

그는 건물주 미라를 바깥 식당으로 초대하곤 했다. 남녀 관계라기보다 한 건물에 거주하는 이웃으로 만나는 자연스런 식사자리였다.

무역회사를 하면서 매너가 좋고 미남으로 다정한 사람이었다.

"여사님은 아이가 있어서 좋겠습니다."

식사 후 차를 마시면서 남자는 부드러운 음성으로 말했다.

"결혼하면 저절로 생기는 게 아이던데요."

그녀는 농담 섞인 반응을 했다.

미라는 아이가 너무 잘 들어서서 걱정이 많았다. 미혼 남성의 아이도 가졌다고 말하고 싶었으나 참았다.

"저는 아이를 가질 수 없는 무정자라서 아이 있는 가정이 부러워요."

이처럼 자기 치부를 여과 없이 드러내는 남자는 처음 보았다.

"아, 그러시군요."

적당한 대답을 찾지 못한 미라는 말을 얼버무리고 말았다.

"제 꿈은 아이 있는 미망인을 만나 자식처럼 키우는 겁니다."

구자경은 나이가 일 년 연하이다.

박식과는 분위기가 너무 달랐다.

아이 있는 박식보다 이 사람이 아이들의 새아버지가 되면 좋겠다는 생각이 들어 스스로 깜짝 놀라기도 했다.

박식과는 일주일에 한 번 만날까 말까 한 정도이지만 구자경 사장과는 매일 만나게 되었다.

작전에 들어간 구 사장은 계획적으로 만남을 신청했다.

매너 좋게 호의를 베푸는 신사로 멋쟁이이고 연하로 귀엽다는 생각을 하며 미라는 마음이 점점 끌렸다.

이쯤에서 어느 날 변화가 생겼다.

"여사님, 오늘 시간 나면 저와 드라이브라도 하시겠습니까?"

구 사장의 옷차림부터가 달라졌다.

흰 양말에 흰 구두가 너무 인상적으로 시선을 끌었다.

"어디로 가려고요?"

이번에는 빨간 티셔츠가 미라의 눈에 들어왔다. 이런 복장으로 어디로 갈 건지 정말 궁금해서 물었다.

"양평에 제가 잘 다니는 카페가 하나 있습니다. 한강이 내려다보이는 아름다운 곳인데, 잠깐 차나 한잔 하면서 기분전환하고 오죠 뭐."

의기양양한 제안에 미라는 호기심이 발동했다.

혹시 박식과 같이 갔던 곳이 아닐까 하는 생각에 한번 가보고 싶었다.

왕복 한 시간이면 된다고 했다.

벤츠 승용차의 핸들을 한 손으로 잡으며 운전하는 구 사장의 모습을 미라는 감탄스럽게 옆으로 쳐다보았다. 30분 달리는 동안 주위 풍경보다 그의 손을 많이 보았다는 생각이 들었다.

카페에 도착했다. 참 기이하게도 박식과 함께 왔던 카페였고 또 함께했던 그 자리에 앉게 되었다. 이 자리가 VIP 손님에게만 주어지는 자리로 여겨졌다. 미라는 두 사람이 그런 손님으로 대접받는다는 착각에 사로잡혔다.

다정한 구 사장의 호의를 받으며 커피를 마시고 사업 이야기로 시간을 보냈다. 한강의 경치를 내려다보면서 박식과의 추억을 새기며 멍한 기분에 빠져들기도 했다.

이때 구 사장이 어떤 전화를 받고 끊었다.

"급한 일로 서울로 돌아가야겠습니다. 담에 또 시간을 내죠."

"이대로도 괜찮아요. 재미있는 시간 보냈어요."

미라는 차에 오르니 정신이 몽롱하여 졸음을 느끼고는 정신을 놓아버렸다.

벤츠는 길가에 있는 모텔로 들어섰다.

구자경은 미라를 데리고 들어가 침대에 누였다.

남자는 욕심을 채우고, 사진을 찍고, 곯아떨어져 자는 여자를 보고 미소를 지었다.

오후 늦게 깨어난 미라를 사랑한다는 넋두리로 마누라 대하듯

했다.

미라는 정신이 들면서 '아차 당했구나' 느끼고 항의했으나 이미 작전에 말려들어간 자신을 원망할 뿐이었다.

박식에게 미안한 마음에 기가 막혔다.

"구 사장, 나를 잘못 택한 것 같네요. 나는 이미 사랑하는 사람이 있고 아이 엄마예요. 재혼은 꿈도 꾸지 마세요. 이번 일은 없었던 일로 잊어 주세요."

"미라씨를 처음 보는 순간 마음에 들었고 사랑했습니다. 같이 살지 않아도 애인으로 지내는 것만으로 족합니다."

"오늘은 내가 실수했네요. 앞으로 만나는 일은 없을 겁니다."

그런데 이상했다.

"내가 어떻게 정신을 잃었지요? 말씀해 주세요."

"특별하고 진한 차를 마셨을 뿐입니다."

미성년자도 아닌 성인이 이런 걸 두고 시비하고 싶지 않았다.

느슨한 마음을 다스리지 못한 자신이 원망스러울 뿐이었다.

# 미라의 두문불출

미라는 깊은 고민에 빠졌다.

아이들에게 미안하다는 생각에 자책감을 감추지 못했다.

"삶 자체가 결코 만만치 않구나."

그녀는 세상을 다시 보아야 했다.

심사숙고하지 않았을 때 닥쳐올 불행을 예기치 못한 자신이 아직도 검사 부인일 때의 생각에서 벗어나지 못한 것이 잘못이었다. 검사라는 권력이 자기를 보호할 때는 아무도 자기에 수작을 걸어오지 않았다. 이번 일은 첫 시험대가 된 것이다.

만일 박식이 알게 되면 올곧고 불같은 성미에 구 사장을 죽일 수 있겠다는 생각이 들었다. 철저히 비밀에 부치고 싶었다.

문제가 커지기 전에 구 사장 입을 다물게 해야 했다.

법률에 저촉되지 않아도 마음의 양심에 걸리면 심리적 갈등으로 죗값을 받게 된다.

우선 구 사장에게 단단한 대못을 박아야 한다.

그를 화랑으로 불렀다.

"오늘 내가 당신을 부른 것은 확실한 다짐을 받기 위함이니 잘 생각하고 답변하세요."

"알겠습니다."

구 사장은 자신이 한 일이 비도덕적이었음을 인정하고 조금 긴장하고 있었다. 미라 남편의 친구가 지청장이라는 것을 들어서 알고 있으므로 상대를 잘못 골랐다는 사실을 스스로 잘 알고 있었다.

"구 사장이 어제 저지른 일에 대해서 법적으로 납치성폭행이 맞지요?"

"예."

미라는 간단한 다짐을 받은 후 강한 어조로 경고했다.

"어제 현장과 모텔 CCTV를 확인하면 빠져나가지 못할 것이니 검찰이 알면 당신은 당장 구속감이고, 내가 사랑하는 남자는 성질이 불같아서 당신을 죽일 수 있고, 입이라도 뻥끗하면 감당하기 어려울 테니 오늘 이 자리에서 약속하세요."

"시키는 대로 하겠습니다."

구자경의 허리가 시체처럼 굳어져 갔다.

"만일 이 시간 이후 단 한마디라도 다른 사람이 듣게 되면 그때는 당신 죽고 나 죽는 날이 될 테니 명심하세요. 그리고 당장 사무실을 비우고 다른 데로 옮기세요."

일종의 확인사살이었다.

"경솔한 행동으로 깊이 반성하고 있으니, 이번 일은 없었던 걸로 하고 사무실은 그냥 있으면 안 되겠습니까?"

"당신 초범이 아니죠? 능수능란한 걸 보면 초자가 아냐. 내가 경험이 없어서 따라간 건 큰 실수였지만."

"아닙니다. 미라씨를 무척 사랑했기 때문에 빨리 가지고 싶어서 그랬으니 용서해주세요."

"그런 사탕발림 그만하고, 우리 대화는 다 녹음됐으니 허튼 수작 마세요. 지금부터 아예 모르는 사람으로 행동하세요. 어쨌든 사무실은 비우세요."

미라의 단호한 말투와 과감한 제스처에 사내는 고분고분해졌다.

"예, 알겠습니다."

미라는 한동안 박식을 만날 엄두도 내지 못했다.

양심의 문이 닫혀 아이들을 바로 볼 수도 없었다. 몸이 좋지 않다는 핑계로 혼자 방에 누워 쉬면서 앞으로의 대책을 강구했다.

구 사장 일로 생각이 꼬리를 물고 이어져 잠을 잘 수가 없었다. 구자경이 수많은 여자를 농락했을 거라는 생각에 불쾌하기까지 했다. 당장 고소해서 옥살이 시키고 싶었으나 자신이 보인 허점이 있기에 이번 일은 아무도 모르게 덮기로 했다.

구 사장은 사무실을 빼기로 했다.

순수해 보이는 주인 미라가 녹음까지 했다고 하니 보통사람이 아님을 깨닫게 되었다. 그녀의 눈에 띄지 않는 곳으로 사무실을 옮기기로 했다.

이러한 사실을 전혀 모르던 박식은 미라에게 만나자고 전화했다. 그러나 미라는 몸이 아프다는 핑계로 다음에 기회가 있으면 연락하겠다고 하면서 만나주지 않았다. 왜 몸이 아픈지 궁금하고 얼굴이라도 보고 싶다고 말했으나 막무가내였다.

"연락할 때까지 기다려주세요."

이 말을 들었을 때 박식의 마음은 초조했다.

박철 사장의 건물에 들어갈 그림 준비는 잘 마무리됐고, 고려화랑 사장이 소장한 작품을 김태우 사장에게 원만히 소개함으로써 큰일을 끝낸 마당에 박식은 머리를 식힐 겸 미라와 양평이나 다녀오자고 했으나 그녀는 거절했다.

미라가 무엇 때문에 자기를 피하는지 박식은 곰곰이 생각해보았다. 아무리 생각해도 별다른 이유를 찾지 못했다.

궁금증을 풀기 위해 미라의 강남화랑에 들렀다.

큐레이터는 미라가 집에서 나오지 않고 연락도 없다고 했다.

이런 때는 궁금해서 더 보고 싶어지기 마련이다.

전화를 했으나 받지 않았다.

박식은 답답하고 궁금해서 미라의 아파트로 찾아가기로 했다.

큐레이터에게 아이 학교를 물어봤다. 남산중학교라고 들은 것 같다는 것이다. 그래서 남산중학교 하교시간에 가서 아이가 나오기를 기다렸다.

한 시간 동안 기다려서 미라 아들 송민수를 만났다.

“어머니가 연락이 안 되는데 무슨 일이 있니?”

자기는 잘 모르고 방에 누워계신다고 했다.

걱정스러워 민수를 따라가려 했다.

그러나 민수는 아예 박식을 따라오지 못하게 했다.

생부라는 사실을 알았더라도 민수는 그렇게 했을 것이다.

“민수야, 그러면 집에 가서 어머니께 내가 찾아왔다는 것을 말하고 전화해 달라고 전해라.”

민수는 그러겠다고 했다.

박식은 별수 없이 집으로 돌아왔다.

만날 수 있을 때는 외롭다는 생각이 없었는데 만나기 어렵다는 생각을 하니 쓸쓸하고 외로운 마음에 잠을 이룰 수 없었다.

사랑하면서 만날 수 없을 때 그것은 고문이나 다름없다.

# 오매불망

미라는 박식이 왔다 갔다는 말을 듣고 더욱 마음이 아팠다.

당장이라도 그에게 달려가서 그간의 일을 털어놓고 용서를 빌고 싶었으나 그가 실망하는 모습을 감당할 자신이 없었다. 한 순간의 실수가 이토록 마음 아프게 다가올 줄은 미처 몰랐다.

다른 남자의 성희롱에 놀아난 자신이 얼마나 초라하고 무책임했던가?

충분히 속죄한 후 만나겠다고 그녀는 다짐했다.

박식이 화실에 돌아오니 제자들이 와서 기다리고 있었다. 오늘은 쉬고 싶다는 말을 하고 산행이라도 할까 했으나 먼 곳에서 온 제자들을 돌려보내지 못하고 실기 대신 이론 공부를 하기로 했다.

"예술은 시대성에 민감하고 주관적이어야 하며, 물질에 치우치거나 양심이 결여된 것은 금물이다. 마음에 담을 수 있는 것은 형상보다 탈속(脫俗)이며 미래지향적인 미감 천착에서 얻어지는 정신적 산물이어야 한다네."

제자들은 너무 어려우면 기억하지 못하니 쉬운 것을 배우고 싶다고 했다.

"최근 그림에서 살이 너무 많아 보이는데, 욕심이 많다는 생각이 들어 그림에 다이어트가 필요하지."

손질을 많이 하면 살이 찌게 되고, 살이 찌면 보는 사람의 마음이 무겁다는 뜻으로 그는 부가 설명을 했다.

"붓질이 경쾌하고 미려하며 가감이 필요 없는 절제의 구도를 요구하는 것이지."

대가의 길은 멀다. 배우고 노력하고 시간이 흐르면 안목이 생기고 마음에 문이 열리면 좋은 작품이 나오기 마련이다. 작품 하나하나가 마음에서 나오는 것이니 우선 마음을 다스리고 마음에 큰 그림을 그려야 온전한 작품이 된다.

"작업에 들어가면 마음에 바람이 자야 하고, 조용해지면 붓이 자기도 모르게 움직이는 것이다. 그림이 완성되어 가는 것을 보면서 색채를 아껴 써야 한다. 먹이 가벼워도 색이 진하면 그림이 천박해 보이니 정갈하게 설채를 해야 하네."

박식은 오늘 공부를 마무리 지으려 했다.

"오늘은 이론만 하고 내주에 그림을 그려요."

각자 집에서 6절 종이에 산수를 그려오면 수정하는 것으로 하겠다고 말했다.

서둘러 끝내려고 하는 선생이 제자들이 보기에도 무언가 이상했다.

"선생님, 무슨 일이 있습니까?"

"왜 그래?"

"기분이 전과 다르게 우울해 보이십니다."

"아, 개인적인 일이 약간 있긴 있어."

걱정하는 제자들은 선생님에게 마음을 추스르고 안정을 찾으시라고 인사하고 나갔다.

미라는 사흘 밤낮을 방에서 꿈쩍도 않고 있다가 용기를 내어 박식에게 전화했다.

"박식씨, 오늘 한번 만나요. 오후 한 시경 화랑으로 오시겠어요?"

미라의 전화를 받으니 박식은 공작이 깃을 펴듯 마음이 환해졌다.

그동안 미라에게 무슨 일이 있었을까?

미라는 박식에게 지금까지 있었던 일을 모두 털어놓고 용서를 구하려 했다.

"그동안 미안했어요. 박식씨."

"연락도 안 되고 만나주지도 않으니… 정말 답답했다오."

"사실 5층 세입자와 싸웠어요. 세도 제대로 내지 않고 해서 나가라고 했더니 이제야 이사 갔어요."

"그런 일이 있었군. 난 그것도 모르고. 살다 보면 좋은 일만 있는 건 아니니 훌훌 털어버려요. 그럴수록 나한테 말했어야지."

그렇긴 하지만 박식이 어떻게 미라의 속사정을 다 알아채랴.

"여러 가지 생각을 하다 보니 세상이 원망스럽고 괴로워서 그랬어요."

미라가 약물 성폭행 당한 것을 박식이 알았다면 얼마나 분노하고 괴로워했을까? 상상만 해도 무서운 일이다. 이 정도로 마무리한 것은 현명했다고 미라는 생각했다.

미라의 얼굴은 많이 수척해졌고 고민한 흔적이 남아 있었다.

여자의 기분을 전환시키는 화제로 아이 문제에 관한 대화가 좋다는 이야기가 있었다.

"당신의 두 아들은 강남학군에서 잘 적응하고 있나요? 요즘 학원 공부가 무척 심하다고 하던데?"

"다들 잘 다니고 있어요. 아이들이 착하고요."

미라가 이렇게 말하고는 박식의 눈을 빤히 쳐다보았다.

눈이 마주치자 그녀는 조용히 말을 이었다.

"저의 두 아들일 뿐만 아니라 박식씨의 두 아들이기도 해요. 걔들 멀리서라도 사랑해주고 기도해주세요."

그녀는 주위에 누가 보고 있지 않는지 둘러보았다.

"낮말은 새가 듣고 밤말은 쥐가 듣는다"는 속담이 두려웠다.

박식은 미라와의 대화에서 처음으로 '두 아들'이라는 단어를 듣고 감동하면서 부끄러움과 함께 책임감을 느꼈다.

"기도하겠어요. 잘 키워나가요."

말은 그렇게 했어도 그의 각오는 의무감으로 뭉쳐 있었다.

성폭력범 구자경은 큰 화를 모면하고 이사해서 숨어버렸다. 그도 만만한 사람은 아니지만 검사 부인의 위력에 잠수를 타고 말았다. 하마터면 최소 5년의 콩밥을 먹을 죄라고 주위 사람이 말했을 때 그는 '아차' 했을 것이다.

박식이 3개월간 긴장된 업무를 잘 마무리했고, 미라는 어려운 시기를 잘 견뎌냈다.

두 사람은 긴장을 푸는 의미에서 국내여행을 다녀오기로 했다.

# 동해 여행

그들은 사흘 후 여행을 떠났다.

미라는 건물관리와 아이들 학교 문제 등을 관리인과 도우미에게 부탁했다. 박식은 업무 처리로 얻은 수익금으로 벤츠 승용차를 구입했다.

시운전 겸 동해안을 여행하기로 했다.

아직 운전이 익숙하지 않아 틈틈이 휴게소에서 쉬면서 경치 좋은 지역에 들려 스케치하고 지방 특산물을 사기도 했다. 바쁜 서울 생활에서 이런 나들이는 많지 않았기에 두 사람은 그저 즐겁고 행복했다. 한 시간이 아깝고 귀한 느낌이 들었다.

동해로 가는 44번국도 길가에 펼쳐지는 풍경이 아름답고 그림 같았다. 5월의 신록은 성장이며 희망인데 이를 종이에 담고 싶었다. 산중턱 복숭아꽃이 아름답고 녹색의 융단은 끝없이 펼쳐진 꿈의 그림이었다. 석양에 빛나는 산허리는 신선의 경치로 변했다. 천국이 따로 없는 광경이었다.

"속초로 갔다가 남쪽으로 오면서 낙산사에 들르죠."

미라가 제안했을 때 박식은 서슴없이 동의했다. 화가가 보는 눈은 비슷하다.

양양군 낙산사(落山寺)는 신라 고승 의상대사가 관음보살 계시를 받고 창건한 사찰이다. 의상대사가 하루는 바닷가 동굴에 관음보살이 머물고 있다는 소문을 듣고 몸소 친견하고자 그곳을 찾아갔다. 의상대사는 절벽 위에서 여러 날 기도하다가 용으로부터 여의주를 받고 관음보살로부터 수정염주를 받은 후 이를 안치한 곳이 바로 낙산사라 한다. 의상대사가 수도한 절벽 위에 정자를 세워 의상대(義湘臺)라 하고 관음보살이 바다에서 붉은 연꽃을 타고 솟아오른 자리에 절을 지어 홍연암(紅蓮庵)이라 했다.

"추억을 만들기 좋은 곳이네요."

미라와 추억을 간직하고 싶은 박식의 솔직한 고백이었다.

낙산사에서 바다를 보고 신기하다는 생각에 젖기도 했다. 그 옛날 의상대사가 지은 사찰의 경내를 구경하고 사진을 찍으며 두 사람은 부지런히 추억을 쌓아갔다.

다음은 주문진으로 이동하여 해수욕장과 아들바위를 보고 강릉으로 내려왔다. 강릉 경포대는 고려시대 건축문화를 볼 수 있는 누각이다. 전국의 많은 관광객이 모여드는 아름다운 절경의 고적이다. 오죽헌은 보물 제165호로 신사임당과 율곡 이이가 태어난 고택이며,

율곡이 태어나기 전에는 어머니가 용꿈을 꾸었다는 '몽용실'이 있다.

강릉에서 호텔을 정했다.

박식과 미라는 밤바다의 고요한 절경을 구경하고, 먼 곳까지 나가서 고기를 잡아 귀항하는 어선들의 불빛을 보면서 손을 잡고 해변을 걸었다.

박식은 지난날의 그리움과 사모의 정을 되새기며 장래를 설계해보는데 자신에게는 아들 복이 있음을 깨달았다.

정민에게 한 명, 미라에게 두 명.

아버지 날 낳아주시고 어머니 날 길러주신 은혜를 몰라도 아들은 아들이다. '사랑한다'고 말하고 싶었다.

호텔에 돌아와 두 사람은 어느 때보다 편안한 기분을 즐겼다.

미라는 빚진 자처럼 미안하다는 생각에 최선을 다해서 박식의 가슴 맥박에 박자를 맞추었다.

강원도는 동해를 기점으로 관동8경이 있다.

제1경 총석정(통천), 제2경 청간정(고성), 제3경 낙산사(양양), 제4경 삼일포(고성), 제5경 경포대(강릉), 제6경 죽서루(삼척), 제7경 망양정(울진), 제8경 월송정(평해)

소재지가 대관령의 동쪽에 있다 하여 관동이라 하고, 여덟 곳을 골라 8경이라 한다. 관동의 여러 명승지 중에서 손꼽히는 경치로 알려지고 있다.

망양정과 월송정, 삼일포와 총석정은 북한에 있으니 하루 속히 통일이 되어 8경을 한꺼번에 구경할 날이 오기를 기대하면서 강릉에서 하루를 보냈다.

동해시 천연동굴을 보고 대단하다는 감탄사를 연발했다.

꿈같은 사랑의 여행을 하면서 달리는 시간 앞에 아쉬움을 느끼며 서로의 감정을 조절하고 시간마다 추억을 만들어가고 있었다. 국내 여행이지만 두 사람에게는 천금 같은 시간이었다. 미라는 감추었던 비밀을 곱씹으며 마음의 상처를 치유하려 했다. 박식이 옆에 있어줘서 사랑의 힘이 얼마나 큰가를 알게 되었다.

이튿날 삼척의 여러 곳을 찾아다니면서 구경하고 해질 무렵 너와 마을로 갔다.

황토집 너와집 펜션에서 일박하면서 산촌된장국, 송이백숙의 별미를 즐기며 등잔불 켜놓고 고풍스러운 사랑의 별미를 느껴보기도 했다.

은은한 불빛 아래 달콤한 대화가 흘렀다.

"미라씨, 등잔불에 비치는 얼굴 모습이 아름다워요. 옆에 있어줘서 고마워요."

"박식씨가 없었다면 전 얼마나 외로웠을까요?"

"미라씨 얼굴을 이렇게 자세히 보긴 처음이네요. 아름답고 눈부셔요. 누구나 반할 것 같습니다."

"너무 비행기 태우지 마세요. 미남이고 씩씩한 박식씨 옆에만 있고 싶어요."

"미라씨는 아직 처녀 같은 몸매로군요. 매력 만점입니다."

"박식씨도."

"뭐가요?"

"매력."

"우리 매력에 푹 빠져봅시다."

온돌방의 운치와 등잔불의 은은함을 맛보며 어깨를 끌어안고 입술을 맞추다가 끝내 몸을 붙였다. 두 사람은 껌딱지처럼 떨어질 줄 몰랐다.

아침 늦게 일어난 그들은 우유 한 잔씩 마시고 펜션을 나섰다.

오십천 절벽 위에 자리한 죽서루를 찾아갔다. 조선 태종 3년(1403)에 삼척부사 김호순이 옛터에 중창하여 아름다움을 지켜오다가 여러 차례 보수하여 그 자태를 유지하고 있다.

문화는 시대를 반영하고 역사는 인간이 만들어가는 것이다. 죽서루도 선인이 만들어놓은 건축문화이지만 후인들이 지켜내야 할 역사의 한 축이다.

미라와 박식은 나라의 역사가 아닌 개인의 역사를 만들어가고 있다.

인생이 의도대로 되지 않듯 사랑도 그렇다.

박식은 미라에게 고백했다.

"지금까지 원하지 않은 운명적 사건들이 많았으나 앞으로는 원하는 방향으로 살도록 의논하고 계획하면서 살아요."

"원하는 대로보다는 우연히 만나서 생각지도 않았던 일들이 우리를 기다리고 있었지요. 만나서 사랑하는 것도 운명이고요. 지금까지 운명에 맡기는 길밖에 없었던 것 같아요."

미라의 생각이 박식을 닮아가는 것일까?

"그렇지만 앞으로는 미라씨를 위해서 무언가 하고자 하니 서로 상의해 가면서 살아요. 그렇게 해서 운명을 헤쳐 나가요."

"박식씨 고마워요. 최선을 다할게요."

여행에 나선 것이 무슨 다짐을 하기 위한 것으로 착각할 정도로 그들은 많은 이야기를 하고 다짐했다. 사랑하면 다짐도 많구나, 그들은 느꼈다.

# 화랑의 바쁜 일상

귀경해서 각자 일상으로 돌아왔다.

박식은 영남화랑에 들러 민숙에게서 그동안 화랑 사정을 보고 받았다. 박철 사장이 전화해 건물 내부에 걸어둘 그림이 필요하다고 했다. 지난번 것보다 그림이 작아도 되나 숫자는 많아야 한다고 했다.

박식은 미라와 함께 박철 사장을 찾아갔다.

"박 사장님께서 전화를 주셨더군요. 제가 지방에 갔다 오느라 못 받았습니다."

옆에 사모님이 있어 인사를 했다.

"사모님도 계셨군요."

"박 화백님, 이번에 그림은 소품으로 준비해 주시는데, 동서양화를 반반씩으로 해주십시오."

박철 사장이 말했다.

"시간이 필요합니다만. 이번에도 추상성 작품으로 하십니까?"

"그렇습니다. 저의 집사람이 반추상 작품을 원해서요."

"최선을 다해서 작품을 구해 보겠습니다."

화랑에서는 그림 주문을 받으면 아는 화가들에게 부탁한다. 실력 있고 신용 있는 화가를 고르게 되는데, 주문 청탁을 받은 화가들은 약속 시간 내에 작품을 완성하려고 노력한다.

동양화는 비교적 시간 내에 완성하기가 쉬우나 서양화는 물감이 마르는 시간이 필요해서 촉박한 시간에는 좋은 작품을 기대하기가 어렵다.

이번 작품 수집은 김치로가 큰 역할을 했다.

김치로가 다니는 대학에는 반추상 작가가 많다. 학교 교수들의 작품이 동서양화를 막론하고 상당한 수준에 있다.

일단 작품집을 모아 박철 사장에게 보인 후 결정하기로 했다. 김치로는 여러 동료와 선배에게 부탁해서 작품을 수집하게 될 것이다. 비교적 서양화는 추상이 많고 동양화는 반추상이 많은 것으로 알려졌다.

김치로는 교수로 재직하는 동안 차츰 추상화로 기울었다가 최근 큰 변화를 이뤘다. 작품에 변화를 가져오게 된 동기는 부인 박순님의 조언이 있었기 때문이다.

순님은 회사를 물려받아 자신이 그리는 일을 미루고 간혹 김치로의 그림에 조언을 했다. 회사 사장으로서 회사를 발전시켜 경영자 자질을 인정받고 이사회에서도 큰 호응을 얻고 있었다.

그녀는 회사 일에 열성을 쏟고 경영에 보람을 느끼며 아버지의 가업을 잘 챙겨 나갔다. 아들 성필이 머리가 명석하고 공부를 잘해 명문교를 다니는 재원으로 건강하게 성장하고 있었다.

미라의 아들도 명석하고 인물 좋고 학교에서 인기가 많았다.

미라의 아들이 박식을 닮았다는 사실은 아직 별문제가 없다. 언제 터질지 모르는 뇌관이기는 하다. 미라가 대놓고 박식 만나기를 주저하는 것도 이런 이유 때문이다. 송 검사 집안사람들이 미라 건물에 드나들고 서울에 친구들이 많다는 점이 신경 쓰이긴 한다.

아들의 존재를 박식에게 처음 털어놓았을 때 박식이 크게 놀랐으나 이것도 운명이라 생각하면서 자신의 실수를 인정했고 미안함을 표시했다.

"그게 당신만의 실수인가요. 저의 책임도 있는 거예요. 이제 아이와 함께 우리 행복했으면 좋겠어요."

그때 미라는 처음으로 박식을 당신이라고 불렀으나, 다른 사람이 있을 때는 어김없이 이름을 호칭해서 실수 없도록 하자고 다짐했다.

이후 두 사람이 마주 보고 있으면 자연스럽게 배우자 느낌이 묻어났다.

박식은 이제 국전심사위원으로서 사회적 지위를 인정받았고 제자를 많이 배출한 스승으로서 처신에 신경을 써야 하는 위치에 있다. 인사동에서 상위 중견작가의 명성을 얻었고 인기작가로서 사회 활동에 무게가 커졌다. 제자 중에서 국전 특선작가와 입선작가가 나왔다는 사실도 자랑이었다.

최근 박식은 큰 회사의 건물 전체를 미술품으로 장식하는 일을 위탁받아 성공리에 마무리했다는 소문이 인사동에 퍼져 그림의 인기가 높아졌다. 그는 그림 주문을 받느라 몹시 바빠졌고, 몸은 하나인데 일은 산더미라 세상에서 제일 바쁜 사람이라 생각되었다. 그는 제자 교육과 전시장 방문, 지인 행사 참여 등 바쁜 일정을 소화해야만 했다.

성폭행 사건으로 상처를 입고 한동안 괴로움에 싸였던 미라는 박식을 보고 싶은 마음에 밤마다 그리움으로 밤을 지새울 때가 많았다.

박식을 그리워하던 미라가 오랜만에 인사동 영남화랑에 들렀다.

민숙을 만나러 온 것처럼 미라가 행동해도 민숙의 촉은 언제나 정확했다.

"요즘 선생님 얼굴 보기가 너무 어려워요. 그림 주문이 많아 엄청 바쁘셔요."

미리 알려줌으로써 설명을 줄일 수 있다고 민숙은 생각했다.

"지금 어디에 계신가요?" 미라가 물었다.

"아마 화실에서 제자들과 계실 거예요. 오늘은 여자 제자 몇 명이 왔더라고요."

구태여 제자 성별을 말할 필요는 없었으나 지금은 만나기가 어려울 거라는 민숙의 간접 설명이라 할 수 있다.

미라는 괜히 질투를 느꼈다.

여자들의 본능적인 예감이 작동하여 화실에 가보기로 했다.

불쑥 들어서기보다는 먼저 전화를 했다.

"시간이 나면 강남에 한번 들를게요."

미라가 화랑에 와 있는 줄 모르고 그는 여유 있게 말했다.

"박식씨, 저 지금 영남화랑에 와 있어요."

"아, 그래요? 바로 내려갑니다."

박식은 제자들에게 자습을 시키고 화랑으로 내려왔다.

"이런 줄도 모르고…."

미라를 보자 그는 미안해했다.

"바쁜 것도 좋지만 건강도 생각해야죠. 만사를 제쳐놓고 시외로 한번 다녀옵시다."

화랑 안쪽 테이블에 두 사람이 앉았을 때 미라가 말했다.

"이번 주문받은 일 끝내고 한번 다녀옵시다."

"언제쯤이 되겠어요?"

"늦어도 일주일 후면 될 것 같아요."

일주일을 기다리는 것은 지금 상태의 미라에게는 고역임에 틀림없다.

# 단양 UFO 발견

서울의 하늘이 곱지 않았다. 황사로 뒤덮여 숨쉬기가 어려웠다.

두 사람은 관광지도를 살피다가 자가용으로 하루 왕복 거리면 좋겠다는 생각이 들어 단양으로 정했다.

일찍 출발한 덕택에 원주를 거쳐 정오 전에 단양에 도착했다.

단양 관광호텔에 여장을 풀었고, 점심 후 첫 관광지로 도담삼봉을 찾았다.

남한강의 도도한 흐름의 중심에 자연이 빚은 조각 같은 작은 봉우리 세 개가 있다. 제일 큰 봉우리에 아름다운 정자가 있다. 봉우리 하나는 가깝고 다른 하나는 멀어 화론의 점법과 같으니 화가에게는 더없이 좋은 그림 소재다.

강을 따라 거닐고 벤치에 앉아 휴식을 취하며 사랑의 대화를 하곤 했다. 해질 무렵 고수동굴을 다녀왔다. 무리한 여행이 피로감과 시장기를 가져와 저녁은 단양의 토속음식인 마늘정식으로 원기를 얻었다.

호텔로 돌아와 호텔 전망대에서 단양의 야경을 즐겼다. 서울에서 보기 힘든 별들이 하늘에서 속삭이며 사랑의 손짓을 하는 것 같아 고향에 온 느낌이 들었다.

밤하늘의 크고 작은 별을 세면서 미라가 하늘을 가리켰다.

"당신 별도 저기 있겠죠?"

"우리가 나란히 있으니 내 별이 당신 별 옆에 있겠지."

이때 하늘에 하나의 긴 빛줄이 그어졌다. 갑자기 하늘이 훤해지고 50미터나 되는 미확인 비행물체가 빠른 속도로 지나갔다.

비행체 바로 옆에 둥근 접시모양의 작은 비행체가 따라가고 있었다.

신기하다.

외계인이 타고 다니는 비행체인가. 큰 물체는 모선이고 작은 것은 자선이 아닐까 하는 생각이 들었다.

"미라씨, 방금 본 비행물체가 혹시 UFO 아닐까요?"

"그런 것 같아요. 외계인이 타고 다니는 UFO 맞아요. 사진을 찍었다면 신문에 낼 수도 있을 텐데."

생전 처음으로 UFO를 보았으니 행운임에 틀림없다. 행운이 반복되길 두 사람은 기대하고 있었다.

박식은 이때부터 우주에 관심을 두게 되었다.

지구를 벗어나 다른 행성에도 사람이 살 수 있을 거라는 생각이 들었고, 외계의 과학기술 발달로 미확인 비행물체가 우주를 거쳐 지구에 나타난다는 것을 박식은 믿게 되었다. 그는 호기심을 가지고 우주를 모티브로 해서 작품을 창작하고 싶었다.

UFO에 대한 정확한 내용을 발표한 국가는 없다. 그러나 박식은 직접 목격하였으며 들은 여러 소문을 기초로 믿을 수 있게 되었다.

UFO는 요즈음 나타난 것도 아니고 수천 년 전부터 있었다는 설이 있다. 불교 그림에 UFO가 많이 그려진 것을 보게 되는데, 접시처럼 생긴 원형모양이 불을 뿜으며 올라가는 모습이 보인다.

불교경전을 그림으로 표현한 것을 경변상도(經變象圖)라 한다. 불화는 석가모니 부처님의 뜻을 잘 나타내려는 목적이 있으며 자세하게 묘사하려고 노력한 것이 UFO 형상이 되지 않았나 하는 생각이 들었다.

지구상에는 밝혀지지 않는 미스터리가 많다. 그 대표적인 것이 UFO라 하겠다. 일반인들은 UFO의 존재를 잘 모른다. 그러나 UFO를 연구하고 직접 목격한 사람이 많아 이제는 실제로 있는 것으로 생각하는 사람들이 많다.

간접적으로 나타낸 한 예로써 1993년 세계박람회 마스코트를 UFO와 외계인으로 채택하여 많은 사람의 호기심을 자극했다.

박식과 미라는 실제로 봤으면서도 아무에게도 말하지 못했다. 괜히 미친 사람으로 취급당할까 해서였다. 박식은 신비한 경험을 예술로 승화시킬 절호의 기회라고 생각했다.

여행을 끝내고 서울로 돌아온 그들은 우주의 신비와 UFO에 대한 관심을 가지고 연구하면서 그림으로 표현할 것을 고심하기 시작했다.

우주는 광대무변하고 무궁무진하므로 인간이 접근하기 어려웠으나 지금은 과학기술의 발달로 우주를 탐사하는 시대가 왔다.

박식은 단양에서 우연히 보게 된 UFO를 그려보기로 했다.

긴 비행물체는 아마 모선인 듯하고, 꼬리 쪽 작은 원형의 비행체는 흔히 사람들 눈에 잘 뜨이는 UFO라는 생각이 들었다.

본 대로 그리려고 상상력을 동원해서 하늘에 유유히 떠다니는 비행체를 그려나갔다. 그릴 때 미라를 오라고 해서 조언을 얻었다. 다 같이 보았지만 미라가 본 것과 박식이 본 것이 다르다는 것을 알게 되었다.

박식은 50~100미터 정도의 크기로 긴 몸체 끝에 접시형 UFO가 같이 간다는 것으로 기억하고 있었다. 그러나 미라는 몸체가 30미터 정도로 앞쪽에 작은 물체가 가는 것으로 생각하고 있었다. UFO가 출현한 것이 워낙 순간적이라 보는 사람에 따라 다르게 나타나는 것이다.

기억이 서로 다르지만 그래도 조언을 들어 그림에 반영하기로 했다. 그려놓고 보니 과연 본 것과 비슷했다. 물체의 모체에 솜 같은 느낌의 피부가 있었으며 아주 부드럽게 느껴졌다. 한순간에 사라졌지만 신기한 물체이기 때문에 뇌 사진을 찍은 것이다.

전지 크기의 딱종이에 UFO를 그리고 남은 곳은 하늘을 그렸다. 하늘에 흰점을 찍어 별들의 모습을 그리니 완전히 우주그림이 되었다. 박식은 우주 천체를 그리기로 하고 인터넷을 통해 소재를 수집했다.

의외로 많은 소재가 있었다.

따라서 광대무변한 우주를 그리는 것은 새로운 세계를 개척하는 느낌이 들었다. 실로 무궁무진한 우주 소재는 상상을 초월하는 아름다움이 존재하는 것을 알게 되었다.

# 우주 회화

박식은 일 년쯤 연구하여 우주전시를 해보려고 계획을 세웠다.

우주는 우리에게 많은 교훈을 주고 있으며 기존의 화단에서 생소한 것이기에 아무도 시도하지 못했다. 지구라는 좁은 공간에서 서로 다투고 땅 따먹기에 눈이 어두운 사람들을 죽이고 권세를 누려보지만 우주라는 크나큰 세계에 눈을 돌리면 지금까지 잘났다고 생각한 자신이 미세먼지 같은 존재라는 것을 알게 되고, 사람들이 싸우는 장면은 아예 보기조차 싫어진다. 우주그림을 그린다는 소문은 꼬리를 물고 나타나 박식을 바쁘게 했다.

"아직은 연구단계에 있습니다."

누가 물으면 박식은 그렇게 대답했다.

"UFO를 직접 보셨다는 말이 있던데 그게 맞습니까?"

"그렇습니다."

그려놓은 UFO 그림을 보여주면서 그때 상황을 설명하고 자랑스러운 표정을 지었다. 화가이기 때문에 그릴 수 있다는 자부심으로 자신감이 작용한 것이다.

그는 우주를 그리면서 마음에 부자가 되었다.

우주는 아직 주인이 없다. 넓고 아름다운 곳에 주인이 없으니 작가로서는 한없이 펼칠 수 있는 찬란한 희망의 터전이기도 하다. 우주에 꿈을 싣고 달리는 역마차가 되어 희망의 깃발을 휘날리며 사랑의 노래를 마음껏 불러보고 싶다. 삼천 대천세계를 누비며 천사와 함께 사랑의 노래를 마음껏 불러보리라.

우주그림을 그리다가 신한식 시인의 시가 생각났다.

〈저 높은 곳을 향하여〉

-신한식

저 높은 곳을 향하여
어린 마음에 꿈결처럼 설레며 다가오던
수없이 많은 별들의 노래가 흘러넘치던
아픈 가슴 꼬옥 끌어안고
옥구슬보다 빛나며 한없이 떨어지던
내 눈물방울들이, 동경하던 환희와 열망들이
뒤엉켜 바라보던 저 높은 곳 별들 나라에서
익어가던 내 꿈은 시들어 쓰러지고 있었다.

깊어가는 밤 아픈 내 가슴 끌어안고 몇 바퀴씩 뒹굴며
좌절과 절망만 뒤엉켜 마구 흐느끼면서 부르던
희망의 연가를 내 어찌 잊을 수 있겠는가?

내가 꿈꾸던 나라에서 아름답게 피어오르는 꽃밭에서
내 눈물방울들이 영글어 피어오르는 찬란한 동산에
시원한 산들바람이 나를 안고 한없이 날아오르던
별들의 나라에서 행복의 나라에서
천사들의 환한 미소가 내 가슴을 꼬옥 끌어안고 불러주던
넘쳐흐르는 사랑의 빛나는 송가여

나는 너를 사랑한다. 너를 꼬옥 안고 흐느끼듯 부르는 노래를
영원처럼 흘러넘치는 사랑과 우정과
행복하고 복된 내 노래를 잊어서는 안 되는
넘쳐흐르는 나의 미소를 내 가슴속 깊이 흐르는
눈물보다 더 고운 내 가슴 어루만지는 별이여

저 높은 곳을 향하여
곱게 익어가던 꿈결 속에서 한없이 피어나던
내 눈물보다 더 곱게 피어오르는 찬란한 노래들아!

내가 숨 쉬는 모든 아름다운 노래는 곱게 영글어

나의 동산을 가득 채울 것이다.
들소들도 사슴들도 무서운 호랑이도 함께 잘 것이다.
그 동산에 봉선화 고운 손을 잡고 부르는 노래여

빛나는 노래들이 곱게 영글고
찬란한 무궁화 꽃들도 고운 미소 흘리며
더 곱게 아름답게 흐르는 내시의 동산아

오늘 나의 동산에 천사들의 귀한 옥음이
따뜻한 노래들이 빛나는 동산에 흘러넘치네.
고맙습니다 감사합니다. 큰절을 올리는
옥구슬 보다 빛나는 눈물방울이 흘러 뒹굴고 있구나.
나의 동산에 더 많은 노래들아 들꽃보다 풍요롭게
피어 오르거라 더 많이 더 곱게
저 높은 곳을 향하여

신한식의 시는 이야기처럼 엮였지만 꿈과 희망이 밤하늘의 별처럼 아름다운 꽃으로 빛났다. 대우주의 삼라만상이 용솟음치는 큰 포부를 안고 살아온 하나의 호소문 같았다.

저 높은 하늘의 별들은 아름답고 고운 시의 소재로 피어올랐다. 많은 별들이 모여 성운(星雲)을 이루듯 우주는 무궁무진한 소재의 보고라는 생각이 들면서 희망의 씨앗을 뿌려주는 듯했다.

이 시는 우주의 별을 노래하고 있다. 숭처예수(崇處譽隨)라는 높은 곳을 따라가리라 하는 말로 하늘은 높은 것이고, 높은 하늘에 직접 올라가기는 어려우나 마음으로 가면 못 갈 곳이 없다. 하늘에 별을 노래하는 것은 우주에 대한 궁금증이요 동경이다. 광대무변의 우주를 마음에 담는 것은 그 자체가 개인적인 큰 사건이 된다.

그림을 그리는 사람으로서 우주를 논한다는 것은 좀 어색하지만 화가의 손 안에는 우주의 삼라만상이 다 들어 있다는 사실이 박식에게 행복으로 다가왔다.

우주는 인간이 넘보기는 어려운 영역이다. 달에 가고, 행성에 가는 세상이지만 은하계의 모래알 같은 별에는 인간의 손이 미치지 못할 것이다. 그러나 화가의 상상력에는 미치지 못할 곳이 없다. 실제로 가보지 못하는 곳도 상상을 동원하면 오묘한 현상도 표현 가능한 것이다.

UFO를 보고 난 뒤 박식의 그림은 완전히 다른 형태로 변화했다. 추상화에 대한 관심과 색채에 매료되어 신비한 천체의 묘사를 중점적으로 연구하고, 머릿속에는 무궁무진한 대우주가 들어 있었다.

실제로 나타나는 색과 형태는 위성사진이나 육안으로 볼 수 있는 천체를 모티브로 삼을 수 있으나 상상 속에 나타나는 것은 더 아름답고 신비스럽게 그릴 수 있는 것이 매력이다.

우주를 모티브로 하는 것일지라도 재료는 동양화용을 벗어나 캔버스에 아크릴 또는 혼합재료를 쓰고, 그린다기보다도 만든다는 표현이 맞을 수 있다. 건축재료를 이용하기도 하고 화학작용이 일어나는 것을 이용하기도 한다. 무슨 재료를 쓰든지 작가가 원하는 바를 달성하면 된다는 생각이다.

# UFO 찾아 북한산

김치로와 백도철을 대동하고 박식은 북한산 형제봉에 올랐다.

평창동에 차를 세우고 오솔길을 도보로 올라갔다. 산 입구에 들어서자 산 까치가 반기듯 짹짹거리며 일행을 맞이했다. 구복암(龜鰒巖)에 도달하자 까치는 사라지고 청설모가 반겼다.

오솔길 옆 진달래가 붉은 얼굴을 내밀고 인사했다.

산등성이에 오르자 국민대 쪽으로 솔개 한 마리가 산새를 낚아채고 쏜살같이 지나갔다.

자연의 섭리란 참으로 오묘하고 기이하다. 식물은 봄이 되면 기지개를 켜고 나왔다가 가을이 되면 옷을 갈아입고 월동준비를 한다.

마당바위에서 쉬고 있을 때 칼바위 쪽에서 헬기 한 대가 날아왔다. 보현봉 쪽으로 가는 것으로 봐서 그쪽에 등산객의 사고가 접수된 듯했다.

모두가 스케치북을 펴고 맞은편 능선을 그렸다. 연필로 그리는 것이 아니고 먹물을 준비하여 붓으로 그렸다. 화실에서 그릴 때보다 현장에서 그리는 기분은 상쾌하고 작품에 기(氣)가 넘치는 것 같았다. 같은 곳을 그려도 제각기 그림이 다르다. 박식의 그림은 묵직하고 김치로의 그림은 날카롭고 백도철의 그림은 유연했다. 서로들 그림을 펴서 보며 박장대소했다.

형제봉에 오르는 길은 일차 험로가 있다. 바위 사이로 오르면서 나무뿌리를 잡고 한 발 한 발 오르기 시작했다. 김치로와 백도철은 경사진 산을 처음 오르다 보니 약간 무섭다는 표정이었다.

힘겹게 정상에 올랐다. 옆으로 시계가 탁 트이고 시원한 바람이 불어와서 천하에 부러울 것이 없었다.

상봉에는 바위가 작아서 잠시 있다가 내려왔다. 맞은편 보현(普賢)봉이 우뚝 솟았다. 산의 기상이 형제봉과는 비할 바가 아니었다.

세 사람은 보현봉에 도전하기로 했다. 보현봉 밑에는 일선사가 있다. 형제봉에서 손에 잡힐 듯 가깝다. 경사진 곳을 오르락내리락하므로 힘이 들었다. 중간쯤 오르자 일선(一禪)사에서 스님들의 염불소리가 들려왔다.

형제봉에서 보현봉으로 가는 길은 오솔길로 아름답다.

"상경한 지 10여 년인데 이런 산행은 처음이구먼요. 산에 매료되어 자주 와야겠다는 생각이 듭니다."

김치로가 감탄했다.

"저도 처음입니다. 이렇게 좋은 곳은 전국 어디에도 없을걸요. 오늘 잘 왔습니다.”

백도철이 감탄에 동의했다.

산행을 이끈 박식은 어느 때보다 큰 보람을 느꼈다.

“앞으로 우리 세 사람은 시간 나면 산행을 하자꾸나.”

삶의 여유를 깨달은 것처럼 세 사람은 행복한 느낌을 나누었다.

등산 경험이 없고 준비 부족으로 한꺼번에 보현봉까지 오르기는 무리였다. 일선사까지 오른 세 사람은 목만 적시고 절 구경을 하고 내려가려고 했는데 절에서 점심식사를 권했다.

시장기 때문인지 절밥이 맛있어서인지 잘 넘어갔다.

이날은 보현봉은 포기하고 절에서 바로 내려왔다.

박식은 청운 선생과 형제봉을 오른 경험이 있지만 김치로와 백도철은 처음이었다. 처음 산의 매력을 느낀 세 사람은 계속 오자고 다짐했다.

산은 말이 없다.

그러나 산은 많은 것을 가르쳐준다.

건강을 지켜주고, 인내를 가르쳐주며, 올라가면 내려와야 한다는 철학을 일깨워주기도 한다. 산에서 자연의 섭리를 배운다.

산은 차별하지 않는다. 도인이든 죄인이든 말없이 받아준다.

북한산은 기가 많이 나와 산에 있으면 내려오기가 싫다.

등산을 직업으로 하지 않는 사람도 매주 산을 찾고 산에서 건강을 회복하는 사람이 늘어나고 있다. 등산객이 많아지고 등산용품의 종류가 많아지는 이유를 알 만하다.

박식은 김치로와 백도철을 대동하고 등산용품점에 들렀다. 중급의 도구를 구입해도 상당한 금액이다. 등산용품을 구입하고 나니 다음 주가 기다려졌다.

기다리던 그날 등산 날이 왔다.

오후 형제봉 입구에 차를 세우고 세 사람은 산을 올랐다. 다른 사람은 모두 하산하고 있었다.

형제봉 정상까지 오르면 어두워 하산하기가 어려울 것 같아 중간 능성의 마당바위에서 짐을 풀었다. 소주를 한잔하면서 박식은 입을 열었다.

"오늘 오후 등산은 늦은 시간에 별을 볼 때까지 있으려고 하니 어두운 산에서 혼자보다는 여럿이 있는 게 좋을 것 같아 불렀다네."

"야간 산행도 괜찮아요. 그렇다고 별을 꼭 봐야 합니까?"

김치로라면 대체로 할 수 있는 질문이었다.

"이왕이면 하늘을 지나가는 UFO를 보기 위해서네."

"미리 이야기하셨더라면 두터운 점퍼를 준비했을 텐데요."

"밤 등산을 한다면 자네들이 주저할까 봐 그랬어."

박식이 밤 등산을 예고하지 않은 게 증명된 셈이다.

가져온 도시락을 먹고 자리에 누워 별이 나타나길 기다렸다.

어둡기 전에 스케치북을 펴고 맞은편 산을 그리기 시작했다.

그리는 중에 어둠이 내리며 저녁샛별이 보였다.

어느새 별이 하나씩 나타나기 시작했다. 한 시간쯤 지나자 하늘에는 별이 총총했다.

자세히 보면 바쁘게 달리는 별이 있다.

자리를 지키지 않고 달리는 별은 인공위성인 듯하다. 각국의 인공위성이 번갈아 지나가는가 보다.

크고 작은 별들이 하늘을 수놓고 주위가 어두워지자 등산길 아래로부터 두런두런 인기척이 나기 시작했다.

이 밤에 웬 사람이람?

5분쯤 지나자 등산객 두 명이 나타났다. 올라오다가 주춤하고는 걸음을 멈췄다.

"거기 누구요?" 한 명이 물었다.

"우린 별 보러 온 사람이요. 하늘이 너무 맑아서요."

박식 일행을 희한한 사람이라 생각하면서 그들은 경계를 풀었다.

다른 한 명이 등산 이유를 설명했다.

"보통 때는 야간 산행하는 사람이 없어요. 우린 낮에는 시간이 없어 야간에 주로 산행합니다. 등산하는 습관이 있었어요."

"그렇게 등산이 중요합니까?

이상한 등산 마니아라고 생각하면서 백도철이 물었다.

"그럼요. 등산은 나에게 인생의 전부인 셈이죠. 등산이 나를 살렸으니까요."

일행 중 한 명이 대답했다.

등산이 왜 그를 살렸는지 궁금하지 않을 수 없었다.

묻기도 전에 그는 설명했다.

“3년 전에 우울증과 폐질환으로 매일 죽고 싶었으나 등산을 시작하면서 조금씩 호전되어 2년간 하루도 빠지지 않고 등산하니 거의 완쾌되었지요. 이제는 등산만 믿습니다.”

낮에 못하면 밤에라도 한다고 그들은 말했다.

“대단하십니다. 존경스럽습니다.”

“살기 위해서지요. 이렇게 하다 보면 별을 보기도 하고요. 하하.”

박식 일행이 들으라는 듯 호기스럽게 웃으며 그들은 가던 길을 계속 올라갔다.

# 야간산행 UFO 발견

박식이 하늘을 보니 동쪽에서 서쪽으로 큰 비행체가 지나갔다. 김치로와 백도철도 놓치지 않고 봤다. 등산 첫날에 UFO를 볼 줄은 몰랐다. 거리가 멀고 희미하지만 UFO가 틀림없었다.

박식은 움츠렸던 마음이 탁 트이고 광활한 우주에 안긴 것처럼 환희를 느꼈다. 인간은 우주의 모든 에너지를 받으면서 살아가는 것이 아닐까 생각하곤 했다. 우주와 가까워지는 느낌은 어느 감정보다 아름답고 행복하다. 박식에게 우주의 친구는 UFO이고, 지상의 친구는 그림이다. 우주의 애인은 달과 별이고, 지상의 애인은 그림과 미라이다.

하늘의 별을 볼 수 있어 밤 등산이 좋다.

지방에서 상경한 형제 같은 3총사 박식, 김치로, 백도철은 서로 도와주고 아껴주고 의지하고 사랑을 나누며 서울 생활을 잘 꾸려 간다. 일주일에 한 번 밤 등산을 하면서 UFO를 보려고 한다.

세 사람은 예술을 지구에서 우주로 끌어 올리려 한다. 천체를 예술로 승화시키는 것이 쉽지는 않지만, UFO를 시작으로 연구하다 보면 그것이 가능하리라 믿는다.

밤 등산을 시작한 후 다음 등산일이 기다려진다.

날씨가 흐리거나 비 오는 날에는 가고 싶어도 가지 못하고 화실에 세 사람이 모여 우주에 대해 연구하곤 한다. 그림에 우주를 등장시키는 것이 쉽지 않은 이유는 정한 물상이 없고 하늘의 별이나 화성, 목성 등의 위성사진에 의존하기 때문이다.

상상을 동원해서 천체를 그리고 별들의 속삭임을 그려야 한다. 블랙홀이나 성운, UFO 등 우주는 지금까지 그리던 그림과는 전혀 다른 세계의 차원이다.

밤이면 박식은 김치로와 백도철을 데리고 북한산 능선에서 UFO를 기다리며 우주를 그렸다. 전혀 다른 세계를 탐구하려고 빠른 속도로 달리는 무궤도 차에 오른 기분이다.

미라는 한동안 우주에 미친 박식을 만나려고 전화를 했다.

박식은 어젯밤 꿈에 강화도의 마니산 천제단에서 UFO를 봤다고 말했다. 그녀더러 당장 강화로 가자고 했다. 강화에 가면 반드시 UFO를 볼 수 있다는 확신이 있었기 때문이다. 김치로와 백도철을 데려가자고 했다.

강화는 서울에서 한 시간 넘게 달리면 도착한다. 박식은 등산장비와 텐트를 구입하고 음식을 준비했다.

강화도 마니산에는 천제단(天祭壇)이 있다. 천제단은 단군이 하늘에 제사를 올리기 위해 만든 곳이며 단군제천석단(檀君祭天石壇)이라 한다.

태백산에도 제천석단이 있다. 속설에 의하면 마니산 천제단은 우주에서도 보여 지구와 우주의 가교역할을 하는 것으로 여긴다. 마니산 천제단에 가면 반드시 UFO를 만날 수 있다고 확신한다.

박식 일행은 오후에 강화도에 도착했다.

마니산에서 하룻밤을 새면서 하늘과 교감하고 UFO를 관찰하려 했다. 마니산 입구에는 산으로 오르는 372개의 계단이 있다. 상봉에는 단군성조께서 하늘에 제사를 지내기 위해 만든 천제단이 있다.

엄숙한 마음으로 제단에 절을 하고 단군 성조께 절을 올렸다. 우리나라 시조의 천제단에 온 것이 감개무량했다. 한쪽에 자리를 깔고 텐트를 치고 밤이 오기를 기다렸다.

태양이 서서히 넘어가고 어둠이 내려앉는 순간에 모두가 긴장한 마음으로 하늘을 관찰하고 있었다. 하늘에는 아무런 변화가 없었다. 텐트 안에 작은 호롱불을 켜 놓으니 완연한 야외 분위기가 느껴졌다.

텐트 밖에 누워 하늘을 유심히 쳐다보고 있을 때 남쪽에서 북쪽으로 지나가는 별똥별이 빛을 발했다. 김치로와 백도철은 별똥별에 신경을 곤두세우고 UFO가 아닌지 긴장하며 쳐다보았다.

12시가 지나도록 관찰했으나 UFO는 나타나지 않았다. 이제 모두 텐트 안으로 들어가 잠을 청하고 박식만 밖에서 계속 하늘을 보며 단양의 호텔에서 본 UFO를 생각하고 있었다.

바로 그때 미라가 소리쳤다.

"왔다!"

박식은 잠들기 전이라 텐트를 박차고 나왔다.

UFO는 남쪽으로 멀리 달아나고 있었다. 김치로와 백도철은 잠에서 깨어나 박식이 가리키는 손끝을 보며 저만치 가는 허연 물체를 보았다.

"아! 바로 저것!"

조금만 잠을 참았다면 완전히 가까이서 봤을 것을 멀리 꼬리만 본 것이 못내 아쉽기만 했다.

또 나타나지 않을까 하여 별들과 대화를 하고 있었다.

무수히 많은 별들이 하늘을 수놓고 가끔 유성의 빛이 하늘을 가로지르는 하늘의 쇼가 있을 뿐 UFO는 나타나지 않았다.

짧은 시간이지만 UFO를 본 것은 큰 수확이며 기적이다. 구름 한 점 없는 강화의 밤하늘은 그 어느 지역 하늘보다 맑고 아름다웠다. 강화의 마니산 천제단은 우주에서도 보인다는 명당이니까.

과학자나 천체연구가도 아닌 화가들이 하늘의 신비를 연구하고 UFO를 기다리는 것은 특이한 일이다. 박식이 UFO를 두 번이나 본 것은 우연이 아니다. 한반도 허리 양쪽에 바다를 품고 있어 UFO 보기가 쉬운 것은 행운이며 많은 볼거리를 제공하고 있다.

불교경전에 UFO가 비행물체로 나타난 것을 보면 외계에는 지구보다 백배 발달한 문명이 존재했다고 추측할 수 있다. 오히려 지구에서 그것을 파악하지 못했을 뿐 아닐까?

불화에 UFO가 그려진 것은 우연이 아니며 부처님의 혜안으로 이미 상세하게 파악했다는 증거가 아닐까 추측해 본다. 2500년 전 부처님께서 파악한 UFO는 일반인들이 도저히 이해하기 어렵고 너무 생소하기 때문에 널리 설하지 않고 기록에만 남긴 것으로 생각한다.

우주 속에 헤아리기 어려운 수많은 별들이 있으나 너무도 먼 거리에 있기 때문에 인간의 힘으로는 도저히 갈 수 없고 추측만 하다가 세계 여러 나라에서 UFO가 나타난 흔적이 있고 사진으로 찍힌 것이 있기에 이제 사람들은 UFO를 인정하고 선진국에서도 지금까지 금물이던 정보를 발표하는 등 새로운 국면에 도달한 것으로 생각한다.

박식은 아직 UFO에 대한 지식이 없으나 자신이 직접 목격함으로써 실제로 존재한다는 확신을 가지고 우주와 UFO를 소재로 그림을 그려 세간의 주목을 받기 시작했다. 단양에서 본 UFO와 마니산 천제단에서 본 UFO는 다르다. 단양에서 본 것은 확실하게 기억하지만 마니산의 것은 좀 늦게 보아 그 형체가 분명하지 않았다. 전적으로 미라의 조언을 참고로 하는 수밖에 없었다.

그러나 미라는 작가가 아니기 때문에 정확한 기억을 묘사하기 어렵고 단양에서 본 것을 기준으로 대충 말하고 있었다. 먼 곳으로 사라지는 뒷모습을 봤기 때문에 그림을 그리는 데 다소 도움은 되었다. 단양의 것은 길고 마니산의 것은 짧아서 같은 UFO라 해도 다르다.

# 기가 충만한 마니산

박식은 우주에 대한 전시준비를 시작했다.

밤 등산은 등산대로 하고 시간을 내어 우주에 대한 그림을 개척하느라 금쪽같은 시간을 썼다. 충분히 준비하여 3년 동안 전력을 다해 우주화를 그렸다. UFO를 비롯해서 천체의 성운, 블랙홀, 화성 표면, 달 등 그릴 수 있는 모든 것을 그리고 새로운 미술영역을 개척하려는 뚝심을 발휘했다. 때로는 밤샘을 할 때도 있었다. 김치로와 백도철이 옆에서 도왔다.

새로운 분야를 개척하는 박식은 미라와 밀월의 기회가 없었다. 미라는 그가 보고 싶으면 영남화랑이나 박식의 화실을 방문하여 잠깐 대화를 나누고 돌아가는 것이 고작이었다.

우주를 그리기 위해서는 재료부터 연구를 시작해서 화법을 개발해야 한다. 그리는 일이 중요하지만 그림을 만들어간다는 말이 맞을지 모른다.

김치로는 요즈음은 우주화에 관심을 가지고 노력하고 있다. 참으로 신기한 것은 그림이 우주를 닮아간다는 것이다. 우주화의 개척은 백도철도 같은 생각이다.

박식은 UFO를 동경하는 마음에 변함이 없다.

미라와 함께 김치로와 백도철을 데리고 강화도 마니산 천제단을 한 번 더 가기로 했다. 밤샘을 각오하고 먹거리를 잔뜩 사고 담요를 준비해서 오후에 마니산에 올랐다. 정상에서는 등산객이 강화의 도도한 경치를 내려다보고 있었다.

한쪽에 텐트를 치고 밤이 오기를 기다리는데 등산객이 물었다.

"우리는 지금 내려가려는데 늦게 와서 텐트를 치는 것을 보니 여기서 밤샘하려는 것입니까?"

"그렇습니다. 여기서 밤을 새워 할 일이 있습니다."

"무슨 일이기에 밤을 새우신다는 겁니까?"

등산객은 이해할 수 없다는 듯 질문을 멈추지 않았다.

"우리는 그림 그리는 화가인데 여기서 UFO를 관찰하려고 합니다."

"UFO라고요? 아, 신기한 일이군요. 우리가 동참해도 됩니까?"

"밤샘으로 내일 일에 지장이 많으실 텐데 괜찮으시겠습니까?"

"절호의 기회에 참여하고 싶네요."

옆에 참여자의 텐트가 쳐져 산은 외롭지 않았다.

텐트 안에서 이야기를 나누는 중에 멀리 육지로부터 어둠이 올라오기 시작했다. 석양이 떨어지니 순간 어둑해지면서 하늘에는 저녁샛별이 나타났다.

텐트에 모여 늦은 저녁식사를 했다. 다른 사람이 식사하는 중에도 미라는 밖에서 하늘을 지키고 있었다.

식사가 한창일 때 밖에서 미라가 큰소리로 외쳤다.

"왔어요!"

일행은 후다닥 일어나 밖으로 뛰쳐나가 하늘을 보았다.

미라가 가리키는 하늘에 둥근 물체가 유유히 지나가고 있었다.

석양을 받아 붉은빛을 띤 한 비행체는 북쪽에서 남쪽으로 흐르고 있었다.

"UFO가 지나간다!"

약속한 듯 모두가 고함을 질렀다.

옆 텐트에서도 고함소리가 하늘을 찔렀다.

UFO가 태양을 받으며 빛을 내고 지나가는 모습은 환상적이었다.

목적이 이렇게 쉽게 달성될 줄은 아무도 몰랐다.

예술을 하려면 이렇게 운이 따라야 한다고 모두들 말했다.

오늘 일어난 일을 어떻게 예술로 승화시킬지에 대해 의논하고 연구할 일이 남은 것이다.

하늘에는 수없이 많은 별들이 나타나 반짝이기 경연대회를 하는 것 같았다. 밤하늘의 아름다움에 감탄하고 있을 때 또 북쪽에서 남쪽으로 여러 개의 UFO가 나란히 지나가고 있었다.

김치로는 사진기로 이 장면을 포착했다. 옆의 등산객도 감탄하며 함성을 지르고 기뻐했다. 천제단은 지구의 기가 모여 우주에서도 보인다는 곳임이 이제 증명된 느낌이었다.

강화도는 다른 지역과 달리 역사적으로도 큰 사건들이 많았다.

세계문화유산으로 지정된 팔만대장경을 제작한 곳이다.

산 지형은 기(氣)가 충만하여 천제단에는 우주의 기가 모이는 곳으로 알고 있다. 따라서 UFO가 이곳에 들른다고 믿기에 충분하다.

박식은 우주라는 거대한 공간에서 자기 존재를 느끼며 우주예술의 한 축을 구축하려 한다. 말하자면 우주예술의 개척자로 남고 싶은 것이다. 누구의 지시도 간섭도 없이 창작의 기쁨을 이루고 싶다. 우주예술은 이론이나 가르침에서가 아니라 기존의 미의식을 뛰어넘는 오직 자기만의 심상미를 표출하는 것이라고 믿는다.

우주에 발을 들여놓은 이상 한곳으로 가려고 결심했다. UFO에 대한 집념도 우주그림에 대한 결심도 평생의 숙원으로 간직할 각오가 돼 있다.

우주예술에 푹 빠진 박식은 미라와의 밀월을 즐길 시간이 없다. 예술인이 자기 것을 완성하는 것은 숙명이라고 생각하기 때문이다.

미라는 박식이 우주예술에 너무 집착하는 자체가 불만이었다.

마음의 사랑은 가까이 있으나 육체의 사랑은 멀었다. 예술에 미친 상대를 이해하려니 가슴이 타기도 했다.

그의 우주예술은 언제 끝이 날까?

일단은 기다릴 수밖에 없었다.

# 현대화 대량 구입

박식은 이듬해 가을 전시회를 위해 장소를 계약했다.

김치로와 백도철에게 전시계획을 설명하고 모든 일에 앞서 전시준비에 열중하도록 했다.

바쁜 와중에 김태우 사장으로부터 전화가 왔다.

"그동안 서로가 좀 바빴던 것 같은데, 별고 없으시죠?"

"예, 자주 연락 못 드려서… 죄송합니다."

그러고 보니 연락 못 한 지 꽤 오래되었다.

"이번에도 그림을 50억 원가량 구입하려는데 유명 작가들의 현대화 작품으로 수집하면 어떨까 해서요."

"예, 최선을 다하겠습니다, 사장님."

박식은 무척 바쁘지만 전일호를 창구로 하여 화랑이나 작가들을 상대로 구입하면 어렵지 않을 거라는 생각이 들었다.

그렇지만 고가의 작품 구입은 그리 쉬운 일이 아니다. 전망이 좋은 작가의 우수한 작품이면서 가격이 저렴해야 하므로 찾는 데는 상당한 시간이 걸릴 것 같았다. 현재 10위 내의 생존 작가만 하자니 고령이라 작품을 만드는 시간이 많이 소요돼 문제가 있을지 모른다.

우선 각 화랑에 연락해서 블루칩 작품을 수집하기로 했다. 모자라는 경우 직접 작가에게 부탁하면 될 것이다.

박식은 바쁘지만 김태우 사장의 요구를 받아들이기로 했다.

박식은 이제 60대의 완숙한 화가로서 새롭고 참신한 형식의 예술을 창출하는 것이 예술인의 사명이라 생각하고 있다.

그는 어려운 환경에서 운명적인 예술의 길로 매진하면서 다른 모든 것을 포기하고 오직 예술이라는 외길을 걸어온 지난날이 주마등처럼 스치고 지나가면서 예술창작의 매력에 빠져들어 다시 태어난다 해도 같은 길을 가겠다는 굳은 신념에 차 있다.

우주회화의 매력에 빠진 박식은 지금까지 익혀온 전통 산수나 현대적 풍경화는 사정없이 버린다는 생각을 했다. 여생을 우주회화에 매진할 각오이다. 화가가 창작의 마약에다 감흥과 쾌감에 물들면 아무리 달콤한 유혹이라도 넘어가지 않는다. 그것보다 차원 높은 문화적 마약은 보통사람은 느끼지 못하는 병적인 것이다. 이는 혼자서 고민하고 연구해서 이루어내야 하는 예술가만이 누릴 수 있는 특권이며 사명이다.

새로운 분야를 개척하는 것은 작가의 영역으로 창의력에 달려 있다.

박식은 작가로서의 사명감을 가지고 우주분야의 신선한 추상주의를 염두에 두었다. 이는 일생일대의 계획이요 크나큰 예성(藝城)으로 최선을 다해서 이루어나갈 것이다.

우주에 대한 그림을 그리는 사람은 있으나 우주작가로서의 완성을 이룬 사람은 없다. 화단에 많은 사람들이 연구하고 노력하지만 쉬운 일이 아니다.

우주그림을 그리기 위해서 여러 가지 물감을 구입하고 크고 작은 캔버스와 우주 소재를 여러 곳에서 수집하였다.

박식은 북한산 형제봉에서 밤하늘을 보면서 UFO에 대한 동경을 하며 그림 구상에 몰두하고 있었다. 오후 산에 오를 때는 구름 한 점 없었지만 어둠이 내리니 밤하늘에 조각구름이 지나갔다. 구름 사이로 반짝이는 별들이 아름다웠다. 반짝이는 별들이 고향으로 여겨졌다.

잠시 눈을 돌리고 있을 때 큰 유성이 서쪽에서 동쪽으로 흘러가고 있었다.

이런 상상을 하며 박식이 작업에 열중하고 있을 때 전일호 사장으로부터 만나자는 전화가 왔다.

영남화랑에서 만났다.

"무척 바쁘시죠. 조금 전 K화랑에서 현대화를 많이 팔겠다는 연락이 와서 의논 좀 할까 하고요."

"조건이 맞으면 구입하도록 하시죠."

"K화랑 개업기념으로 받은 그림까지 팔겠다고 하니 큰돈이 필요할 것 같습니다."

"총액수는 얼마나 될까요?"

"대략 25억 원으로 보는 것 같은데 우리 요구에 맞는 것만 해도 한 20억 원어치는 될 것 같네요."

전주(錢主) 김태우 사장의 의견이 중요하다.

김태우 사장이 큰 그림을 좋아하므로 크기는 20호에서 100호까지 하기로 했다.

사흘 후 두 사람이 K화랑에 가보니 창고에 유명작가 그림이 꽉 차 있었다. 고가의 추상화 20점, 매력적인 구상화 10점, 이렇게 해서 총 30점이 되었다. 가격도 15억 원 정도밖에 안 됐다. 화랑 사장이 다른 소장자 고객에게 부탁해서 10억 원치를 구해 주겠다고 약속했다.

좋은 그림은 돈이 있다고 구해지는 것이 아니다. 감정전문가가 있어야 하고 가격전문가도 있어야 한다. 진품일 경우 가격이 적정한지 따져야 하고 작품의 상태가 양호한지도 살펴야 한다.

작가들에게 직접 받는 그림은 위작을 의심하지 않아도 되지만, 가격은 작가와 밀고 당기며 조율해야 매매가 성사된다.

작가와의 문제는 전일호가 책임지고 진행할 것이니 걱정할 필요가 없다. K화랑 건만 해결되면 50억 그림 구입 문제는 해결되는 셈이다.

# 님도 보고 별도 보고

토요일 오후 미라로부터 전화가 왔다.

일요일에 강화 천제단에 UFO를 보러 가자고 했다. 어젯밤 꿈에 UFO를 봤다고 했다. 강화에 다녀온 지 2개월 정도 되었으니 이제 한 번 가볼 때도 되지 않았냐는 이유까지 붙였다. 박식을 만나기 위한 핑계에 UFO가 등장하는지도 모를 일이다.

김치로와 백도철이 동행하여 천제단에 갔다.

해질 무렵 텐트를 치고 밤이 오기를 기다렸다.

그때 젊은 남녀 네 명이 나타났다.

"우리뿐인 줄 알았는데 여러 선생님께선 웬일이십니까?"

키가 훤칠한 젊은이가 말했다.

"우린 여기서 밤샘하며 UFO를 볼까 하고…."

반말해도 좋은 젊은이들이었다.

"여기 있으면 UFO를 볼 수 있을까요?"

“두 달 전에 우리가 봤었지.”

“그러면 여기 같이 있어도 될까요?”

“그러지. 우리도 덜 심심할 테니까.”

“허락해주셔서 고맙습니다.”

젊은 여성이 머리 숙여 인사를 했다.

말끔한 젊은이 두 쌍이 이런 데서 밤샘해도 되는가 걱정은 되었지만.

어느덧 해가 지고 어둠이 내려앉았을 때 별이 하나둘 나타나기 시작했다. 저녁식사를 하는 동안 하늘에는 별이 총총했다.

다른 여성이 하늘을 유심히 보다가 소리쳤다.

“저기 별 하나가 서쪽으로 빠르게 가고 있어요.”

박식이 반사적으로 하늘을 바라보았다.

“그건 위성이라고 해요. 눈이 밝으니 잘 보는군.”

자리를 깔고 하늘을 보면 인공위성이 무수히 지나간다.

그러나 정작 UFO는 나타나지 않고 새벽이 다 되도록 기다렸으나 허사였다.

모두 눈을 붙였으나 미라는 끝내 하늘을 뚫어지게 보고 있었다.

하늘에는 유성이 가끔 지나가고 인공위성이 지나갈 뿐 UFO는 나타나지 않았다. 젊은이들도 실망하고 잠자리에 들었다.

날이 새고 아침 햇살이 비쳐도 UFO는 나타나지 않았다.

여길 오자고 했던 미라가 민망해할까 봐 박식은 그녀의 어깨를 한번 안아줬다.

서울에 와서도 박식은 마니산 생각에 사로잡혔다.

세상에 마음대로 되는 것은 없다. 우연에 운명과 재수가 보태져야 행운을 거머쥐는 것이 아닐까.

우주에 대한 동경은 박식에겐 지울 수 없는 이정표가 되었다. 우주 그림은 무궁무진한 가능성과 개척할 수 있는 황무지와 같다. 개척자는 외롭지만 희망의 끈을 놓지 않는 법이다. 이제는 돌아설 수 없는 길이며 예술가가 감당해야 할 지상명령이다. 소재와 재료를 준비하고 본격적인 변화를 모색하고 있다.

화가는 대체로 자기만의 개성 있는 화법을 개발하는 것이 지상목표다. 원하는 화법이 창출되면 마약 같은 쾌감을 느낀다.

시대 변화에 그림의 유행이 다르고 미래 대중의 선호도에 따라 성공을 점친다. 1세기나 반세기를 앞서간다 해도 시대성과 예술성이 요구되며 작가만의 독창성이 필수 요건이다.

새롭고 아름다운 미래지향적 작품을 그리는 것은 많은 시행착오를 동반한다. 우주그림은 미개척분야이기 때문에 더욱 실험적인 작업이 요구된다. 여기에는 많은 시간과 연구자금이 필요하다. 미술작업은 다른 사람을 시키거나 대신하기가 어려운데 이는 감정가가 다르고 작가마다 성격이나 필력이 다르기 때문이다.

전시작품을 준비하면서 박식은 사소한 일은 접어두고 오직 작품에만 전념하고 있다. 전시회는 몇 년 동안 구상하고 오랜 작업을 통해 이루어내는 최상의 이벤트로 화가의 특권이기도 하다. 그는 우주의 기를 받으려고 천지신명께 기도드렸다.

소재는 확고하지만 주제는 다르다. 재료는 유화나 아크릴화로 하는 경우와 순수 한국화 재료인 종이에 진채와 담채로 그리는 경우가 있다.

한 작품에 긴 시간을 할애하는 것은 잘 그리기 위함인데 무법으로 단순화시켜서 그리는 경우가 있다. 창작에 신경 쓰는 중에 느끼는 즐거움이 크다.

그림 그리기에 기를 넣으려고 정신을 집중시킨다.

그림이 완성되어 갈 때는 스스로 기쁨이 충만해진다.

미라는 지난번 마니산에서 UFO를 보지 못하고 돌아온 것이 못내 아쉬워 이번 주말에 다시 가자고 박식에게 전화했다. 김치로와 백도철은 행사 관계로 못 가게 되어 미라와 박식만 가기로 했다.

단양에 갔을 때와 같은 기분을 느끼는 것은 두 사람만 가기 때문이다.

밤을 새워 꼭 보리라 마음먹고 천제단에 올랐다.

텐트를 치고 식사하면서도 눈을 하늘에서 떼지 못했다. 작은 라디오를 준비하여 뉴스와 음악을 들으며 UFO를 기다리는 것이다.

우선 어두워질 때까지 텐트 안에서 쉬기로 했다. 3시간은 있어야 별이 보일 것 같다.

잠을 잘까 하고 누웠는데 박식의 팔이 미라의 허리를 감았다.

"누가 보면 어떡하려고 그래요?"

누가 보든 그들의 숨소리는 가빠졌다. 밤 등산객이 본들 상관없다.

사랑이 무슨 죄인가.

욕정이 하늘을 뚫는 상황이 벌어졌다. 서로의 혀가 말리고 손이 상대방의 옷 밑으로 들어가기 시작했다. 바깥 발소리가 가까워지자 겨우 정신을 차리고 옷매무시를 고치고 앉았다.

두 쌍의 부부가 나타났다.

한 쌍은 60대 부부요, 다른 한 쌍은 40대 남녀였다.

60대 부부가 먼저 말을 걸어왔다.

"밤새려고 텐트를 치셨나요?"

"그렇습니다."

"왜 하필 여기서 밤을 보내십니까?"

"우리는 전에도 두 번 밤을 새운 적이 있지요."

"무슨 목적이라도 있으신가요?"

"UFO를 보려고요."

"UFO 보기가 무척 어려운데 그걸 기대하시나요? 하시는 일이 궁금합니다만."

"우리는 그림을 그리는 화가입니다."

"화가이시면 좋은 경치를 보시지 왜 하필 언제 올지도 모르는 UFO를 보려고 이런 고생을 하십니까?"

"그렇기도 합니다만 우리는 평범한 경치가 아닌 UFO나 우주를 그리는 새로운 회화방법을 연구하고 있습니다. 마니산의 기를 받아 그려볼까 하고요. 자전적 우주전시회를 열 예정입니다."

"대단하시군요. 저희도 여기서 밤을 새우고 싶은데, 괜찮으시겠습니까?"

"우리는 대환영입니다."

옆에서 듣고 있던 40대 남녀도 함께 밤을 새우겠다며 합류했다.

# 마니산 언약

박식은 음료수를 권하며 젊은이들의 관계를 물었다.

그들의 대답은 의외였다.

"저희는 곧 결혼할 사이인데 만혼이라 여기서 낙조를 보면서 단군님께 '우린 절대 헤어지지 말자'는 맹세를 하러 왔습니다."

만혼 커플은 재혼을 준비하고 있었다. 그들은 이혼을 경험했기에 이별에 대한 공포가 컸다.

"참 대단한 각오로군요. 모두가 지켜보는 자리에서 맹세하시면 절대 헤어지지 않을 거예요."

60대 부부는 만혼 커플을 응원했다.

"우리도 단군님 앞에서 언약해야 하지 않나요?"

이번에는 미라가 박식을 쳐다보며 농을 쳤다.

"우린 따로 사니 특별한 언약이 필요 없는 거요."

박식이 웃으며 말했다.

그렇다고 미라가 쉽게 물러서지는 않을 것이다.

"그럼 이제부터 자주 만나겠다고 언약해 보세요."

미라는 농담으로라도 뭔가 듣고 싶었다.

"그래요. 이번 우주회화전시가 끝나면 같이 살 것을 주위에 선포하는 이벤트를 가져보자고요."

기어코 미라는 박식의 약속을 받아냈다.

"그러면 여기 모이신 분들 모두 합동언약식을 하죠. 인증으로 사진도 남기고요."

박식이 말했다. 미라는 자신이 마치 주인공이 된 듯한 기분이었다.

마침내 박식은 60대 부부와 만혼 커플을 두루 보면서 말했다.

"오늘은 매우 중요한 날이니 우리 모두가 부부형제로 언약하고 사회에 가서도 친척같이 대하며 도와 나갑시다."

박식이 선언하자 모두가 아무런 이의 없이 찬성했다.

"저희 결혼식에 꼭 초청하겠습니다."

40대 커플은 이런 기회가 감사하다며 말했다.

"박식 형님의 우주전시회에 함께 참석하도록 하죠."

60대 부부가 말하자 이번에 박식이 나섰다.

"우리도 동생네 결혼식에 그림을 그려 가지고 가겠네."

소위 '마니산 언약'이 성립되고 세 쌍은 형제간으로 순서도 정해졌다. 연령으로 봐서 박식은 큰형으로서 모두에게 말을 놓기로 했다.

언약식을 기념하기 위해 제단을 마련했다.

제단에 약간의 음식을 차려놓고 기도했다. 세 쌍은 단군님께 형제됨을 고하고 건배했다.

어둠이 내려앉자 모두가 밤하늘을 뚫어지게 쳐다보았다. 하늘에는 별이 총총해지고 유성이 심심찮게 지나갔다. 간간이 지나가는 인공위성도 보였다.

한두 시간이 지났을 무렵이었다.

북쪽에서 남쪽으로 가는 UFO를 미라가 제일 먼저 발견하고 '왔다!' 라고 소리쳤다. 모두가 흥분되어 하늘을 바라보니 지난번 것보다 작아 보이는 UFO가 지나간다. 지난번에는 늦게 발견해서 너무 빨리 지나가서 자세히 보지 못했다. 이번에는 모두 깨어 있어서 일찍 발견하고 자세히 볼 수 있었다.

이번 UFO는 타원형으로 모자처럼 생겼다. 밑부분에 약간의 증기처럼 내뿜는 듯한 흰빛이 보였으며 몸체가 둥글고 모자처럼 튀어나온 곳에서 불빛이 가끔 빤짝거리는 듯했다. 지난번 것은 직선으로 갔으나 이번 것은 곡선으로 가는 것이 달랐다. 혼자 보는 것이 아니고 여럿이 봤으니 박식은 누구에게나 자신 있게 말할 수 있었다.

세 쌍의 남녀가 천제단의 한 텐트에서 잘 수가 없어 10시경 모두 하산해서 강화 시내에서 각자 숙소를 잡았다. 박식과 미라가 한방을 쓴 것은 사실이나 육체관계를 가졌다면 로맨스인지 불륜인지 구분하는 것은 무의미하다. 홀아비와 과부 간에 불륜을 언급하는 건 우스꽝스럽기 때문이다.

다음날 함께 아침식사를 마치고 서울로 왔다.

미라와 가끔 전화로 안부를 물으며 박식은 오로지 작업에 열중했다.

예술창작에 집중하는 작가는 다른 데로 눈을 돌릴 틈이 없다.

우주회화전시를 준비하는 과정에서 조금은 오류가 있었으나 박식은 이를 빠르게 바로잡고 원하는 스타일과 색상, 추상성 등 여러 문제를 확정적으로 결론짓고 본격적인 작업에 들어갔다.

최근 작품은 동양화와 서양화의 어느 쪽과도 거리가 멀다. 캔버스에 물감을 들어부어 마티에르를 나타내는 작업에서부터 스프레이를 이용해서 하늘의 빛과 별들의 소곤거림을 나타내는 작업을 하고 있다. 보통사람은 이해하기 어려운 작업이며 너무도 생소하기에 그림이라기보다는 새로운 생명을 불어넣을 공작물 같은 것이다.

그림이 아니라 인간이 만져서 만들어내는, 물감으로 빚은 보석이라 할까. 진기한 그림은 눈을 홀리고 보는 이로 하여금 감흥을 느끼게 한다.

누구보다도 강직하고 열정적인 박식은 저돌적인 면이 있다.

단양, 북한산, 마니산 등을 돌아다니며 UFO를 찾겠다는 노력 자체가 열정이다. 보편적 지역이 아닌 아무도 모르는 새로운 곳으로 떠나는 여행 같은 작업이다.

자신에게 문화적 큰 사건이 일어나고 있었다.

예도의 길은 험난하고 고통스럽지만 진귀하고 묘미가 있어 보석과 같은 아름다움이 있다. 모두 작가의 역량에서 나오는 시간과 공간의 결정이다.

우주의 별에서 지구로 오는 것은 지구를 점령하기 위함이 아니다. 별에서 보면 우리는 외계인이고 그들의 연구 대상이다.

외계인이 보는 지구는 초라하고 작지만 아직 고도의 문명이 발달하지 않고 개척할 만한 작은 별이니, 단순히 여행하러 오는 경우와 지구인의 동태를 살피고 문화 척도를 살피려는 경우가 있을 것이다. UFO가 부처님 시절에도 왔다는 기록이 있는 것을 보면 우리와는 완전히 다른 고도의 문명을 가진 것이란 생각이 든다.

UFO는 과학적인 연구를 해도 알아내기 어려운 것이며 미확인 비행물체로서 이미 60년대에도 발견되었고 세계 각국에서도 계속 보고가 있었으나 국가적 차원에서 발표하지 못하고 쉬쉬하면서 감추어 놓은 비밀이지만 이제는 미국에서 발표하는 등 세상에 알려지기 시작했다.

이러한 상황에서 박식이 그림으로 우주를 그린다고 하니 그 소문이 화단에 자자했다. 그의 책임이 막중해졌다.

# 우주화전시회 준비

천제단에서의 '마니산 언약'이 결속을 의미한다고 이해한 미라는 박식을 날마다 만나고 싶은 마음이 더해갔다.

박식이 우주에 대한 그림 연구에 몰두하면서 미라에 대한 애정이 약화되고 권태감이 오는 건 아닌지 미라는 의심스러워 자연히 전화를 자주 하게 되었다. 전화벨이 울리면 미라의 전화로 생각하기 쉬웠다.

그러던 어느 날 박식은 의문의 전화 한 통을 받았다.

"박식 화백이십니까?"

"그렇습니다만."

"미라라는 여인을 아시죠."

"그런데요?"

"제가 그 여자를 사랑합니다."

"당신 누구요?"

"저는 미라씨 집 세입잔데 그 여인을 사랑합니다."

"한번 만나서 내용을 들어봐도 될까요?"

"그러겠습니다. 저야 손해 볼 게 없으니까요."

전화 속의 남자는 의기양양했다.

"언제 만날까요?"

"날짜와 시간은 다음에 연락드리겠습니다."

대화가 일사천리로 진행되었다.

박식은 전화한 사람에 대해 이상한 생각이 들었다.

건물주인인 묘령의 여자가 혼자 사니까 어떤 수작을 부렸거나 사기를 계획했을 수도 있다고 생각했다.

미라에게 전화해서 자초지종을 물어봤다.

미라의 대답은 간단했다. 아마 미친놈일 거라고 했다.

세상이 하도 험악하고 사기꾼이 많으니 별의별 일이 일어날 수 있다고 박식은 생각했다.

그러나 미라는 그놈일 거라는 생각에 마음이 조마조마했다. 혹시 구자경 사장이 무슨 일을 꾸밀지 모른다는 생각에 마음이 편치 않았다. 구 사장 주소를 알아내고 다짐을 받아야겠다는 생각을 했다.

흥신소에 부탁해서 구 사장 전화를 알아내서 만나자고 했다.

"나는 구 사장을 믿었는데 장난질 치는 그런 유치한 사람이었어요?"

"제가 뭘 잘못했다고 그러세요?"

"박식 화백에게 전화해서 나를 사랑한다고 했다고요?"

"아녜요. 저는 그런 사실이 없습니다."

시치미를 떼는 구 사장에게 다시 경고했다.

구 사장이 다른 사람을 시켜 그녀를 골탕 먹이려는 수작이라고 생각했다. 미라는 '다시 무슨 일이 생기면 수사기관에 의뢰하리라'는 마음을 먹었다.

박식은 약속전화를 기다렸으나 오지 않았다.

한시름 놨을 때 전화가 왔다.

"남산 S호텔에서 오후 2시경 만나실까요?"

박식은 미라를 데리고 거기로 갔다.

커피숍에서 한참을 기다렸으나 끝끝내 그자는 나타나지 않았다.

한 번 더 장난치면 수사기관에 의뢰하여 혼쭐을 내리라 다짐했다.

우주전시회 준비로 바쁜 하루를 보내고 있을 때 박식이 전일호의 전화를 받았다. 그림 구입이 잘되었고 김태우 사장도 그림 구입에 만족을 표했다는 것이다. 박식과 김치로의 그림이 포함된 것은 물론이다.

총 50억 원의 그림이 준비되었고 금전 결재가 완결되었다. 구입처가 완벽하여 만일 문제가 생겨도 곧 해결할 수 있는 곳이었다. 하자없이 거래는 마무리되었다.

전일호는 상당한 금액의 사례비를 받았고, 박식은 큰 금액을 배당받았다. 일이 하나하나 마무리되면서 안정된 창작활동에 들어갔다.

우주회화라는 새로운 장르를 개발하려는 박식의 고민이 깊어진다.

새로운 것을 만드는 것도 중요하지만 사회적 선호도를 감안할 때 아직은 한국 화단의 추상주의를 외설처럼 여기는 사람이 많은 터에 무거운 짐을 박식이 혼자서 짊어지기는 벅차지만, 이왕 시작한 일이니 끝까지 버티고 지켜야 할 책무로 여기고 매진하려는 것이다.

김치로와 백도철은 박식을 따라 연구하기로 하고 옆에서 지켜보고 있다.

새로운 방식과 화법을 개척하는 것은 외롭고 고통스러운 일이지만 오직 자기만의 길이라 여기는 박식은 각오하고 있다.

전시장 관계로 300호 정도의 크기를 두 점, 100호 두 점, 80호와 60호 이하는 20점을 그리기로 해서 그 재료와 캔버스를 모두 주문했다. 그림을 그리는 장소도 지금의 작업실이 좁아서 구파발 쪽에 60평 정도의 화실을 구했다. 김치로와 백도철이 미라를 초청해서 작업현장을 구경시켜줬다.

"박식 형님은 정말 대단하십니다."

김치로가 말하자 백도철도 치켜세웠다.

"그럼요. 우리는 상상도 못했습니다."

미라는 구경하면서 박식의 수준을 다시 생각하게 되었다.

"이렇게 준비하려니 시간이 없고 바쁘셔서 면회 한번 하기도 어려웠네요."

구파발 화실에서는 대작을 하고, 인사동 화실에서는 소품을 그렸다. 일주일에 한 점씩 완성해도 시간이 많이 걸린다. 박식은 야외 여행도 뒤로 미뤘다. 미라는 불만이었으나 현장에 와본 뒤 이해하게 되었다.

전시준비는 그림만 그렸다고 끝나는 게 아니다. 도록 인쇄, 인사장, 포스트 등 준비할 게 한두 가지가 아니다. 전시일자 3개월 전에는 작품이 완성되어야 한다. 각 미술잡지와 신문 방송 등 여러 매체를 통해서 홍보하고, 지인들에게 보낼 주소록을 점검하며, 각 화랑 미술관 표구사까지 안내장 보낼 준비를 해야 한다.

# UFO 참관자들

미라는 박식한테 머리를 식힐 겸 UFO 보러 단양이나 마니산에 다녀오자고 했다. 박식은 아무리 바빠도 미라와 여행하며 UFO를 보고 싶었다. UFO라면 그는 금세 흥분한다.

이번에는 두 사람만 오붓하게 가기로 했다.

먹을 음식과 음료수를 준비하고 승용차로 마니산에 갔다.

오후 5시 마니산 정상에 도착했다.

정상에는 이미 다섯 명이 와 있었다. 어디서 오셨냐고 물으니 서울에서 왔다고 했다. 모두들 등산복 차림으로 5, 60대 남자들이었다. 텐트를 치기 시작했다.

"밤에 여기 머무는 것은 무섭지 않습니까?"

"전에도 여기서 여러 번 밤을 새웠고 UFO를 두 번 봤어요."

"UFO를 보셨다고요? 평지에서도 볼 수 있는 게 아닌가요?"

"아닙니다. 여기처럼 기가 살아 있는 지역이 좋습니다."

"기가 UFO를 유인한다는 뜻 같은데…. 어쨌든 UFO를 밤샘하며 찾는 보람이 있으세요?"

"우리는 그림을 그리는 화가입니다. 우주를 소재로 잡으려는 것입니다."

"독특한 시도로군요. 흥미를 끄는 데 저희도 동참할 수 있습니까?"

"좋습니다."

여러 명이 있으니 외로운 산정상이라는 생각이 들지 않았다.

날씨는 맑고 석양이 아름다워 환상적이고 기묘한 색의 마술에 모두들 감탄했다. 낙조(落照)에 감동하여 황홀해지기까지 했다. 어둠이 짙어지는 하늘에서는 별들의 화려한 경연이 시작되었다.

가져온 음식물을 나눠 먹으며 모두들 별들의 속삭임에 귀 기울이고 밤의 정취를 느끼며 UFO가 나타나기를 기다렸다.

UFO가 나타나지 않아도 밤하늘을 보는 것만으로도 기분이 좋았다. 가끔 지나가는 위성과 유성이 시선을 끌어 지루하지 않았다.

미라는 박식과 오붓한 밤을 보내지 못해 아쉽기는 했으나 여럿이 이야기하며 함께 밤을 보내는 즐거움에 행복했다.

남자들은 소주를 한 잔씩 곁들이기도 했다.

새벽 두 시쯤 눈꺼풀이 내려앉으려고 하는데, 하늘을 보고 있던 미라가 한 줄기 빛을 보았다. 갑자기 하늘이 훤해지더니 기다란 물체가 북쪽에서 남쪽으로 미끄러지듯 흘러가고 있었다.

"저기요!"

그녀는 자신도 모르게 소리쳤다.

모두가 가리키는 쪽으로 고개를 돌렸다.

술잔을 넘어뜨리고 돌아보는 사람도 있었다.

일찍 발견했기에 UFO의 전모를 볼 수 있었다.

신기하고 매력적인 비행체였다. 긴 막대기처럼 생겼는데 모선이라는 걸 알 수 있었다. 꼬리부분에 작은 원형 UFO가 따라가고 있었다.

이렇게 신기하고 멋있는 광경을 보는 것은 큰 행운이다. 무엇보다도 외계에서 날아온 비행물체를 봤다는 것은 일생일대의 사건이다.

"이건 우연이 아니다."

모두의 생각이 그랬다.

번번이 이 상공을 스쳐 지나가는 것은 우연일 수 없다. 외계인이 이곳을 지나는 것은 천제단이 우주와 통한다는 것이고, 다시 말하면 외계인이 연락을 취하기 좋은 곳이기 때문일 것이다.

모두들 들뜬 마음으로 UFO를 보면서 과연 외계인이 있을까?

외계인이 존재하는 것은 이미 보았던 것에서 확인된 셈이다.

UFO는 우리가 있는 장소를 알고 있었을까?

그들은 우릴 공격하거나 저공비행으로 위협하지 않고 조용히 지나갔다.

지구인을 납치한 적도 없었다. 그들이 오히려 지구인보다 도덕적이고 지성적이라는 것을 증명한다. 그들이 지구에 오는 것은 지구의 문명을 살펴보고 인구와 환경문제 등을 연구하려는 것일지도 모른다. 지구에 왕래하면서 자기들 문명과 다르니 신기하고 매력적인 연구대상으로 여길 것이다.

"UFO를 보게 된 건 우리 집안의 영광입니다."

한 등산객은 직접 목격한 사실에 감동하며 기쁨을 감추지 못했다.

등산객 중에는 고교 시절 대구에서 건물 사이로 지나가는 UFO를 봤는데 30년 전의 기억이 아직도 생생하다고 했다. 선명하지 않으면서 흰색의 막을 두른 듯 원형으로 속도가 지금 것처럼 빠르지 않고 서서히 지나갔다는 것이다. 당시에 목격한 것을 이야기했을 때는 아무도 인정해주지 않아 속상하기까지 했다고 한다.

박식은 이번 UFO를 단양의 것과 비교해 보았다.

이번 것은 비슷하면서도 같은 것은 아니고 좀 적은 편이며 더 빠르게 지나갔다. 현지 관찰용이 아니고 이곳을 경유하는 것인 듯했다.

UFO를 예술로 승화시키려면 똑같은 것보다는 모양이 조금은 다르게 표현하는 것이 좋다고 생각하기 때문에 오히려 다행이라는 생각이 들었다.

UFO가 어느 별에서 왔는지는 모른다. 아마도 끝없는 우주, 지구와 같은 별에서 왔을 것이다. 그 별은 지구보다 오래된, 수천 년 광년의 거리를 단숨에 오가는 기술을 가진, 문명이 발달한 선진별로 예견된다. 사는 환경도 우리와는 다를 것이다.

자기들의 별에 공기나 물이 우리 것과 같으면 지구의 음식을 먹고 지구인들의 말을 배우며 소통할 수 있을 것인데 아직 지구인들과 대화를 나눴다는 이야기는 없다. UFO를 봤다는 나라는 180여 개국이나 되지만 그런 상세한 기록이 없어 안타까울 뿐이다.

미국 NASA와 소련 국가정보원은 UFO의 정보를 공유하고 있으나 공개하지 않고 있으며, 교황청에서도 UFO가 있다는 것은 알고 있으나 종교적 문제로 비화할 것을 염려해서 상세한 보도를 못하는 걸로 알려져 있다. 미국국방부는 1947년부터 연구해서 상당한 정보가 축적되었을 것으로 추정된다.

지금까지 발견한 것은 그 종류도 다양하지만 정식으로 국가 차원에서 과학적인 발표를 못하고 있을 뿐이다. 심지어 미국은 외계인과 소통하며 협약을 맺었다는 이야기도 있다.

이러한 여러 가지 정보를 토대로 박식은 우주회화에 길을 열까 한다.

# 우주회화 연구

마니산에서 서울로 돌아온 박식은 구파발 화실에 새로운 그림도구와 캔버스, 물감 등 재료를 준비하고 본격적으로 우주회화 연구에 박차를 가했다.

김치로와 백도철이 다른 제자들을 구파발 화실에 초청하여 전시준비 과정을 알려주고 실험하면서 개방적으로 연구했다. 아직 사회적 여건상 우주회화에 대해 잘 알려지지 않아 인사동 화랑가는 많은 정보를 공유할 필요가 있었다.

전시 기간이 짧지만 노력하면 무난히 목표를 달성할 것으로 생각되었다.

"형님, 우리도 우주회화 연구에 동참하도록 끼워주세요."

김치로가 말하자 백도철도 같은 뜻을 보였다.

"이번 전시를 잘 끝내면 자네들과 공동연구를 해서 세상에 알리고 대대적인 우주회화전시를 3년 후쯤에 발표하기로 하지."

"형님만 믿습니다. 열심히 하겠습니다."

김치로는 기분이 좋았다.

"우리가 할 수 있는 것은 우주회화의 새로운 분야를 개척하는 것이지. 그러니 대중의 공감을 일으키는 게 매우 중요하다네. 우주로 가지 않아도 우리는 우주를 그리는 사람으로 각인시켜야 해. 그런 의미에서 UFO는 중요한 소재이며 우주회화의 중심이 되어야 하는 걸세."

박식은 일장연설 식의 포부를 말했다.

그림 100호는 상당기간 작업하기가 어렵지 않으나 300호 정도는 힘든 작업이었다. 대작을 먼저 하고 작은 것은 뒤에 그려도 쉬울 것이니 일단 100호를 시작했다. 김치로와 백도철은 작업을 지켜보는 현장에서 매일 작업에 임했다.

전시 작품을 반쯤 그렸을 무렵 미라가 찾아왔다.

"작업에 너무 열중하면 창작에 지장이 있을 테니 하루쯤 시간을 내는 게 어때요? 단양이나 한번 다녀오지 않을래요?"

그렇지 않아도 붓을 놓고 잠시 쉬고 싶었는데 미라의 말이 반가웠다.

"그래, 이번 토요일에 가기로 합시다."

"그러면 여행준비는 제가 할게요."

교통 혼잡을 피해 토요일 아침에 출발했다.

원주에서 아침을 먹고, 단양방곡 도예촌에서 항아리와 다완을 구입하고, 경천호수를 둘러보면서 자연의 숨결을 느꼈다.

단양 동화호텔에 도착한 것은 오후였다.

조금만 늦었으면 객실이 없어 서울로 돌아올 뻔했다. 하나 남은 방을 얻은 것이다.

옥상에 올라가 차를 마시고 해가 지기를 기다렸다. UFO를 기다리는 중에 식당으로 내려와서 저녁식사를 하고 다시 옥상으로 올라가 UFO가 나타나기를 기다렸다.

밤하늘이 이렇게 아름답다고 느껴본 것은 퍽 오랜만이다. 우주에 관심이 적었을 때는 그냥 밤하늘이거니 했으나 이제는 별들이 무척 아름답고 우주의 생명이 꿈틀거리는 것같이 느껴졌다. 우리 과학이 외계만큼 발달하지 못했으나 언젠가는 기술 발달로 머나먼 별에 순간적으로 도달하여 이별 저 별을 건너뛰듯이 갈 수 있으리라는 희망을 품어보았다.

총총히 빛나는 크고 작은 별은 몇 광년을 가야만 도달되는 거리에 있으나 순간적으로 건널 수 있으면 인간과 신의 경계를 허무는 길이 열릴 것이라는 생각이 들었다.

우주론에는 한계가 없고 무한한 연구 대상이라 단순한 우주의 상식과 회화적 감성으로 접근하는 것이 오히려 우주적 문명의 길을 찾는 지름길이 될지도 모른다.

지구 상공 118km 밖을 우주로 인식하나, 인공위성이 공전할 수 있는 150km 밖을 우주로 인정하기도 한다. 그 밖의 천체는 인간의 과학적인 지식과 사고로는 관측이 불가능하다는 것이다.

그날 밤 12시가 다 되도록 관찰했으나 끝내 UFO는 나타나지 않았다.

박식과 미라는 실망하지 않기로 했다.

원래 나들이의 최우선 목적은 휴식이었으므로 UFO를 보지 못했다고 해서 실망할 이유는 없다.

속옷차림으로 침대 위에서 뒹굴며 황홀감에 젖어 있다가 두 사람은 서로의 허리를 끌어안으며 창으로 들어오는 별빛에 감정을 녹였다. 등허리에 땀이 젖어간다고 느꼈을 무렵 미라는 침대 시트를 끌어당기기 시작했다. 뭔가 감정이 절정에 치달았기 때문이다. 미라는 요즘 느껴보지 못한 행복감에 젖었다.

언제 꿈속으로 빠져들었는지 이튿날 그들은 기억하지 못했다.

단양여행을 끝내고 돌아온 박식은 본격적으로 우주회화에 몰두하기 시작했다.

우주의 문명은 점점 발전하고 있으며 미래에 어떤 우주 학살이 생길지 모르지만, 그렇다고 우주론에 무지한 화가 한 사람이 상상으로 우주에 접근하는 것은 오류가 있을 수 있다. 과학이 아니고 심상에서 발현되는 미술작품이기에 나름의 성공할 가능성은 있다.

특이한 점은 박식의 머리에서 우러나오는 우주적 발상이 무궁무진한 소재로 형상화되고 있다는 것이다. 그는 꿈에서도 지구 밖의 신비한 우주를 보는 것은 작가만의 특권이라 생각했다.

그는 우주회화가 그칠 수 없는 개인적인 정신세계를 유지하면서 새로운 우주문화의 발현이라고 생각했다.

구파발 화실에서 조용히 그림을 그리고 있을 때 김치로와 백도철이 찾아왔다.

단양에서 UFO 관찰 실패에 대한 이야기를 잠시 한 후 세 사람은 우주회화에 대한 새로운 방법에 관하여 의견 교환을 했다.

우주회화의 주제와 소재를 정하고 이제 작업만 하면 성패의 윤곽이 나타나게 된다.

작업에 몰두하는 중 고향 친구로부터 만나자는 전화가 왔다.

고향 마을 이웃에서 같이 자라던 김천석이라는 사업가였다.

박식이 그림으로 돈을 많이 벌었다는 소문을 듣고 사업을 같이하자는 제의를 전화상으로 했다. 사업 이야기는 만나서 하는 게 좋다고 하여 차후 만남의 일정을 잡기로 했다.

# 사기꾼들

김천석을 만난 곳은 안국동 사거리에 있는 그의 오피스텔이었다.

"박식아, 여기까지 와줘서 고마워."

안부를 묻고 본론에 들어갔다.

김천석은 자신이 하는 건설사업을 같이하자고 제안했다. 수익이 많은 사업인데, 일은 자기가 할 테니 자금만 담당하라고 했다.

"무슨 사업이며, 돈은 얼마나 필요한가?"

"오피스텔을 지어 분양하는 사업이라네. 자금이 20억 원 정도 필요한데, 이미 100억 원 정도 투자된 사업이라 2년 정도면 투자금을 회수할 수 있고 이익도 두 배 장사는 될걸세."

"그만한 돈이 화가에게 있겠는가. 화가가 사업으로 인해 그림 쪽을 등한시하면 사업도, 그림도 다 안 된다네. 좋은 제안이지만 나는 사양하겠네."

"이 사람아, 평생 그림만 그려서 돈을 벌겠나. 뭐니 뭐니 해도 지금

돈벌이는 건설업이야."

"사업은 내 성격에 안 맞는 것 같아. 예술에 심취하려면 다른 데 신경을 쓸 여유가 없다네."

"그래서 사업은 내가 하고 자네는 투자만 조금 하고 그림만 그리게."

"돈이 많든 적든 신경 쓰기는 마찬가지지. 나도 우선 그림 자금이 필요하니 다음 기회에 보도록 함세."

"고향 친구로서 부자 만들어 주겠다는데 친구를 의심하는가?"

"그런 게 아니라 화가는 화가의 본분이 있는 거야."

박식이 호락호락하지 않으니 김천석은 독한 말을 해서 자극을 주고, 그래도 말을 듣지 않으면 보증을 서달라고 조른 뒤, 그래도 안 되면 막말을 하고 떠날 생각이었으나 오늘은 참았다.

친구의 제안을 거절한 박식은 마음이 편치 않았다.

조금은 도울 방법이 있을까 해서 일단 친구의 신상을 알고 싶었다.

미라를 시켜 김천석의 뒷조사를 해보았다.

놀랍게도 그는 사기 전과 3범으로 집도 절도 없는 처지로 명함만 번지르르하게 찍어 친구를 등치고 해외로 도망치려는 수작이 드러났다.

고향 친구들 중에 성공한 사람을 찾다 보니 박식을 택한 것이다.

미라는 김천석의 전과를 박식에게 전하면서도 마음이 편치는 않았다. 사기를 예방하기 위해 알려주긴 했으나 남의 사업을 방해했다는 생각이 들어 미안한 마음이 들었다.

사흘 후 김천석이 다시 박식을 찾아왔다. 그의 총재산 백만 원을 양복과 구두에 투자하고 빈 주머니로 박식을 찾은 것이다.

그의 말이 참으로 어처구니가 없었다.

“자네가 투자를 꺼려서 다른 사람을 물색해서 투자받기로 했네. 근데 시간이 걸려서 오늘 당장 급전 천만 원이 필요한데, 3일만 쓰고 줄 테니 좀 빌려주지 않겠나?”

거짓말인 줄 알면서도 고향 친구라는 명분 때문에 다시는 찾아오지 말라는 뜻으로 천만 원을 빌려주었다. 김천석은 행운을 잡은 것이다. 자금이 생겼으니 사기에 날개를 단 셈이고 여러 사람을 등칠 생각에 신이 났다. 한 번 사기꾼은 영원한 사기꾼, 한 번 도둑놈은 영원한 도둑놈이라는 말을 들은 것 같았다.

김천석은 근성을 버리지 못하고 그 후에 계속 사기를 치고 돌아다녔다.

큰 사기를 모면한 박식은 사기를 당하고도 기분이 나쁘지 않은 것은 처음이었다. 한 번쯤 작은 사기를 당해보는 것은 예방교육이 되기 때문이다.

사기를 막아낸 것은 박식이 돈 욕심보다는 그림 욕심이 많았기 때문이다.

우주회화 전시준비에 박차를 가하는 박식은 머리가 아프면 미라와 시외로 나가 UFO를 보려는 노력을 인생의 낙으로 삼았다. 미라는 아이들 교육과 건물관리를 하면서 가끔 박식을 만나는 것이 낙인 셈이다.

방에서 혼자 그림을 감상하고 있을 때 전화가 왔다.

“저는 사모님을 지척에서 보고 사랑하게 된 사람입니다.”

“당신 누구시오?”

“곧 알게 될 겁니다. 아직도 젊으신데 평생 혼자 산다는 게 얼마나 외롭겠습니까? 지금이라도 좋은 사람 만나서 행복하게 살 생각을 한번 해보십시오.”

“다 필요 없으니 다신 이런 전화 하지 마세요.”

중년의 과부가 큰 건물을 소유하고 아이만 데리고 혼자 사니 호기심을 가질 만하다. 건물에 세 든 사람이 수십 명이라 누군지는 모르나 아마도 매일 보는 사람인 듯하다.

나흘 후 다시 전화가 왔다.

“여사님, 지난번 전화했던 사람입니다. 잘 생각해 보셨습니까?”

“아니요, 생각할 것도 없고 무조건 거절입니다. 다시는 전화하지 마세요. 또 전화하면 경찰에 신고할 거예요.”

“사모님, 너무하십니다. 자나 깨나 여사님이 눈에 어른거려 살 수가 없습니다. 한 사람 살리는 셈 치고 한번 생각을 바꾸어 주세요, 간곡히 부탁드립니다. 사랑합니다.”

호칭이 여사님과 사모님 간에 왔다 갔다 했다.

“저는 사람 만나는 것을 싫어합니다. 포기하세요.”

미라는 생각지도 않은 사건이 생겨 마음이 복잡하다. 그래서 마음을 추스르기 위해 박식과 같이 시외로 나가고 싶어 전화했다.

"박식씨, 마음도 울적한데 내일 바다 구경 어떠세요? UFO도 볼 겸 마니산이라도?"

"내일은 박철 사장과 약속이 있어서, 모레쯤이 어때요?"

모레 떠나기로 했다.

# 밤하늘 아래 사랑

박식은 약속한 대로 미라와 마니산에 올라갔다.

아름다운 석양의 빛이 산정을 물들였고, 아무도 없는 고요한 천제단은 두 사람만의 공간으로 석양을 받으며 환상적으로 변하는 자연에 감동했다.

텐트를 치고 밤이 오기를 기다리는 순간에도 미라는 박식의 행동 하나하나가 눈에 들어왔다. 사랑하기 때문일 것이다.

두 사람만의 저녁시간은 오붓할 수밖에 없었다.

하늘에서는 별들의 노래가 시작되었다. 시원한 바람이 불어오고 밤바다의 갈매기가 식사를 끝내고 집으로 돌아가며 노래하는 정취는 선경으로 느껴지곤 했다.

식사 후 텐트에서 나와 하늘을 바라보니 어느새 별들이 총총히 나타나 이야기를 나누는 듯했다.

그때 유성 하나가 하늘의 적막을 깨트리며 대각선을 긋고 지나갔다. 하늘의 장엄한 광경은 인간이 미미한 존재라는 것을 느끼게 했다. 시시각각으로 변하는 엄청난 에너지가 하늘에서 발산되는 것 같았다.

밤하늘은 별들의 세상이 되었다.

푸르고 깊고 그윽한 하늘의 모습을 두 사람만 보기엔 아까웠다. 아무런 침입자가 보이지 않았다.

사랑하는 사람만이 그새 한 덩어리가 되었다. 황홀함에 이끌려 천국과 극락을 왕래하는 것만 같았다.

"미라씨, 이런 기분 표현할 수 없네요."

"사랑에 표현이 필요한가요? 그냥 이렇게 안길래요."

그녀는 박식의 품으로 밀고 들어갔다.

구자경 사장 문제로 박식을 마음 아프게 한 것이 미안하게 느껴졌다. 그에게 몸과 마음을 다해 사랑을 주려고 하는 것도 그런 이유 때문이다.

조용한 밤.

가끔 들려오는 뱃고동소리.

적막을 깨뜨리는 인간의 흔적은 없었다.

그들은 그립던 모든 걸 털어놓고 회포를 풀며 밤을 보내고 싶었다.

UFO가 나타나지 않아도 좋았다. 둘만의 공간이 하늘과 통하는 천제단의 중심에 있다는 것이 무한한 행복감으로 다가왔다.

박식의 팔에 안긴 채 미라는 피곤해서 잠시 잠이 들었다.

미라의 꿈에서 UFO가 나타났다.

"나타났다!"

미라가 소리치며 벌떡 일어났다.

박식도 놀라서 일어났다. 꿈이었다.

두 사람의 꿈에 나타난 것은 신기한 일이다.

"이건 예시 같은 게 아닐까?"

그들은 하늘을 쳐다보았다.

하늘은 조용하고 여전히 아름다우며 별이 빛났다.

바로 그때 북쪽에서 밝은 불빛이 훤하게 나타나더니 UFO가 남쪽으로 지나갔다. 안개를 두른 듯 큰 물체가 가볍고 빠른 느낌으로 지나갔다. UFO가 두 사람이 온 것을 알고 보여주려는 것이라는 생각이 들었다.

순간적이라 사진을 촬영하지 못했으나 너무나 선명하고 아름다웠다. 마니산의 정취와 하늘의 별들, UFO가 어우러져 하나의 드라마가 연출되는 풍경은 천우신조였다.

두 사람만이 볼 수 있는 UFO는 볼 때마다 다르고 신기했다.

박식은 UFO 형상을 머리에 저장하고 그림으로 그려서 많은 사람들에게 보여줄 생각이다.

# 우주회화 설치

박철 사장은 제2 사옥을 건축한 다음 새로운 그림을 걸기로 했다. 박식에게 도전적 회화의 신개념을 도입한 특수한 작품이 필요하다는 의견을 피력(披瀝)했다.

그의 부인과도 의견 조율이 되었고 그림 숫자와 크기를 정하기 위해서 박식과 전일호, 이민숙 영남화랑 사장, 그리고 김치로와 백도철도 동석했다.

박식이 먼저 의견을 냈다.

“건물 전체에 설치하려면 기존의 그림이 아니고, 신개념의 특수한 조형세계를 추구하는 작품과 참신하고 혁신적인 그림이 필요합니다. 시간이 걸리더라도 지금까지와는 정반대로 가는 그림이 필요하다는 겁니다.”

김치로가 의견을 내기 위해 목소리를 가다듬었다.

“제가 생각하기엔 지금 전시준비를 하는 박식 형님의 우주회화가 안성맞춤일 거로 생각합니다."

그러자 백도철도 나서려고 했다.

"이번에 박식 형님이 개발하는 신개념 우주회화는 박철 사장님의 뜻에 부응하는 그림일 거로 생각합니다."

"그러면 그 그림이 어느 정도 완료되었습니까?"

박철 사장이 물었다.

"그림의 방법과 주제는 완료되었고 이제 작업에 들어가 상당한 진척이 있습니다."

박식이 대답했다.

"그러면 그림의 사진이나 실물을 볼 수 있습니까?"

"그러시다면 저의 구파발 화실을 한번 방문해보시는 것이 좋을 듯합니다."

모두들 승용차로 구파발 작업장을 방문했다. 우주회화의 큰 그림과 중간크기의 그림이 이미 완성되어 있었다. 그림이 생소하고 채색도 독특하며 마티에르가 돋보였다.

"아, 그림이 독특하고 참신하군요,"

"아직 세상에 공개하지 않은 작품이라서 조심스럽습니다."

"이 정도 작품이면 충분합니다. 우리 집사람과 함께 일주일 후쯤 오겠습니다."

박식은 순전히 창작에만 몰두하느라 그림을 매도할 생각은 없었다.

다만 박철 사장의 신개념 건물에 그런 그림을 걸겠다고 하니 고무적이었다.

작업량이 턱없이 부족한 지금은 김치로와 백도철의 도움을 청하고 충분한 재료를 확보해서 우주회화를 완성하려 했다.

박식은 우주회화에 박차를 가했다.

박철 사장의 주문을 소화하고 전시작품을 해야 하니 혼자서 처리하기가 어려워 김치로와 백도철을 불러서 초붓칠 작업을 시키고 본 그림은 혼자서 그렸다. 자기만의 기억을 토대로 그리는 UFO는 볼 때마다 다르니 옆에서 보는 동생들도 그림이 신기하다고 말했다. 그리는 방법이 다양해서 묽은 물감을 칠하고 마를 때까지 기다렸다가 굳어지는 순간에 흰 별을 뿌리는 작업은 상당한 시행착오를 거쳐 이루어냈다. 물감을 두텁게 칠하는 것은 튜브를 짜는 그대로 마무리한다. 그래서 화실은 공작작업장 같다. 여러 가지 방법을 동원하다 보니 기구가 많다.

작업장에서는 우선 대작 위주로 그리고 소품은 인사동 화실에서 그렸다.

그림 납품기간이 얼마 남지 않아 밤낮으로 그렸고, 김치로와 백도철이 초벌작업을 했다.

한 달 만에 납품용 반을 그렸다.

우주회화는 상이 없는 추상이기 때문에 작업에 대한 설계만 끝나면 기계를 사용하고 평필로 칠할 수 있어 시간이 많이 걸리지 않는다.

많은 시간을 들여 그린 우주회화를 박철 사장의 건물에 설치하고 건물 개업식에 참석했다. 그날은 많은 유지들과 정관계 인사들이 참석했다. 축하객의 소개를 끝내고 박철 사장이 박식을 소개했다.

"여기 박 화백은 우리 건물에 설치한 우주회화를 그린 장본인입니다. 지금까지는 지구를 소재로 이용했으나 단양관광호텔에서 처음으로 UFO를 목격한 이후 박 화백은 우주에 대한 호기심으로 우주그림을 그리기 시작했습니다. 또 강화도 마니산에서 세 차례나 UFO를 목격하고는 더욱 우주에 대한 연구를 깊이 하였습니다. UFO에 빠지면서 우주회화를 그리기 시작했고, 내년에는 우주그림 전시회를 계획하고 있습니다. 여기 오신 여러분들께서도 우주회화 전시회에 많이 참여해주시기 바랍니다."

긴 소개말이었으나 호기심을 일으키는 내용에 큰 박수가 터져 나왔다. 사람들은 새 건물을 돌아다니면서 우주회화를 관람하고 처음 보는 그림에 찬사를 보냈다. 그림에 관심을 가지고 명함을 요청하는 사람도 많았다.

우주회화를 건물에 설치하자 보는 사람들마다 소문을 내고 화랑가에도 알려져 여러 곳에서 전화가 쇄도했다.

대대적인 선전을 하지 않았으나 서울의 유수한 화랑에서 전속을 요청하는 전화도 왔다.

"저희 화랑에 전속으로 모시고 싶습니다."

작업에 바쁜 일정 속에서도 S화랑 사장을 만났다.

"저희와 계약하면 내년에 있을 전시도 저희가 주도하겠습니다."

그는 파격적인 조건을 제시했다.

작가는 그림만 그리고 판매나 선전은 화랑에서 책임지겠다는 것이다.

박식은 시간을 두고 생각해 보겠다고 하고는 김치로와 백도철을 불러 의논했다.

"형님, 조건은 좋으나 한 곳에 매이면 운신의 폭이 좁아지니 다른 화랑에도 좀 알아보는 게 어떨까요?"

"치로가 다른 교수들과 의논해서 한번 알아보게."

박식은 이번에는 백도철을 쳐다보았다.

"도철은 변호사 사무실에 가서 화랑과 계약하면 권리를 보장받을 수 있는지 알아보게."

세 사람이 생각하는 방향이 서로 달라 계약에 빈틈이 있는지를 살필 필요가 있었다.

큰 화랑에서는 작가를 개발하기보다는 작가와 계약하여 대대적인 홍보를 통해 자기들의 이익을 보장받는다. 호당가격이 오르면 이익을 몇 퍼센트 더 올린다.

화가로서는 파격적인 대우를 해주는 화랑이 있다는 것은 다행한 일이지만 계약을 잘못해서 손해 보는 작가도 있다. 작가는 개인이지만 큰 화랑은 기업과 같다. 변호사는 물론이고 언론사 미술기자까지 영향을 미치고 있다. 좋은 작가와 계약하고 가격상승을 도우며 평론가를 동원해서 화평을 받아 신문에 보도하면, 작가는 인기가 올라가고 애호가가 불어나면서 수입이 올라간다.

박식은 김치로와 백도철을 믿고 화랑과 계약했다. 일단 화랑과 계약을 하고 나면 개인적으로 그림을 판매할 수 없고 전속화랑에만 그림을 보급한다.

그러나 계약하기 나름이다. 10호 이내는 개인이 매매할 수 있고, 20호 이상은 화랑에서만 보급하는 조건을 달면 된다. 대신 호당 가격을 정하고 화랑보다 저렴하게 매도하면 계약위반이 된다.

# 화가 돕기

김치로와 백도철이 화랑과의 계약을 권장하자 미라가 이를 환영했다.

일주일 후 S화랑과 계약을 했다. 종신 계약이 아니고 5년간으로 했다. 계약 완료 후 필요하면 재계약하는 것으로 했다.

내년 전시에 관해서는 총이익을 4-6제로 했다. 화랑이 전시비용을 부담하고 이익은 6을 가져간다. 작가는 그림만 제공하고 액자나 책자는 화랑이 책임진다.

박철 사장 건물에 그림을 설치하고 난 뒤 여러 곳에서 전화가 왔다. 그럴 때마다 S화랑에 문의하라고 했다.

그림의 크기를 물어보고 10호 이내면 화가가 직접 매매할 수 있기에 용돈을 만들 수 있었다.

어느 중견 화랑에서 10호 그림 10점을 구입하겠다는 제의가 왔다. 박식은 김치로와 백도철을 불러 의논했다.

김치로가 제안했다.

"화랑이면 호당가격을 지키는 조건으로 하고 5대5로 하자고 하면 좋을 듯합니다."

"대가들은 3-7제로 한다는 이야기도 있는데 소품이니 처음에는 4-6제 정도를 제의하고 안 되면 5-5로 하는 것이 좋을 듯합니다."

"그럼 동생들의 의견을 따르겠네."

이번에는 다른 화랑에서 전화가 왔다.

10호, 8호 등 소품을 구입하겠다고 했다. 전속화랑과 계약하고 나서 중소화랑에서 구입 전화가 오는 것은 대단히 고무적이지만 작업량을 소화시킬 수 있을지 걱정이다. 모든 작업을 김치로와 백도철이 돕기로 해서 위안이 되었다.

작가는 자기 그림이 화랑가에서 팔려나가고 예술계의 총아로 남는 것이 목표이다. 물론 목표가 이루어지기는 쉽지 않다.

목표가 달성되어 내년 전시가 원하는 대로 끝나면 박식은 두 동생과 유유자적하게 우주회화에 전념할 생각이다.

가끔 화랑에서 소품 매매로 용돈을 마련한다.

그러나 전시회에서 판매되는 것은 모아서 불우한 화가들을 도우려는 것이 박식의 생각이다. 생활이 어려운 화가가 있고, 아이들 학비를 충당하지 못해서 공사판에서 막일하는 화가도 있다. 인사동에 있으면 사정이 어려운 화가들의 정보가 많이 들어온다.

화가들은 자존심이 강해서 어렵다는 것을 남에게 드러내는 것을 싫어하고, 죽어도 동정을 받지 않겠다는 화가도 있으니, 어려운 화가를 돕는 것은 쉬운 일이 아니다.

화가의 자존심이 상하지 않게 적당한 구실을 잡아 화랑에서 그림이 필요하니 몇 점 그려달라고 주문하는 방식을 택하는 것이 좋다. 혹시 눈치를 챈다 해도 작품 대금으로 받아쓰는 것이니 마음의 상처를 입지 않는다.

최근 어느 화가는 라면으로 식사를 하고 공사판에서 쓰러졌다는 말도 있고, 부부간의 생계도 꾸리기 어려워 부인이 파출부 일을 한다는 말도 있다.

우리나라처럼 열악한 환경에서 예술활동을 하기는 매우 어렵다. 화가들 중에는 부인이 교사든 약사든 다른 직업으로 생계를 꾸리고 작가는 창작에만 열중하기도 한다. 부인의 갑(甲)질에 자존심이 상해서 가정불화가 일어나는 경우를 보기도 한다.

생활에 아무런 지장 없이 그림에만 열중할 수 있는 환경을 원하고 있으나 쉬운 일이 아니다. 화가가 용돈을 벌기 위해 제자들을 가르치다 보니 여류화가가 늘어나 남자 화가를 앞지르는 추세에 있다.

이제 전시준비를 소속 화랑에서 하므로 정작 박식 본인은 그림에만 집중하게 되어 호강하는 셈이다.

박식이 인사동에서 자리 잡기까지 얼마나 많은 시행착오를 겪었던가?

김치로와 백도철은 너무 잘 안다. 그들은 박식이 이끌어줘야 할 제자이며 동생들이다.

영남화랑은 본점과 미라 분점에서 그림이 팔려나가니 늘 바쁘다. 박식은 미라와 시외로 나가는 일을 미루고 있다. 인기가 올라갈수록 그림 주문이 많아지고 바빠지므로 김치로와 백도철도 덩달아 바빠진다.

열심히 노력하면 팔자를 고칠 수 있다.

박식은 동생들을 데리고 많은 일을 해서 많은 돈을 벌었다. 그림이 잘 팔릴 것이라는 예측과 희망으로 이제부터는 여유로운 자금으로 어려움에 처한 젊은 화가들을 도우려 한다. 고생했던 젊은 시절의 고통을 생각하면 당연히 그래야 한다.

큰 자금은 아니지만 1억 5천만 원을 은행에 예금시키고 화가들의 자존심이 상하지 않는 범위 내에서 오른손이 하는 일을 왼손이 모르게 도우려 한다.

김치로와 백도철을 시켜 화랑이나 표구사를 통해 어려운 화가들을 물색하고, 1급과 2급으로 분류하여 1급은 생계가 어려운 사람, 2급은 자녀의 학비를 내지 못하는 사람으로 구분하여 도우려 한다.

김치로는 학생들을 동원해서 찾고, 백도철은 인사동 화랑, 표구사를 통해서 어려운 화가들을 물색하는 중이다.

들려오는 바에 의하면 모 명문대를 졸업하고 화가생활을 시작한 후 3년 동안 부모의 도움으로 생활하다가, 최근 부모 병환으로 이제는 도와드려야 하는 처지가 되었다고 한다. 처음에는 라면으로 끼니를 때우다가 급기야는 공사판으로 나가 일당 8만 원을 벌어서 겨우 살아간다는 이야기가 들렸다.

어느 화가는 아들의 학비를 내지 못해서 학업을 중단했다고 한다.

이런저런 딱한 사정의 화가들이 많으나 다 도울 수 없고 20명을 골라서 사정에 따라 금액을 정하고 매월 도울 사람과 임시로 도울 사람을 구분하여 통장으로 입금시키는 방법을 택했다.

환경이 열악한 화가는 많고 도움은 적어서 선별해서 돕는 것이다. 1회용으로 도울 사람, 생계를 도울 사람, 학비를 도울 사람으로 나누고, 1회용은 100만 원, 생활비는 월 50만 원, 학비는 월 30만 원을 돕기로 했다. 매월 상당한 금액이 필요했다.

저금한 돈과 월 수입금을 합해 지속해서 지원하기로 하고, 화가들의 자존심을 고려하여 아무도 모르게 돕고 있으나 음으로 양으로 소문을 듣고 찾아오는 사람이 늘어나 30여 명이나 되었다.

숫자가 늘어나 박식의 재력으로는 감당하기 어려워지자 강남 재벌 박철 사장에게 사정을 이야기하고 도움을 요청했다. 박철 사장은 박식의 기특한 행동에 감명받아 월 1,000만 원을 돕겠다고 확답했다.

미라가 월 300만 원을 돕겠다고 나선 것도 큰 도움이 되었다. 김태우 태평양주식회사 사장이 월 300만 원을 내겠다고 한 것은 뜻밖이었다.

사실 30여 명의 어려운 작가를 돕는 일이 쉬운 것은 아니지만 옆에서 돕는 사람이 많으니 희망과 용기를 얻는 화가가 많아졌다.

부자가 아닌 중견화가가 이런 좋은 일을 한다는 소문이 나자 그림이라도 구매하겠다는 사람이 모여들어 화랑은 즐거운 비명을 지르고 있다.

우선 1회용 지원으로 100만 원을 지급해줘야 할 화가가 10여 명이었지만 박철 사장이 도와준 금액으로 해결할 수 있었다. 학비를 못 내는 학생에게는 매월 지급하고, 대학 등록금을 못 내서 학업을 포기하는 학생에게는 전액 도와주기로 했다.

어려운 화가를 몰래 돕는다는 소문이 세상에 알려지자 S화랑에서도 매월 200만 원을 도와주겠다는 연락이 왔다. 고마운 일이다. 아직도 살 만한 세상으로 느껴진다.

내년 전시를 준비하는 과정에서 한 가지 깨달은 점은 전시작품이 원하는 대로 되지 않아도 좋다는 것이다. 30점을 잡았으나 20점인들 어떻고 10점인들 어떠랴? 그릇에 가득 채우지 않아도 마음이 채워지면 된다는 이치를 깨달았다.

박식은 연륜을 더하면서 조금씩 마음에 여유를 가지고 남을 배려하는 정신적 토대가 마련되었다. 전에는 전시회가 계획대로 되어야 하고 판매가 만족할 만큼 이루어져야 한다는 강박관념이 있었으나, 이제는 목표치에 미치지 못하더라도 마음졸일 필요가 없다는 생각이 들었다. 일이란 상황에 따라 이루어진다는 평범한 현상을 믿고 싶었다.

화가 돕기의 총본부를 영남화랑에 두고, 돕는 사람과 도움받을 사람을 모아서 최종처리는 김치로와 백도철이 함께 의논하여 수행하도록 했다.

시간이 지나면서 모여드는 어려운 화가들이 너무 많았다. 자금이 모자라니 박식이 그림을 열심히 그려서 판매하고 자금을 충당하는 수밖에 별다른 묘책이 없었다.

# 후원 기사화

구파발 작업실에서 대작을 마무리하느라 밤낮으로 무리한 끝에 박식이 몸살이 나서 정신이 혼미하고 어지러워 가까운 병원에서 치료를 받았다. 영양제 주사를 맞고 며칠 쉬는 것이 좋겠다는 의사의 충고에 따라 미라와 의논하고는 양평에 가서 아무 계획 없이 쉬기로 했다.

양평은 강가에 카페와 호텔이 많다. 경치가 수려하여 서울의 아베크족이 많이 모여든다.

밤에는 호텔 옥상에 올라가서 UFO가 나타나길 기다리면서 단양의 추억을 더듬었다. 애석하게도 하늘이 맑지 않아 인공위성이 지나가는 것이 보이지 않았다.

한 시간 정도 밤하늘을 주시하다가 피곤하여 방으로 들어왔다. 이럴 때는 쉬는 것이 상책이다. 그들은 샤워를 하고 소파에 앉았다.

쉬는 동안 박식은 여러 계획을 세우고 미래지향적인 우주적 사고를 정리해 보았다.

예술가는 세기를 앞서가는 창작과 작업에 열정을 쏟으며 평생을 같이할 동반자를 염두에 둔다.

미라는 박식을 만나면서 지난 일을 되새기며 미래를 생각해 보았다. 혼자된 박식을 자신과 새로운 관계로 정립하는 것은 그에 대한 사모의 정이 크기 때문이다. 두 사람은 함께 있는 것만으로 행복했다.

양평에서의 하룻밤은 조용히 쉬는 것으로 만족했다.

가벼운 야간산책에서 단양이나 마니산에서의 밤과는 다르다는 느낌을 받았다. 지역에 따라 느낌이 다름을 인정하지만 양평의 끔찍한 성폭행 기억이 되살아나 미라는 견딜 수가 없었다. 그때의 구체적인 비밀을 박식이 아직 모른다는 것이 미라에게는 양심의 가책이 되기도 했다.

박식에게 조용히 쉬는 하룻밤이 된 것은 다행이었다.

그러나 미라에게는 불편한 하루가 되었다.

'구자경 사장을 용서할 수 없어.'

그녀의 마음은 그렇게 부르짖고 있었다.

양평에서 적당한 휴식을 취하고 서울로 돌아온 박식은 자기만의 공간에서 내년 전시준비에 혼신의 힘을 쏟았다. 미라는 여자로서 순결을 지키지 못한 것이 늘 아쉬움으로 남았다.

각자의 아이들이 대학을 다니고 좋은 성적을 유지하고 있어 마음이 편안할 수 있지만, 미라는 자신의 한 번 실수가 영원히 마음에 똬리를 틀고 있어 부담으로 작용했다.

일간지 신문기자가 구파발 작업실을 어떻게 알았는지 찾아왔다.

"D신문사 기자입니다."

갑작스런 방문에 박식은 적잖이 당황했다.

"아, 그러세요. 앉으시죠."

방문 이유는 기자의 말에서 밝혀졌다.

"불우 화가들을 도우신다는 소문을 듣고 찾아왔습니다. 관련 기사를 좀 쓸까 합니다만."

"예? 그런 소문이 있었던가요?"

남몰래 돕고 싶은 일이었는데….

박식은 어려운 동료 화가를 돕는 것은 일종의 의무라고 말했다. 열악한 환경에서 예술 활동을 하는 작가가 너무 많아, 돕는다는 사실이 기삿거리가 되는 것 자체가 오히려 부끄럽다고 말했다.

"홍보하실 만한데요. 후원자를 더 찾는다는 의미에서…."

"잘못 알고 계십니다. 도움을 주시는 자원자는 이미 확보해뒀습니다."

"도우시게 된 동기는 무엇입니까?"

"내가 어려웠던 시절을 생각하고 도우려는 것뿐입니다. 부자라서 그런 게 아니라 그들보다 조금 여유가 있어 용기를 주는 의미에서 돕고 있습니다. 선전할 일은 아니고요."

"그럼 기사로 나가는 걸 원치 않는다는 뜻입니까?"

"그렇습니다. 저는 조용히 도우려는 것입니다. 소문이 나면 그들의 자존심에 상처를 줄 것입니다. 진심이니 기사는 내지 마십시오."

"알겠습니다. 내더라도 익명으로 하겠습니다."

방문한 것을 허탕 치지 않기 위해 기자는 기사화 가능성을 열어 뒀다.

〈그림보다 아름다운 화가의 마음〉

3일 후 D신문에 박스기사가 올랐다.

신문기사를 학생들이 먼저 알고 전해줘서 김치로는 D신문을 일부러 구해서 읽어봤다.

기사는 익명(匿名)으로 되어 있으나 숨기고 넘어가기가 아까워 쓴다고 되어 있으며, 작가는 기사화를 극구 반대했다는 설명도 들어 있었다. 그 이유는 도움받는 화가들의 자존심이 상할까 염려되어 기사를 내지 말라고 신신당부를 해서 이름을 감추기로 했다는 것이다. 도움을 주는 사람이나 받는 사람의 이름을 밝힐 수 없고 이름다운 마음만 전하려는 것이라고 했다. 세상에도 이렇게 아름다운 마음을 가진 사람들이 있으니 아직도 살 만한 세상이라고 소개했다.

신문에 익명의 기사가 나간 이후 인사동에 화제가 되어 그 사람이 누구냐고 물어오는 사람이 많았으며, 그 사람의 그림을 사고 싶다고 화랑을 알아봐 달라는 부탁을 하는 사람도 있었다.

박식은 D신문사 기자가 이름을 밝히지 않은 것만으로도 다행이라고 생각했다. 도움받은 화가들이 상처받지 않고 열심히 해서 그림으로 성공하기를 진심으로 바랐다.

그 후 많은 사람들이 어떻게 알고 도와주겠다는 사람이 늘어나고 있다. 그러나 아무나 받아들이기가 어렵다. 소문이 나면 실명을 알게 되고 그러면 화가들의 창작에 지장을 초래할 수도 있기 때문이다.

김치로와 백도철에게도 발설하지 않도록 신신당부를 했다. 김치로는 학생들에게도 소문내지 못하도록 조심했다.

# 우주회화 인기

6 · 25 세대 화가들의 고생에 비하면 지금은 나은 편이다.

고 이중섭 화백은 재료 살 형편이 안 되어 버려진 미군 담뱃갑의 은종이를 구해서 쇠못으로 그림을 그리는 눈물 나는 사연이 전해지고 있으며, 박수근 화백은 큰 캔버스를 살 돈이 없어서 2, 3호의 소품만 그려서 당시 대작이 귀했다. 쌀 살 돈이 없어서 이웃에서 조금씩 빌려 끼니를 이어나갔고, 그림이 팔려 돈이 생기면 쌀을 사서 빌린 쌀을 갚는 일이 되풀이되곤 했다.

풍곡 성재휴 선생은 작가들이 어렵다는 이야기를 듣고 예술가 정신을 고취시켰다.

"이 사람아, 작가는 연탄하고 쌀만 있으면 되는 거야."

작가들이 성공하기 전에는 눈물 나는 빈곤의 늪에서 빠져나오기 어렵고 자녀 교육도 시키지 못하는 어려움이 많다. 빈센트 반 고흐와 같이 너무 가난해서 영양실조에 걸려 그림을 그리지 못하는 사람도 많다. 그래서 6 · 25 직후에는 물자가 부족해서 나무판이나 미군 천막조각, 하드보드 등 그릴 수 있는 것이면 무엇에든 그림을 그렸다.

"고통이 심할수록 예술은 더 단단해진다."

누군가의 말이 가슴에 꽂혔다.

가정형편이 어려운 화가들이 많으며 그림을 그리고 싶어도 경제적 여건이 좋지 않아서 포기하는 사람들이 많다. 주위에서 그런 화가가 있으면 물심양면으로 도와주면 좋은 화가가 될 수 있는 희망이 있다.

박식도 여러 가지 장애를 극복하고 성공한 작가에 들어간다. 그러나 지금 상황이 남을 도울 수 있는 넉넉한 형편인가? 자금이 여유로운 것은 사실이다. 그래서 남을 도울 생각을 하고 실제로 행동에 들어가 20여 명의 작가를 돕고 있는 것이다. 앞으로도 여전히 도울 수 있을 것으로 생각하고 있다. 남을 돕는 것은 부자라서가 아니라 조금만 여유가 있어도 작은 액수는 도울 수 있는 것이다.

박식은 내년 전시가 분수령이 될 것이다. 그래서 대작을 위주로 그리고 소품은 작은 화랑에서 구입주문이 가끔 있으니 그 돈으로 용돈을 하고 화가들 돕는 일에 쓰는 것이다. 그래서 돈을 아껴 쓰면서 돈을 모아 어려운 화가들을 도울 것이다.

D신문에 박스기사가 나간 후 영남화랑에 그 작가가 누구냐고 물어서 잡아떼기는 해도 상당한 의문을 가지고 세밀한 조사를 하는 사람도 있었다. 돈을 줄 때도 영남화랑에서 은행계좌로 보내기 때문에 알기가 어렵다.

실제로 박식은 소리 없이 어려운 화가들을 도우려는 순수한 마음이지만 장사하는 사람들은 박식의 인기가 오르고 좋은 일을 하는 것을 알면 더욱 좋은 평을 받을 것으로 예상하고 누가 신문기사의 주인공인지 궁금해서 물어보는 사람이 늘었다.

이 무렵 S화랑에서 100호 우주회화 두 점을 주문했다. 신축 건물에 들어가는 그림이라고 했다. UFO를 넣어서 그려 달라는 주문이다. 마침 전시용으로 그려놓은 그림이 한 점 있어서 한 점만 보충하면 되었다. 전시작품으로 제작된 것을 내어주려니 아쉽지만 박식은 이렇게 급한 불을 껐다.

우주회화의 선호도가 시작되었다.

미래지향적인 창작에 열중하고 오묘한 우주색을 연구하여 그야말로 환상적인 작품을 제작하고자 굳게 마음먹었다.

지구를 소재로 그리던 작품을 우주로 건너뛰는 작업에 착수하여 새로운 바람을 불어넣고 감상자로 하여금 아름다운 감흥을 일으키게 할 것이다.

그리움과 사랑을 느끼는 최상의 작품을 만들고 싶은 것이다.

〈그림이 보고 싶다〉

-박식

그림이 아름다운 것은
세상이 아름답기 때문이다.

사랑한다는 것은
상대가 있기 때문이다.

보슬비 오는 날은
애인과 걸으면 좋다.

그림이 보고 싶은 것은
사랑을 하기 때문이다.

그리고 싶은 마음은 새로운 세상을 만나기 위해서다. 아름다운 그림을 그리기 위해서는 자신의 미감을 천착해야 한다.

창작은 시대적인 미적 가치와 자기만의 특성을 요구한다. 미래지향적으로 수 세기를 뛰어넘는 가치가 있어야 한다.

구파발 화실에서 우주의 참신하고 광대무변한 상상의 세계를 그려 심오한 꿈의 작품을 창출하려고 한다.

새 작품이 그리워서 미라가 구파발 화실을 찾아왔다.

일반인은 상상도 못하는 우주의 현현(玄玄)한 모습을 보고 싶었던 것이다. 우주에는 지구처럼 작은 별이 수없이 많은가 하면 수십 배의 큰 별들도 무수히 많다.

수천 년 전부터 지구로 보낸 UFO는 각각 다른 별에서 온 것 같다. 생물이 살 수 있는 별도 있겠으나 생물이 살기 어려운 별도 많을 것이다. 큰 별은 아니지만 지구는 어느 별보다도 환경이 좋은 것 같다.

“지구는 축복받은 별인가?”

별이 총총한 밤하늘을 그릴 때 박식은 별을 가까운 친구처럼 느끼기도 했다.

우주회화에 빠져 미라가 옆에서 기다리는 것도 잊고 열심히 그리기를 계속했다. 미라는 괘씸하다는 생각이 들다가도 그림을 위해 정성을 쏟는 이 남자를 더 사랑하고 존경해야 하겠다는 생각이 들었다.

“미라씨, 조금만 기다려요.”

그림에 열중하면서도 기다리고 있는 미라에게 미안한 마음은 잊지 않았던가 보다.

우주선이 빛을 발하며 움직이는 그림을 대충 끝낸 박식은 붓을 놓고 미라 옆으로 갔다.

“밤에 여기까지 오다니, 오는 길이 괜찮았어요?”

고맙기도 하면서 혹시 오는 길이 어렵지 않았을까 걱정되어서이다.

박식은 미라의 손을 잡았다.

힘차게 포옹한 두 사람은 금세 격렬하여 옷에 물감이 묻을까 걱정되기도 했다. 아니나 다를까 미라가 감정을 억제하지 못하고 발을 허둥대다가 물감 병을 넘어뜨리고 말았다.

병을 바로 세운 것은 한참 후, 그들의 감정이 약간 진정되었을 때였다.

그들이 물감과 붓을 정리하고 있을 무렵 전화벨이 울렸다.

"이 밤중에 무슨 전화람?"

박식 투덜대며 수화기를 들었다.

고향 조카의 목소리가 들렸다. 어머니가 위독하다는 것이었다.

# 어머니 별세

혼자 남해로 갔다.

어머니의 운명이 경각에 달렸다. 병원으로 옮기자고 했으나 주위에서 극구 반대해서 집에서 임종을 맞았다.

김치로와 백도철을 비롯해 친분이 좋은 서울 사람 10여 명만 내려오게 해서 조용히 장례를 치렀다.

우주회화 전시로 아들의 성공한 모습을 보여드리려 했으나 그동안을 참지 못하고 세상을 떠난 어머니가 눈에 어른거렸다.

상경 후 떠오른 어머니의 마지막 모습을 잊을 수 없다.

그때 어머니는 박식을 알아보고 눈가에 눈물을 흘렸다. 가슴 메는 슬픔을 느꼈다. 모자의 마지막 만남은 너무 기가 막히고 가슴 아팠다. 서울의 삶이 바쁘고 복잡하다는 핑계로 자주 찾아뵙지 못하고 용돈을 넉넉히 드리지 못한 것도 마음에 걸렸다.

한동안 슬픔에 잠겨 쉬고 있다가 내년 전시준비를 위해 다시 붓을 들었다. 모든 시름을 잊고 창작에 매진했다.

미라의 위로 전화가 왔다.

김치로와 백도철에게 식사 한번 함께하자고 했다.

선천식당 박영규 사장은 박식의 모친상에 참여하지 못해서 미안하다며 저녁식사를 무상으로 제공했다.

모친상 직후라 술은 금하고 식사를 하면서 앞으로 나아갈 일을 의논했다.

우주의 영원성과 인간의 유한성은 자연법칙이라 할까?

거대한 우주에서 인간 존재는 미세먼지와 같지만 물질세계는 최소 단위부터 잘 설계되어 있다.

중력과 전자기력, 약한 핵력, 강한 핵력 등 4개의 힘이 있다.

우주에서 지구는 작은 별이지만 인간은 존재 자체가 미미하여 자연의 일부라는 것밖에 내세울 만한 것이 없다. 탐구하고 연구하여 예술로 승화시킬 수 있는 것은 인간만이 할 수 있는 특권이다.

하늘처럼 아름다운 것은 없다.

낮에는 하늘색이 아름답고 밤에는 별빛이 아름답다.

멀고 깊고 그윽한 하늘이여
그 높은 곳에 천당이 있다 하네.
길고 긴 인생 여정에 하늘이 보이고
그곳 어딘가에 갈 곳이 있겠지.

별들이 살아가는 동네에서
아름다운 정자를 지어 살고 싶구나.

우주나 별을 그리면 실제가 아닌 그림이지만, 그것이 예술이라는 점에서 감상자로 하여금 아름다운 우주를 연상케 하고 영혼을 행복하게 한다.

우주를 그리다 보니 외계인들과 교감하고, 문명이 더 발달한 지구인들은 아름다운 별나라에 이민을 보내고, 별에 친구를 두고, 왕래할 수 있을 거라는 생각이 든다. 삼천대천세계에 사람이 살 수 있는 별은 많을 것이고, 지구에서 주거지를 별나라로 옮길 수도 있을 것이다.

우주회화를 완성해가면서 박식은 우주와 인간은 하나라는 생각을 하게 되었다. 우주에 천당이 있을까 상상해 보지만 상상이 현실이 될 수 있다는 생각도 해봤다.

인간의 영혼이 살아갈 터전이 있을까?

인간이 우주의 한 부분이라는 생각이 든다. 작은 먼지 하나도 모두 우주에 속한다. 수천 광년을 가야 하는 별이라도 사람의 마음속에 있으면 별이나 달나라에 눈 깜작할 사이에 다녀올 수 있다. 마음으로 못 할 일이 없다. 우주는 지금 마음으로만 오가는 것이지만 언젠가는 실제로 다녀올 수 있을 것이다.

하늘에는 무궁무진한 개척지가 있고 별나라에 갈 수 있는 날이 오면 지구는 별나라 사람들의 이민을 받아야 할 상황이 될 수도 있을 것이다.

이번 우주회화를 통해서 지구인들에게 우주에 대한 관심을 가지게 하고 우주문화를 동경하게 함으로써 현대인들의 정신적 탈출구를 마련하려는 것이다. 지금 하늘의 별은 누구의 소유도 아니다. 먼저 가서 자리를 잡으면 주인이 된다.

별에는 사람이 살 수 있는 곳과 사람이 살 수 없는 곳이 있다. 물과 공기가 있어 사람이 사는 환경이 있는가 하면, 이것들이 없는 삭막한 환경도 있다.

사람이 살 수 없는 환경이라는 것을 알면서도 많은 돈을 투자해서 별을 연구하고 탐구하며, 우주를 탐색하는 우주선을 만들어 띄우기도 한다.

해와 달은 음양을 나타내고 낮과 밤의 조화를 이루면서 인간 세상에 많은 혜택을 준다.

지구에는 달이라는 별이 있다. 토성에도 달이 있는데 최근 물기둥이 200미터 정도 솟아오르는 위성이 관찰됐다고 한다.

"별나라로 신혼여행을 갈 수 있는 날이 언제 오려나?"

박식은 별에서 말이 전해오기라도 하는 듯 귀 기울이며 하늘을 자주 쳐다보았다.

우주는 인간에게 주는 것이 많다. 햇빛과 달빛, 별빛이 그렇고 우주의 멀고 먼 별에서 오는 천기(天氣)는 인간의 기운에 영향을 주는 걸로 알려져 있다. 별빛이 아름다운 기분을 주는 것은 기(氣)의 선물이며 건강에 보약이 된다.

천기(天氣)는 지기(地氣)와 더불어 인간의 기를 충전시키고 동물이나 식물을 길러낸다. 보통사람은 모르고 넘어가지만 기를 연구하는 사람은 측정하기도 한다.

세상에는 기를 이용해서 사람의 질병을 치료하고 사람을 제압하기도 한다. 기는 중요한 무형 재산이기도 하다.

전국에는 기 치료자가 많으며 기(氣) 치료를 받고 병을 고친 사람도 많다. 기가 센 사람이 있는가 하면 약한 사람이 있다. 기는 만물에 통하고 기로 인하여 출세도 한다.

"그림에서도 기가 나옵니다."

이렇게 주장하는 사람이 많다.

기가 많은 그림은 비교적 잘 팔리고 감상자의 기분이 좋아진다.

걸어둔 그림을 감상하면 기분이 좋아 건강에 좋은 영향을 준다. 기가 센 그림은 무서운 기분을 느끼게 한다. 좋은 기가 나오는 그림은 바라보는 순간부터 기분이 상승하여 건강에 좋다.

그림으로 질병을 치료하는 아트테라피가 유행하는 것은 이 때문이다.

# 아트 딜러

구파발 화실에는 북창이 있다.

북한산이 그림처럼 한눈에 들어온다.

서풍이 불어 산에는 녹색의 물결이 일어나고 싱그러운 신록의 융단이 깔려 당장 달려가고 싶은 충동을 느낀다.

이윽고 200호의 우주화를 완성했다.

그림의 아름다움이 극치에 달해 여타 그림과는 비교가 되지 않았다. 이어지는 100호와 50호의 우주화도 나름의 아름다움으로 심오함을 더해줬다.

그림 준비에는 김치로와 백도철이 약방의 감초처럼 협력했다.

그림이 완성되자 대부분 사진촬영을 하고 도록을 인쇄할 준비에 들어갔다.

도록은 최고급 인쇄로 전시작품 전체를 실을 예정이다.

박식은 그림만 제공하고 도록에서부터 선전과 판매는 모두 S화랑에서 전담하도록 했다. 다만 자신의 스타일을 고려하여 교정을 보겠다는 통보를 했다.

지인들에게 보낼 초청장을 준비했다.

대작을 보기 위해 미라가 왔다.

그녀는 그림에 감탄했다. 무궁무진한 우주의 변화무쌍한 실체를 보는 듯했다. 어릴 적 농가에서 바라본 총총한 별이 아니라 대우주의 소용돌이를 보는 느낌이었다.

미라는 작품에 만족을 표했다.

기분이 좋아 K룸사롱에 박식, 김치로, 백도철을 초청해 코가 비틀어지도록 술을 마셨다. 네 사람 모두 취해서 콜택시를 타고 각자 집으로 돌아갔는데 다음날 녹아 떨어져 박식만 거뜬히 일어나 구파발 화실로 출근했다.

작품을 모두 정리하고 점검하여 액자를 주문하려는 박식의 책임감 때문이었다. 액자는 최고급으로 하고 유리는 한 작품도 넣지 않았다.

전시준비는 S화랑에서 하므로 박식은 그림을 인도하고 전시 날짜만 기다렸다. 다만 화랑에 드나들면서 진행되는 상황을 예의 주시했다.

인사동 화실에서 소품 작업을 하는 동안 제자들에게 작업 방법을 견학시키고 이론을 설명했다. 대작이 끝난 다음이라 전통화를 가르치는 대신 새로운 우주회화를 교육하려는 것이다. 전통산수를 고수하든 추상적인 우주회화를 원하든 각자 뜻대로 하기로 했다.

소품은 경쾌한 마음으로 즐기면서 그렸다. 대작은 대우주를 그렸지만 소품은 지구 주변의 소우주를 그렸다.

그동안 전시작품을 하느라 화랑에서 주문하는 작품은 시간이 없어서 소화하지 못했다. 지금부터 S화랑과 계약하지 않은 전통화를 그려서 가난한 화가들을 돕는 자금으로 충당할 예정이다.

오늘은 뜻밖에 귀한 손님이 찾아왔다.

박소정과 전세정이 방문했다. 그들은 친구 간으로 그림을 주문하겠다면서 소품들은 어려운 화가들을 돕는 데 쓰겠다고 했다.

그들은 영혼이 맑고 친밀감이 보이는 여유로운 사람들이었다.

이야기를 하다 보니 퇴근시간이 되어 대청마루 식당으로 자리를 옮겼다. 식사를 하면서 나머지 이야기를 마무리 지었다. 만난 지 얼마 되지 않았으나 십년지기처럼 여러 가지 이야기로 웃음꽃을 피웠다.

세상일이 모두 인연으로 이뤄지는가?

좋은 인연은 인생을 전환시키는 기회가 되기도 한다. 아무런 부담 없이 허심탄회하게 대화를 주고받았다. 그들은 여러 후원자를 알고 있었고, 그중 3년 전부터 알고 지내던 D건설 전무이사 박춘석이 있었다.

사흘 후 그를 대동하고 그들은 화실을 찾아왔다.

박춘석은 박철 사장과 잘 아는 사이였다. 그는 박철의 건물 개업식에 초대되어 이미 박식 화백을 소개받았고 그림도 잘 알고 있었다. 이번에 D건설 신사옥을 건축하면서 건물에 맞는 그림을 주문하려는 참이었다.

"박 화백님, 저희 신축 건물을 4차원 첨단 모드로 디자인하려 합니다. 한 세기를 앞지르는 미래지향적인 작품이 필요합니다."

흥미를 끌 만한 제안이었다.

"좋은 제안입니다만 제가 S화랑에 3년 전속계약이 끝나지 않아 어려울 것 같군요."

"그러시군요. 그러나 우리 건물이 최첨단 공법을 공모해서 시행하고 있는데 3년이 지나야 완공될 것이니 재계약만 하지 않으시면 시간은 충분합니다."

"가능성이 있네요. 그림은 몇 점이나 필요하신가요?"

"25층을 계획하고 있으니 각층에 걸려면 25점이 필요하고, 소품도 상당량 있어야 될 것 같습니다."

함께 자리한 박소정과 전세정은 어리둥절했다.

시대를 앞서가는 우주회화가 신축 건물에 설치되는 것이 자기들의 소개로 이루어지게 되었다는 것에 대한 자부심과 미술 딜러로서의 시작단계부터 순조로운 출발이 되어서 장래가 밝다는 신호로 마음에 큰 위안을 받았다.

박춘석 전무는 그날 그림을 주문하는 계약을 하지 않고 다음날 변호사를 대동하고 오겠다며 돌아갔다.

우주회화는 이미 장안에 명성이 자자하고 실제 설치한 건물에 많은 감상자와 화가가 몰려드는 성과를 거두었다.

새 건물에 설치할 그림은 박철 사장의 건물에 설치한 그림보다 색도가 높고 태양의 에너지가 넘치는 강렬한 빛의 울림을 나타내는 것으로 구상했다. 우주회화는 이제 빛을 보기 시작하여 우리나라를 기점으로 세계시장으로 전파될 것이다.

미술시장에의 광범위한 보급을 위해 아트 딜러의 역할이 매우 크다. 유능한 딜러는 작가의 진로를 개척하고 작가와 애호가들의 가교 역할을 한다. 아트 딜러는 미술시장의 흐름과 미래지향적 화가를 발굴하고 피카소와 같은 거장을 키우기도 한다. 그러기 위해 미술지식과 독화(讀畵) 실력을 쌓아야 한다. 전국에 분포하는 미술애호가를 감지하고 각자의 취미와 성향을 파악해서 적재적소에 그림을 공급한다. 작가와 딜러는 상호 보조의 깊은 연관성이 있다.

세계적인 아트 딜러는 뉴욕에 많이 포진하고 있으며 파리나 동경에도 큰손들을 움직이고 있다. 여러 나라에서 딜러들이 성장하고 있으며 최근에는 홍콩이나 상하이에서도 거액의 미술품이 거래되고 있다는 정보가 포착되고 있다. 나라가 부흥하면 미술품이 빛을 보는 것이고 작가도 더불어 유명세를 얻게 된다.

박소정과 전세정은 아트 딜러로서 시장을 개척하기 위해 많은 경험과 실물 매매를 통해 노하우를 축적하고 있다. 작가와 딜러는 항상 교감하고 서로 의견을 타진하면서 새로운 길을 모색하려고 노력한다.

D건설 박춘석 전무는 변호사를 대동하고 나타났다.

박식을 갑으로, 건설회사를 을로 하여 계약을 체결했다. 박소정과 전세정이 지켜보는 자리에서 계약을 했고 소개비도 계약서에 게재했다. 계약이 합의에 이르기까지 딜러의 노력이 한몫했다.

이제 3년 후면 건물이 완성되어 그동안 세상에 내놓지 않았던 우주화가 감상자의 눈을 놀라게 할 것이다.

박소정과 전세정은 지인들을 찾아다니며 딜러로서의 위상을 높이고 명함을 돌리며 사업의 영역을 확장했다.

박식은 운이 좋았다. 어려운 시기에 유능한 딜러를 만나 큰 계약을 하고 전시를 앞둔 화가로서 자신감을 얻은 것이다. 딜러가 좋은 작가를 만나는 것도 운이다.

큰 계약을 성사시킨 두 딜러는 박식과 뜻이 통하고 소통이 원활하여 찰떡궁합 관계로 발전했다.

두 딜러는 합동작전으로 유명 변호사, 중소기업 사장, 골프 동호인 등을 공략하고 사무실에 그림을 설치하도록 설득하면서 사업 영역을 확장해 나갔다.

# 우주회화 애호가

박식은 전시회를 앞두고 바쁘지만 틈틈이 그림 구상을 하고, 여러 재료 준비를 하며, 때로는 소품을 그려서 불우 화가를 돕는 일에 노력하고 있다. 그는 보통 화가의 두 배로 작업을 한다. 체력이 단단하고 천성적으로 부지런하여 그 많은 일을 감수하고 있다.

박소정과 전세정도 딜러로서 작가 못지않게 동분서주하고 있었다. 그들은 박식 화백의 불우 화가 돕는 일에도 동참하고 싶었다.

미술품 비즈니스는 쉽지 않다. 경제적으로 도움이 되려면 그림 판매의 능률을 올려야 한다.

우리나라 화단에 생계를 걱정하는 화가들이 많다. 박식은 잘나가는 작가로서 어려운 작가들에게 도움을 주는 것이 어쩌면 당연하다는 생각을 하고 있다.

박소정과 전세정은 선행사업을 하고 싶었다. 강남의 재벌을 찾아다니며 명함을 돌리고 화가 홍보와 그림에 대한 예술적 가치와 경제적으로 장래성이 있다는 설명을 하고 적극적으로 딜러의 역할에 전념했다. 신축빌딩에 설치할 그림 납품은 3년이라는 시간이 지나야 소득이 있기 때문에 당장 필요한 경비를 조달하려면 그림 판매에 열중하지 않을 수 없었다.

박춘석 전무로부터 만나자는 전화를 받고 소정과 세정은 들뜬 마음으로 S호텔 커피숍으로 갔다. 박 전무와 함께 있었던 사람은 60대 노신사였다.

두 여인이 앉자마자 박 전무가 소개에 나섰다.

"오제도 사장님은 10층 이상 빌딩만 다섯 채를 소유하신 보기 드문 건물주이십니다. 그림을 좋아할 뿐만 아니라 고향에 미술관 건립을 계획하고 계십니다."

여인들을 앞에 두고 늘어놓는 칭찬에 오제도의 어깨가 더 넓어졌다.

"박 전무가 너무 과찬하십니다. 그림을 좋아하다 보니 수집하는 취미가 생겼고, 그림이 쌓이니까 미술관을 지으려는 겁니다."

두 여인은 제대로 고객을 만났다는 생각에 마음이 들떴다.

"그러시군요. 자금만 있으면 저희들도 미술관을 지어 많은 사람에게 좋은 작품을 선보이고 싶습니다."

박소정이 말하자 전세정이 이어서 말했다.

"우리가 모시는 작가님은 요즘 미래지향적인 그림을 연구하시는 우리나라 화단의 총아로, 그야말로 획기적인 그림을 창작하고 있습니다."

미술품 수집은 일종의 취미생활이지만 그래도 좋아하는 사람만이 할 수 있는 독특한 장르다. 건물주 모두가 그림을 좋아하거나 수집하는 것은 아니고 그림에 상당한 지식과 감식안이 있어야 가능하다.

부자인 오 사장이 그림에 관심을 가지게 된 것은 이탈리아 화가 레오나르도 다빈치의 이야기를 듣고부터다. 이탈리아의 거장 레오나르도 다빈치는 정규교육을 받은 바 없어도 여러 가지 직업군에서 전문가로서 그 명성이 높다.

레오나르도 다빈치(1452~1519)는 르네상스 시대를 대표하는 천재화가이다. 화가이자 건축가, 토목기사, 조각가, 궁전연회 기획가, 군사문제 기술고문, 기계공학가, 지구물리학, 식물학, 수리학, 동물학, 기상학까지 섭렵했으며, 심지어 우주론에도 깊은 지식을 가지고 있었다. 천재화가로서 예술과 과학이 만나는 창조적 양식을 만들어내고 많은 일화를 남긴 거장이기도 하다.

오제도 사장은 레오나르도로부터 예술품의 귀중함을 배우고, 자신은 레오나르도가 될 수 없으나 우리나라 그림의 중요성과 장래성에 대해서 크게 관심을 가졌다. 레오나르도의 모나리자는 500년이 지난 지금도 약 2조 원의 가치가 있다는 사실에 놀라고 그림을 모으기 시작했다.

오 사장의 예의범절과 미려한 말씨는 그의 인품을 대변해주기도 했다.

오 사장은 박식 화백을 한번 만나보고 싶어 했다.

그는 박 화백을 만나 앞으로의 계획과 우주회화에 대한 화의(畵意)

를 듣고 싶었다.

박식에게는 새로운 소식이 전해졌다.

빛의 속도로 가도 1400년이 걸리는 거리에 태양과 같은 별이 발견되었다는 것이다. 태양의 형제별로 지구의 1.6배 크기의 452B라는 지구와 환경이 비슷한 별을 찾은 것이다. 태양의 나이는 45억 년이지만 그 별은 6억 년이라는 것이다.

우주에는 지구와 비슷한 별이 많은데 외계인이 살고 있을 것으로 추측한다. 태양의 형제별이 수천 개 있다 해도 1400광년 거리를 인간이 가기는 특별한 기술을 발명하기 전에는 어림도 없다.

그러나 화가는 상상력으로 그 많은 별들을 마음에 그림으로 표현하는 특권을 지닌 셈이다.

박소정과 전세정의 소개로 오제도 사장이 인사동 박식의 화실을 찾아왔다.

휴게실로 안내받은 오 사장은 박식의 인상에서 전형적인 화가의 모습을 보았다.

"박 화백님의 명성은 들어서 알고 있습니다. 화백님께서는 우주그림을 그리시는데 무슨 계기라도 있으신가요?"

"단양에서 UFO를 목격한 후로 우주회화 쪽으로 관심을 갖게 되었지요."

박식이 그렇게 말하고는 우주그림을 그리게 된 과정을 이야기해 나갔다.

외계인이 몰고 온 UFO는 요즈음 나온 것이 아니라 2천 년 전부터 지구에 나타났다는 것을 불화(佛畵)에서 볼 수 있다.

세계 각국에서 비행접시라는 이름으로 UFO가 감지되고 있다. 우주는 너무 넓어서 초당 30만 킬로미터로 가로지르는데 137억 년이 소요된다고 한다. 그 넓은 3천대천세계를 상상만 하는 것이지 실제 아무도 도전할 수 없는 신의 경계라 할 수 있다. 상상과 우주사진을 토대로 그림을 그려서 사람들의 궁금증을 해소한다.

오 사장은 우주회화의 매력에 빠져들기 시작했다.

"들어보니 보통사람이 상상도 못하는 우주회화 제작을 하시는 거로군요. 상상만 해도 흥분이 됩니다. 광대무변한 우주의 신비로운 모습을 회화로 승화시키는 데는 작가의 개척정신과 테크닉이 필요하겠군요. 찬사를 보냅니다."

"오 사장님의 그 넓은 식견과 우주회화를 이해하는 마음이 저에겐 큰 격려가 됩니다."

"주문받으신 그림이 끝나시면 저의 건물에 설치할 그림을 10점 정도 주문하려 합니다. 부탁드립니다."

"고맙습니다. 준비되는 대로 연락드리겠습니다."

그림에 대한 내용과 크기는 다음에 만나서 주문하기로 하고 오 사장은 화실을 나갔다.

# 전립선암

화실에 모처럼 귀한 손님이 방문했다.

이연숙 전 조계사 신도회장과 김정숙 신도가 찾아와 불우 화가를 돕는 일에 동참하겠다면서 매월 성의껏 찬조하겠다고 약속했다.

부자는 가난한 사람들의 어려운 사정을 잘 모르는 경우가 많다. 기부나 찬조가 드문 요즘, 화가의 가난은 탈출구가 잘 보이지 않는다. 자존심 때문에 저렴하게 판매할 수도 없고, 설령 판매를 원해도 사줄 사람이 없다. 그나마 지인들에게 소품을 하나씩 팔아서 생계를 유지하다가 그도 어려우면 노동판을 전전하는 사람이 있다.

박식은 그러한 화가를 찾아서 조금이나마 도움을 주려고 했다. 화랑이나 개인이 하나둘씩 동참하는 사람이 늘어 고무적이다. 불우 화가 돕기에 조계사 성도가 참여함으로써 박식의 계획은 순조롭게 실행에 옮겨지고 있었다.

그런데 문제가 발생했다.

박식이 전립선암에 걸린 것이다.

우주회화에 대한 연구 대신 죽음에 관한 준비를 해야 하는 상황이 돼버렸다. 죽음이라는 필연적 자연현상을 거부할 수 있는 능력자는 없다.

박식은 죽음에 초연하기로 결심하고 의사 지시에 따라 자연스런 투병생활에 들어갔다. 죽음이란 유명인사라고 예외는 아니니 운명에 맡기고 예술에만 전념하기로 했다.

미라는 박식의 상황이 황당하지만 열심히 간호해서 제2의 인생을 살 수 있기를 바라면서 하루도 빠지지 않고 병세를 살피고 있었다.

박식은 투병 중에도 소품을 그리고 시간이 여유로울 때는 인사동 화랑가를 돌면서 명작 감상을 하기도 했다.

작가는 죽는 날까지 쓰러지지 않는 한 그림 그리기를 멈추지 않는다.

그는 투병생활을 하면서도 예술에 대한 열정을 접을 수 없어 우주에 대한 사유를 멈추지 못하고 매일같이 전문서적을 탐독하면서 미지의 세계를 추구하고 있다.

미라도 여기에 동조하여 병의 간호는 물론이고 화실을 방문하고 우주회화에 대한 연구를 같이하고 있다.

예술이란 하루아침에 이루어지는 것이 아니고 오랜 시간의 경험과 사유를 통하여 독창성을 창출하는 것이다.

박식은 투병 때문에 예술에 대한 열정이 식을까 염려하여 하루도 쉬지 않고 화실에 나와 평소와 같은 창작활동을 멈추지 않으며 남은 시간을 아름답게 장식하려는 일념을 가지고 있다. 시간과 여유가 있을 때는 시집이나 소설을 구입해서 읽고 나름대로 시작이나 소설을 공부하기도 했다.

북창으로 내다보이는 의상봉이 단풍으로 물들고 산색이 아름답게 변하는 모습에 박식의 시선은 끌리듯 매료되었다.

무거운 마음을 삭이기 위해 그는 북한산 등산길에 올랐다. 혼자서 오솔길을 걸으며 사유의 세계를 즐기는 중 시상이 떠올라 산시(山詩) 하나를 지어 보았다.

〈산의 향기〉

-박식

산에 오니 산이 나이고
내가 산이 되었네
산에서 산기를 선물 받아
청정심에 무아(無我)를 얻었도다
새들의 노랫소리 들으며
새로 물드는 단풍들과
천고의 암석을 벗 삼고
자연의 고마움을 느끼노라
산수화를 그리던 시절

산경(山景)에 매료되어
사흘이 멀다 하고 오르면서
산으로부터 얻음이 많았네
산은 너그러움이 크고
누구라도 받아들이고
자연으로 인간을 가르치는
대자대비의 모성을 닮았다네.

박식은 산수화 작가로서 60이 넘도록 외길로 산수화를 그려서 생계를 이어온 고집쟁이 화가다. 산수화는 눈을 감고도 그릴 수 있는 달인이 되었고 지금도 산수화 주문이 있으면 마다하지 않고 창작에 임한다.

수십 년을 그려온 산수화는 수련이 되어 우주회화를 그리면서도 간간이 산수화를 그린다. 그에게 산수화는 하나의 신앙과 같은 것이다. 우주회화를 그리면서도 산수화를 버릴 생각은 없고 주문이 들어오면 언제든 그려준다.

평생을 하루같이 외길을 걸어온 박식은 이제 노년기에 접어들어 달빛처럼 은은한 품격으로 생을 마감하기 위해 차분하고 정갈한 마무리 작업을 진행하고 있다. 병마가 그를 가만두지 않고 마음을 흔들어 놓기는 하지만 그의 자세는 변함이 없다.

가난한 농부의 아들로 태어나 열악한 환경을 극복하고 일어선 자수성가 화가로서 그는 정직하게 그림을 그리고 후회 없이 살아왔다.

나름대로 성공한 화가로서 어려운 환경에 처한 가난한 화가들을 돕는 일에 자부심을 가지며 여생은 예술에 전념하면서 유유자적하게 살려고 한다. 병마가 험로를 만들긴 하나 이것을 운명으로 돌리고 창작에 열정을 다하기로 결심했다.

그림을 천직으로 알고 있는 이상 산수화건 우주회화건 숙명적으로 수용하면서 발전적 사고를 하려 한다. 건강문제로 마음에 타격이 있으나 그림 그리기는 멈추지 않을 것이다.

작업의 속도를 조절하고 신병치료에 신경을 썼다.

최근 체력의 한계를 실감하면서도 남은 시간을 예술과 더불어 유유자적하게 살아가려 한다. 한동안 암에 대한 공포와 좌절감 때문에 많은 스트레스를 받았으나 이제 운명으로 받아들이면서 차츰 안정을 찾고 예술에 대한 열정을 강하게 나타내고 있다.

# 예술인의 자세

미라는 안정을 되찾아 그림공부에 매달리고 있으며 차츰 화가의 길로 들어서고 있다. 미술대전에 도전할 100호 작품을 시작하고부터 여러 가지 상념을 털어버리고 오직 그림 그리기에 신경을 쓰고 잡다한 일은 뒤로 미루고 대작(大作)에 신경을 쓰기로 했다.

박식과 의논해서 선정한 그림 소재는 충무에 있을 때 촬영해 둔 '등 푸른 생선'이었다. 공동어시장에 나가 어선에서 내려놓은 고등어를 촬영한 것이다. 지금까지 여러 전시장을 다녀봤으나 고등어만 그린 그림은 보지 못했다. 화면 가득히 그리면 등 푸른 고등어의 색채가 아름다울 것 같다는 박식의 권고에 미라는 공감했고 잘만 그리면 좋은 작품이 나올 것 같았다.

병원 진단 결과 박식의 전립선암은 수술해도 된다는 결론이 나왔다. 암세포가 커지기 전 적당한 시기에 전문병원에서 수술하기로 했다. 소변을 보기가 고통스럽고 암세포가 번질까 염려되어 빠른 시일 내에 수술을 감행하기로 했다.

전시준비로 많은 체력소모가 있었고 건강에 이상이 있다는 신호가 있어 병원을 찾은 것은 무척 다행한 일이었다.

무던히도 무더운 여름이 지나가고 결실의 가을 문턱에서 수술대에 오른 것은 시기적으로 환자의 마음을 편하게 했다. 전립선암에 유능한 의사가 있다는 대형병원이었다.

박식은 수술대에 오르는 순간 또 한 번 인간의 유한성에 자신감을 잃었다. 지금부터 환자에게는 자유가 없다. 전신마취를 하고 의사가 하자는 대로 맡겨둘 수밖에 없다.

"간단한 수술이라 하니 안심하세요."

미라가 위로하지 않았다 해도 박식은 현대의학을 믿고 싶었다.

수술 진행과정을 미라가 소상히 알려주었다.

미라가 수술과정을 살펴볼 수는 없었으나 환자 자신은 어렴풋이 의사의 설명을 들었다.

깨어나고부터 살아 있다는 존재 자체가 대견스러운 것이지 병이 완치되고 안 되고는 차후 문제로 그에게는 지금 생사의 경계가 애매하다는 느낌만 들었다.

박식은 암 수술을 받고도 전시할 그림을 그렸다.

이제 완성단계에 있다.

그는 지금까지 누구를 위해 그림을 그렸는가 생각해 봤다. 아무리 좋은 작품을 남겨도 그것은 국가와 사회의 것이지 나의 것이 아닌,

잠시 보관하고 있을 따름이라는 생각을 했다. 혹자는 죽어서 이름을 남기는 것이라고 하지만, 이번에 수술대에 올라보니 사후에 대한 명성은 그리 중요하지 않다는 결론에 이르렀다.

네덜란드의 빈 센트 반 고흐나 이탈리아의 레오나르도 다빈치 같은 세계적으로 유명한 작가들은 어려운 생활을 하면서도 불후의 명작을 남겼다. 국가와 사회에 크게 공헌했으나 정작 작가가 죽어서 제대로 대접을 받고 있는지 자신은 알 수 없다. 이런 사실은 박식을 우울하게 했다.

이제는 작품에 매달리면서 노심초사할 것이 아니라 유유자적 취미생활을 하면서 쉬엄쉬엄하려고 한다.

열심히 사업해서 재벌이 되어도 국가나 사회로부터 존경받지 못하고 과다한 세무조사로 스트레스를 받아 몸져눕는 사태는 공로는 보지 않고 약점만 잡아 매장시키는 사회의 비뚤어진 재벌관에서 비롯되었다고 할 수 있다.

작가도 마찬가지다.

험난한 고생을 하면서 성취한 예술을 숭고한 예술적 가치보다는 단순한 투자가치로 보는 것에 대해서 회의를 느끼지 않을 수 없다. 천태만상의 창작을 하지만 빛을 보는 작가는 드물다. 심지어 노동의 대가도 나오지 않는 경우가 많다.

작가는 내면에 흐르는 예술적 집념을 작품에 옮기기 위해 불굴의 정신과 사명감으로 전력을 다한다. 작가는 단순히 생계유지나 돈벌이를 하는 일꾼이 아니라 국가와 사회에 이바지하는 예술인이라는 사실에 긍지와 사명감을 가져야 한다.

긍지와 사명감으로 살아온 지난날이 주마등처럼 지나가면서 박식은 이제 작가로서 인생의 마무리를 잘하고 국가 미래에 도움이 되어야 한다는 생각을 했다.

"빨리 쾌차하여 작업에 복귀하세요."

미라는 간절한 마음으로 박식을 격려했다.

"우리 아들들은 어떻게 할 거예요?"

이 질문은 하지 않았다. 어차피 미라 자신이 헤쳐 나가야 하는 문제이기 때문이다.

그러나 다음 문제는 달랐다.

"정민이, 아니 당신 아들은 제가 잘 키울게요."

미라는 박식의 귀에 대고 또렷이 말했다.

세 아이를 훌륭하게 잘 키우겠다는 마음의 다짐을 한 것이다.

그렇지 않아도 성인이 다 된 그들은 스스로 살아간다 해도 문제가 없을 것이다.

"고맙소."

박식은 주르르 흘리는 눈물을 차마 더는 어찌할 수가 없었다.

누구든 암에 걸리면 눈앞이 캄캄하고 죽음에 대한 절망으로 아무 일도 하지 못하는 경우가 많다. 그렇지만 박식은 달랐다.

예술인으로서 우주적 통찰력과 죽음의 두려움에서 자유로울 수 있는 혜안이 열렸다. 투병하면서 남다른 대담성으로 주목받는 주인공이 되었다.

육신의 수명이 길지 않다는 안타까움을 삼키면서 우주로 여행하는 꿈을 꿀 때가 있다.

사랑하는 미라가 지켜주는 병실에는 퀴퀴한 소독 냄새와 침울한 분위기로 우울했다. 간혹 생명들이 우주로 떠나려고 아우성치는 느낌도 들었다. 병실은 적막과 우울과 침울함이 뒤섞인 정체성 없는 곳으로 느껴졌다.

"유한한 인생은 끝이 있기 마련인데, 몸을 자연사하도록 내버려두지 않고, 신이 내린 생명을 연장해야 하는가?"

치료에 의미보다 무의미에 무게가 더 실렸다.

거창한 계획이나 세상을 놀라게 할 만한 예술적 사건이 일어난다 해도 나라는 존재는 우주 속의 먼지에 불과한즉 무엇이 크게 달라질까?

박식은 병원에 있으면서도 마음은 화실에 두고 우주회화의 새로운 방법에 몰두하고 있는데, 괴로워하면서도 계획한 우주회화를 완성하겠다는 동물적 근성과 인간적 욕망을 잠재우지 못하는 자신이 가소롭기까지 했다. 그러면서도 예술이란 끈을 놓지 못하고 사경(死境)에서도 만지작거리는 모습은 그것이 예술인의 근원적 태도라고 생각했다.

미라는 옆에서 박식의 일거수일투족을 보면서 의문을 가졌다.

자신이 세상에 존재할 때 예술의 완성이 필요한 것이지 사후에 일어날 일에 대해서 정력을 쏟는 것은 이해 대상이 아니라고 생각했다.

생존의 기로에서 환자는 치료에 전념할 일이지 작품구상에 몰두하는 것은 치료에 방해가 된다고 생각하는 것이다.

"예술인은 현재의 상황에 매이는 것이 아니라 사후 세계까지 바라보는 것이오."

몇 줄기 남은 힘을 써서 박식은 말했다.

자신의 말을 읽어달라고 하는 것처럼 미라의 손을 잡았다.

현상 세계를 초월하는 도가적 집념이 박식을 지배하고 있는 것 같았다. 그는 운명적으로 화가인 자기 최면에 걸려 그림을 그리다가 죽을 각오로 끝내겠다는 신념에 차 있는 사람이었다.

# 화가와 문학

미술 창작에 몰두하면서 박식은 가끔 시를 썼다.

연마한 문학실력으로 등단하고 문학단체에 가입하며 문인들과 틈틈이 교분을 했다.

인사동 선천식당에서 국제펜한국본부 대외교류위원회의 소위원회 모임을 했는데, 이연숙 위원장을 비롯해 손해일 펜 이사장과 여러 고문 및 위원이 문학 토론을 펼쳤다. 고문으로는 신덕재, 김동영, 김재기 등 세 분이 참석했고, 위원으로는 서선호, 허만길, 김기원, 이희복, 고영화, 신다회, 박정숙 등 일곱 분이 참석했으며, 전세정 사무국장과 김영자 재무국장도 참석하여 오랜만에 만난 자리는 반가운 인사를 나누고 세상 돌아가는 이야기에서부터 문학회의 장래를 토론하기까지 이르렀다.

"오늘 식사는 불초 소생이 책임지겠습니다."

토론이 거의 끝날 무렵 한 사람이 일어나 반가운 선포를 했는데,

돌아보니 주인공은 박식이었다.

"요즘 남은 박식 선생의 그림이 인기가 좋은가 봐요. 고맙습니다. 박수 주세요."

손해일 이사장이 박수를 유도하자 이연숙 위원장이 일어나 한마디 덧붙였다.

"남은 선생은 그림이 안 팔려도 밥을 잘 사시는 분이라는 걸 잊지 마세요."

이런 장단은 또 한 번의 박수를 불러들였다.

문학은 언어예술인 동시에 기록예술이다.

문학 없이는 인류 문명이 오늘같이 발전하기 어려운 것이고, 앞으로도 문학으로 인해 문화가 꽃필 수 있을 것이다.

미술도 마찬가지다.

문학과 미술은 같이 가는 예술이며 인류사회를 아름답게 정화하는 원동력이 된다.

박식은 그림 작업에 몰두하다가 주제 설정이 안 되고 소재가 마음에 들지 않으면 시를 쓰거나 수필을 다듬기도 한다. 때로는 유명작가의 시를 암송하며 마음에 안정을 찾고 문학적 감성에 기대는 여유로운 시간을 가져 보기도 한다. 죽음에 대한 상념에 젖고 심신이 시달릴 때 마음의 안정을 찾을 수 있는 고마운 부분이다.

시집을 내고 문학단체에 가입하고 문인활동을 하고 있으나 문학으로 출세하겠다는 생각은 없다. 문인과 어울리는 것도 하나의 일상일 뿐 정력을 쏟으며 적극적으로 참여하지는 않는다. 문학이 그의 미술 창작에 큰 보탬이 되고 정신적 안정과 창의력 증강에 많은 도움이 되는 것은 틀림없다.

문학회를 마치고 집으로 돌아온 박식은 머리를 식히기 위해 시집 한 권을 집어 들고 침대에 벌렁 드러누웠다. 시집은 30년 전 그에게 준 '아름다운 사람'이었다.

〈구름의 나들이〉

-박재삼

구름도 폴폴 날듯이
이제는 소복하고 나들이를 하네.
아이구름도 그 옆에 거느리고
밝고도 아슬한 슬픔이여

십 년 전에 사랑하던 이가
시집가서 아이 낳고
남이 되어 살면서
내 정신 웃마을로 와 보는
참 오랜만의 기쁨이여

아 여기 있어요!

하도 몰라주는

섭섭한 섭섭한

옛날의 사랑하던 이!

아 하늘의 구름!

박식이 시를 읽는 중에 지난날의 추억이 되살아났다.

젊은 시절 그렇게도 사랑했던 미라와의 약속이 머리를 흔들고 지나갔다. 생생하고 슬픈 사랑의 기억이 그의 가슴을 칼질하고 지나갔다. 오직 그녀 하나만을 위해 살고 싶었던 순수한 사랑의 나무를 키우지 못하고 남에게 양보할 수밖에 없었기에 그 참담했던 기억이 오늘따라 유난히도 생생하게 떠올랐다.

잠을 이루지 못하고 있을 때 미라에게서 전화가 왔다.

"인사동 '사랑을 찾는 찻집'에서 만나요."

그들은 약속했던 찻집에서 만났다.

미라는 일전에 박식과 약속했던 결혼 이야기를 다시 꺼냈다. 죽어도 꼭 하고 싶었던 결혼식을 성대하게 올리고 인생의 후반을 살고 싶은 것이다.

"당신 건강을 이유로 우리의 결혼을 미룰 순 없어요."

강한 어조로 말하는 미라의 말 속에는 강한 의지마저 들어 있는 것 같았다.

박식은 대답하지 않고 가만히 있었다.

미라는 필생의 소원을 이루려 했지만 그가 암이라는 무서운 병에 걸렸으니 계획을 앞당겨 실행해야겠다는 조급한 마음이 앞섰다. 인생의 막바지에는 출세고 성공이고 뭐고 하는 허구를 떨쳐버리고 삶의 본질을 찾아 하루라도 빨리 염원하던 행복을 누리고 싶었다.

"우주회화의 완성으로 준비한 전시장에서 많은 사람의 축복을 받으며 역사적인 결혼식을 올리고 싶어요."

미라가 이모저모 결혼의 당위성을 강조해도, 박식의 침묵은 계속됐다.

미라는 자식들에게 박식과의 과거를 고백하고 주위 사람들에게도 알려 마음에 맺힌 응어리를 풀고 싶었다. 착하고 잘생기고 그림 재주가 좋은 박식과 천생연분이 될 줄 알았는데, 부모의 욕심으로 송 검사와 결혼해서 어린 꿈이 깨졌지만 송 검사가 저세상 사람이 된 지금 그 꿈을 되살릴 수 있는 기회라고 그녀는 생각했다.

긴 침묵의 터널에서 빠져나온 박식은 이윽고 입을 열었다.

"이제껏 모든 사연을 덮어버리고 새로운 삶의 이정표를 세워봅시다."

박식은 이런 표현으로 결혼에 동의했다.

미라는 그나마 결혼에 동의하는 박식의 표현에 미칠 듯이 기뻤다.

결혼식은 박식의 우주화 전시와 더불어 거행하기로 결정했다. 이제 전시일자는 2개월 남았으니 준비하기에 바쁘다.

전시준비와 결혼준비가 겹쳐 몹시 바쁘게 된 박식은 병원치료까지 받으려니 정신없이 한 달이 지나갔다.

전시준비는 화랑에서 하고 결혼준비는 미라가 했다. 박식은 지켜보는 것으로 만족하며 그림을 마무리해 나갔다. 전시회 초청장과 결혼 청첩장을 따로 만들고 전시장과 피로연 장소를 알아보았다.

전시장은 아트프라자 3층으로 하고, 피로연 장소는 '대청마루식당'으로 정했다. 인사동에서 제일 넓고 메뉴가 다양하여 인기가 많은 식당이다.

축하객은 양쪽에서 선정하되 모두 합해서 100명으로 한정했다.

# 작가는 어디로 가야 하나

작가는 시대적 사명감을 가지고 사회적 예술 공감을 형성하며, 국경을 초월하는 현대적 회화개념을 수용하여 자기만의 독창성에 주력함으로써 작가적 아성(牙城)을 구축한다.

박식의 회화 정신은 지구 역시 우주의 한 지붕 아래로 여기고 인간 세상과 신의 세계를 넘나드는 초현실주의를 표방하려는 것이다. 이는 미래지향적인 우주관을 고취시키는 회화 정신으로 신비주의적 관점에서 새로운 작품을 구상해 가는 자기완성에 주력하는 개념이기도 하다.

작가의 사명이 어차피 시대성에 맞는 창작에 있다고 한다면, 창작을 위해서 깊은 고뇌와 심저에 미감을 천착하는 일이 중요하다.

이제 예술 완성에 접근하는 시점에서 중병에 걸린 그는 크게 실망하고 죽음에 대한 공포와 인생 유한의 한계성으로 남은 시간은 짧지만 자기 예술의 완성을 성취하기 위해 전력을 다해야 하는 중압감에 시달리고 있다.

작가는 미래지향적 예술형식을 추구하지만 현실의 엄중함을 외면하지 못하는 이중적 상황에서 새로운 창작에 임해야 하는 고충이 있다. 박식의 경우 투병과 창작 사이에서 갈등이 있고 유한한 시간의 제약이 아쉬운 실정이다.

박식이 우주회화를 연구하면서 느낀 점은 지구인으로서 우주에 도전하는 것은 당연하지만 과학적 실체를 구현하기는 어렵고, 우주연구가들이 찍은 사진을 응용하지만 무한한 상상력으로 문제를 풀어나가야 한다는 것이다.

우주회화 연구에 박차를 가하고 우주 차원에서 예술로 승화시켜 우주회화를 완성해 나가자며 박식은 스스로 마음을 다잡았다.

미라는 박식과 정식결혼을 준비하면서 생애의 극락을 꿈꾸고 마음이 한없이 들떠 있었다. 많은 하객을 초청하는 것이 아니고 양가의 가족과 화단의 원로 중진 50여 명을 초청하여 비교적 단출한 예식을 하려 했다.

화랑가에서는 박식의 우주회화 전시와 결혼식이 함께 거행된다는 소문이 나기 시작하자 초청받지 못한 지인들로부터 문의 전화가 빗발쳤다. 장소가 화랑이라 100명 이상 초청은 무리라는 점을 설명했지만 아쉬워들 해서 별도의 날에 초청하겠다는 약속을 했다.

결혼하면 동거에 들어가야 하는데 신혼집을 어디로 해야 하는가?

미라는 자기 집으로 들어오라고 했으나 박식은 난색을 표했다. 양쪽다 아이들이 있고 각자 가정을 꾸려오던 터라 의견 조율이 난감했다.

"서로 합치기 어려우면 지금처럼 양가를 그대로 두고 신혼방을 따로 마련하여 만나는 것이 어떨까요?"

미라의 제안에 박식은 찬성했다.

"그래요. 아담한 오피스텔 하나 구해서 따로 살아보는 것도 괜찮을 것 같구려."

"한강 변에 좋은 곳이 있는지 물색해 볼게요."

미라는 기분이 좋아 당장이라도 그곳을 둘러보고 싶었다.

"전철이 가까운 역세권이 좋겠어요."

가능하면 이동이 편리해야 한다는 것이 박식의 생각이었다.

두 사람은 부동산소개소를 방문해서 조건이 좋은 곳을 구해 달라고 부탁했다. 미라는 넓은 곳을 선호하고 박식은 전망 좋은 곳을 원했다.

부탁한 지 열흘 만에 부동산소개소가 추천하는 건물은 뚝섬 근처에 새로 지은, 한강이 보이는 전망 좋은 25층 전셋집이었다.

박식은 미라를 대동하고 현장을 방문했다.

앞에는 '서울숲'이 펼쳐지고 그 너머로 한강이 내려다보이는 전망이 그림 같은 일급 주택이었다.

자금 조달은 어떻게 해야 하나?

미라는 자기 건물을 저당해서 자금을 마련하고 이사 준비에 박차를 가했다.

두 사람이 설레는 마음으로 전시준비와 신접살림 준비에 열중하는 와중에 문제가 생겼다.

결혼설이 미라의 시가집 송 검사 집안에까지 전해졌고, 시골에서 어른들이 몇 명 몰려와서 있을 수 없는 일이라며 항의했다. 송 검사의 자식이 자라고 있는데, 두 사람이 결혼하면 재산이 분산되고 아들의 장래가 보장될 수 없다며 강력히 반대했다. 세상이 변해도 우리 정서는 아직도 유교사상이 강하고 전남편에 대한 예의를 갖추어야 한다며 그들은 고집을 부렸다.

미라도 자식을 위해서는 어른들의 말씀을 무시할 수 없고 박식과의 약속을 어기기도 어려워 의논하여 다시 계획을 세우기로 했다.

박식과 미라 간에 다소의 의견 차이가 있었으나 결국 전시장 결혼식은 포기하고 오피스텔을 얻어 동거하기로 했다. 만족하지는 못해도 노년기의 사랑을 꽃피우는 계기가 되었다.

미라의 시가도 혼인신고 없이 지내는 것으로 자연스럽게 합의했다.

박식은 염원했던 우주회화를 완성하여 계획대로 전시회를 개최함으로써 화단에 큰 반향을 일으켰고 이제 우주회화 시대에 접어들었다.

전시회에 많은 축하객이 몰려와 그간 준비해온 우주회화가 좋은 평가를 받음으로써 큰 보람을 느꼈다. 김치로와 백도철을 비롯해서 김태식 S화랑주인도 참석했고, 권일호 제자 김홍석 등 그동안 알고 지내던 사람들이 모두 화랑을 가득 메웠다. 특히 젊은 화가들이 모여들어 음으로 양으로 전시회를 도와줘서 고마웠다.

우주회화 전시라는 큰 타이틀 때문에 각 신문에 대서특필되었고 많은 평론가들이 다투어 호평을 함으로써 박식은 일생일대의 큰 기쁨을 느꼈다. 박식은 마지막 전시라는 의미에서 한편으로 섭섭하기도 했으나 화가 인생을 마무리한다는 의미가 클 뿐 아니라 지나온 모든 역경이 하나의 예술로 승화되었다는 자부심에 만족했다.

전시기간을 1개월로 잡고 모든 애호가들이 감상할 수 있게 하는 동시에 지방에서 틈틈이 와서 관람할 수 있게 하였다. 전시관을 메운 그림들은 대부분 계약되었고 주문이 쇄도했다.

# 만혼유정(晩婚有情)

미라와 오피스텔에서 하룻밤을 보내면서 박식은 고희의 체력감퇴를 실감하고 나이의 한계를 느끼면서 심신의 노쇠함을 스스로 느끼지 않을 수 없었다. 그럼에도 남은 인생을 아름답게 장식하려는 욕심으로 두 사람은 있는 힘을 다해서 정력을 쏟았다.

병고에 시달리면서 그림 그리고 전시준비하고 신혼집 찾아다니느라 신경을 쓴 탓인지 체력의 소진이 느껴졌으나 모든 일을 예정대로 진행해 나갔다.

"그래도 우리가 신혼인데 여행 한번 다녀와야 하지 않겠어요?"

박식은 갈망하던 우주회화의 전시를 끝내고 체력의 피로감에도 불구하고 뒷마무리를 미룬 채 미라에게 여행을 제안했다.

의논한 끝에 두 사람은 남해안으로 국내 여행을 떠났다.

지난 시절 잠시 머물렀던 충무에 도착하자 옛 생각들이 떠올라 뭉클하기도 했다.

박식은 젊은 시절 사모하는 마음을 다스리지 못해 미라가 있는 충무까지 와서 간판점을 하면서 먼 데서나마 사랑하는 사람을 바라보고 행복하다는 자기 최면에 걸렸던 지난날의 아스라한 추억을 더듬으며 아름다운 청춘의 시절을 되돌아보기도 했다. 쪽빛 바다를 바라보는 두 사람은 귀소본능의 여행에 젖어 들고 있었다.

"가슴이 이렇게 트이는 기분을 느껴본 적이 없었어요."

미륵산 케이블카를 타고 바다를 바라보는 미라는 아래로 펼쳐지는 광경에 감탄했다.

올망졸망 작은 섬들이 시야에 들어오자 자연이란 생성 자체가 아름답고 풍요로운 예술이라는 생각이 들었다. 남망산 조각공원을 둘러보며 인공미와 자연미는 천지 차로 미감이나 깊이가 크게 다르다는 것을 느꼈다.

두 사람은 공원 벤치에 앉아 지난 이야기들과 미래에 닥쳐올 삶의 모습을 그려보면서 운명이란 누구의 것이든 자기 몫이 있다는 것을 느끼고 있었다.

자신의 운명관을 사랑하는 운명애(運命愛)를 독일 철학자 니체는 '아모르파티'라고 했던가. 좋든 나쁘든 자기에게 닥친 운명은 사랑해야 한다는 것인가? 지금까지 기구한 운명을 겪으면서 살아온 마당에 그토록 사랑했던 미라를 다시 만나게 된 것은 괜찮은 운명이라고 생각했다.

"오늘은 우리 두 사람만 생각해요."

한참의 정적을 깨고 미라가 먼저 말했다.

"시집간 당신이 눈만 감으면 나타나는 환상 때문에 잠 못 이루고 뜬눈으로 밤을 샌 적이 얼마나 많은지 알아요?"

"그땐 무슨 생각을 했어요?"

"아, 나도 충무로 가야겠구나 생각했었지."

충무에 간판점을 내려고 점포를 알아봤으나 여의치 않아 겨우 한 달 만에 작은 점포를 구하고 도구를 챙겨 이사를 왔다고 박식이 설명했을 때 미라는 놀랐다.

"나는 그런 줄도 모르고 박식씨가 진주에 있는 걸로만 알고 안부를 물어봤어요."

"난 처음엔 미라씨를 만나기보다 간판 일을 하면서 먼 곳에서라도 바라보는 것만으로 족하다고 생각했지요."

당시 미라는 송 검사와 신혼이었고 자기는 막노동 같은 간판 일을 하는 사람으로 송 검사와 비교도 안 되니 박식이 도전한다는 것은 상상도 할 수 없었다.

박식은 요즈음 유행하는 김연자의 노래 '아모르파티'가 자기를 위해서 작사한 노래 같다는 생각이 들었다.

충무는 박식에게 많은 생각을 하게 했다. 시내 여기저기 간판을 설치해준 곳을 찾아다녀 보았으나 단 한 군데도 그대로 남아 있는 곳이 없었다. 당시에는 함석간판이 주류였으나 지금은 아크릴이나 나염 간판이 많았다.

당시 미라의 충무 생활은 결혼 초기라 자기감정을 잘 정리하지 못해 진주 친정에 가끔 박식의 안부를 물어보는 정도였다. 두 사람의 사정을 잘 아는 친정에서는 미라가 충무로 갔다는 말을 숨기고 잘 지낸다는 대답만 전할 뿐이었다.

지나간 세월의 얼룩진 감정을 정리하면서 먼 세월의 기억들을 더듬으며 공원 벤치에서 시를 한 수 읊었다.

〈세월의 기억〉

-박식

삶의 꾸러미를
풀어보니
걸어온 오솔길에

얼룩진 흔적
구비마다
행복한 상처도 있었다네

쉴 새 없이 달리다보니
실수도 있었고
사랑의 상처도 있었구려

나의 존재는 영원할 것으로 알고

앞으로만 달려왔고

세월이 머물러줄까?

착각의 늪에서

나오니 이미

해는 서산에 걸렸구나.

인간의 일생이 긴 것 같아도 지나고 보니 너무 짧다는 생각이 들었다. 암울했던 세월의 기억 속에 지난 일이 시상과 함께 곱게 펼쳐진다. 이제 남은 시간은 미라와 여생을 같이한다는 것 자체가 행운이고 행복이다.

서울로 돌아온 박식과 미라는 오피스텔에서 여독을 풀며 우주에 대한 상념에 젖어 있었다. 인간에게 천국은 상상 속의 세계이며 영혼이 머무는 곳으로 알고 있다. 천국은 우주라는 광대무변한 무한의 세계이다. 인간의 영혼이 가서 머물 수 있는 곳으로 생각하는 것인지 과연 그 상상의 세계를 우리는 진정 믿을 수 있는 것인지 아직도 판단이 서지 않았다.

우주를 이해한다는 것은 전문가들도 어림없는 일이다. 밤하늘에서 볼 수 있는 은하가 육안으로는 작은 별들이 모여 있는 듯하나 별의 규모는 몇천억 개가 모여 있고 몇만 개의 은하가 존재하는 대우주도 있는 것이다. 은하단이 얼마나 큰지 정확하지는 않으나 은하의 평균질량이 태양의 10억 배 정도라고 믿는 것이다. 은하가 3억 2000

만 광년 정도 떨어져 있다는 것이다.

우주는 정말 상상을 초월할 뿐 아니라 인간의 영역과는 거리가 너무 멀다. 거대한 우주 천체는 은하만 해도 수천 개로 지구와 태양계의 규모로 이해한다는 것은 무리라는 생각이 든다.

박식은 그림에서 그 광대무변한 우주를 조금이나 표현해 보려는 욕구를 가지고 있으나 우주를 깊이 알기란 정말 어림도 없는 일이다.

두 사람은 우주에 대한 이야기로 시간을 보내다가 그만 우주의 품에 안겨 잠이 들고 말았다.

발문 : 예술세계의 궁극적 목표 실현을 위한 노력의 산물

# 인생을 가장 아름답게 깨닫게 하려는 감동의 승리

서광 **장희구(張喜久)**

독일의 시인이자 소설가인 헤르만 헤세(1877~1962)는 "예술의 궁극적 목표는 인생이 아름답다고 깨닫게 해주는 것"이라 말했다. 1946년『유리알 유희』로 노벨문학상을 수상하였던 그의 시「꽃에 물을 주며」라는 작품 한 수가 눈을 더 크게 틔워주었다.

【한 번 더, 여름이 시들어 가기 전에 / 우리는 정원을 보살펴야겠다 // 꽃에 물을 주어야겠다 / 꽃은 벌써 지쳐, 곧 시들어 버릴 것이다 / 어쩌면 내일이라도 // 한번 더, 또 다시 이 세계가 / 미치광이가 되어 / 대포소리 요란하게 울리기 전에 // 우리는 몇 가지 아름다운 것들을 즐기며 / 그들에게 노래를 불러줘야겠다】고 읊었다. 독일과 일본의 몸살 덕분이란 총성 속에서 이제 꽃에 물을 주는 마음으로 평화를 되찾자는 헤세의 시적인

세계가 차분하다. 헤세가 여유로운 마음으로 꽃에 물을 주듯이, 화가이자 시인이며 소설가인 청계의 경험적 소설작품의 한 '평설의 제목'으로 설정해 보았다. 이는 알알이 영근 그의 소설작품이 '인간승리의 모범작'이라 생각했기 때문이다.

❷

잘 알고 있듯이 소설의 구성단계는 [발단-전개-위기-절정-결말] 등의 5단계로 구성되는 것을 잘 지켜왔다. 콩트와 같은 장르의 장편(掌篇)이나 단편(短篇)들은 이를 더 줄여서 [발단-전개-결말]의 가벼운 줄넘기까지도 가능하다는 문제가 구구하게 설명되고 있다. 이런 면에서 살펴본다면 작품의 성공은 74개의 제목들이 서로 얽히고설킨 가운데 이 소설의 구성단계라는 징검다리를 잘 건너뛰는 구성적인 요소를 갖추었다는 점에서 우수했다. 화가로서 전통적인 동양화를 붙잡고 산수화에 큰 관심을 보였다. 말년에는 우주화(宇宙畵)에 큰 관심을 보여 회화의 자기화를 발휘하면서 추구한 이름 있는 작가라는 틈새가 잘 확인된다.

❸

작품의 배경과 전개과정 및 주인공의 일생과 작가의 체험담이나 성공담을 주섬주섬 담아본다. 진주 촌뜨기 주인공 박식은 가난한 환경에서 태어나 살면서 먹물이 들 기회를 별로 얻지 못하고 오직 성실과 근면으로 간판 일에서, 화가로서 입신양명한 주요 인물이다. 주인공을 작가로 대입시켜 보면 이 소설은 '인생은 하나의 소설이다'라는 말로 표현해도 좋을 듯싶다. 주인공의 삶에 묘미라는 양념을 쳐서 글로 표현해 보았더니 한 줄기 문학적인 작품이 된 셈이라고 보면 더 좋을 것 같다. 소설 문학에서 인물의 성격 묘사와 시간과 장소라는 구체적인 문학적인 표현방법의 요구에 잘 부합했다. 이 작품이 온통 작가적 역량을 담은 소설임을 바닥에 깔고 보면 문학적 표현의 전제는 개인의 역사 기술에 많이 할애하기 위한 방편이라고 이해해도 괜찮을 듯싶다.

❹

주인공 박식이란 인물이 두 여자에게 뿌렸던 씨앗(자식)을 감당하기는 상당히 벅찼을 것이다. 첫 여성 정민의 아들과 둘째 여성 미라의 두 아들을 독자들은 부정한 방법으로 얻은 씨앗이라고 혹시 비난할는지 모르겠다. 그러나 7~80년대를 살아본 기성세대들은 가난을 헤쳐 나가기 위해 호구지책이란 방편으로 흔히 있을 법한 평범한 삶에서 파생된 모습으로 이해하는 것이 더욱 상식적이겠다. 작품의 건전성과 소설가의 문학성에 큰 무게를 둘 수 있을 것이란 점을 염두한다면 더욱 그렇다. 그럼에도 불구하고 책임을 회피하지 않고 주어진 임무를 다하고, 충실하게 사는 모습은 독자의 마음을 편안하게 해줄 것이라 권장하고 싶다. 주인공 박식과 미라의 공동운명은 첫 배우자를 같이 잃으면서 혼자라는 역경들을 잘 이겨내면서 그리움으로 치장하는 사랑의 열매를 익혀낸다. '불러도 주인 없는 이름이여!'를 읊으면서, 사랑의 노래를 혼자 불렀다.

❺

이 소설의 독해력을 발휘하기 위해서는 주인공을 포함한 진주 촌뜨기 삼총사들의 여러 가지 환경과 활동을 눈여겨보는 것도 상당한 발상 속에 유익할 것 같다는 생각도 했다. 고향 선후배로 구성된 이들 삼총사는 '정식(正式)'이라는 용어와는 인연이 먼 것 같다. 정식 교육을 제대로 받지 못했고, 정식 직업을 순탄하게 얻지 못했으며, 정식 결혼을 반듯하게 해본 적이 없는, 그야말로 비정규적 삶을 산 부류라고 보는 것이 더욱 좋을 듯싶다. 이들의 삶을 끝까지 추적하지 않으면 바람둥이로 살아온 실패한 인생이 아닐까 걱정하기도 하겠으나, 삼총사 모두 훌륭한 화가로 인생 후반전을 장식했다는 사실에 독자들은 비로소 안도해도 좋을 듯싶어 작가의 자전적 소설로 가름했다.

❻

삼총사 모두 미술을 공부하여 성공했다. 세 사람은 형제보다 더 끈끈한 정으로 외로운 객지에서 서로 의지하며 생을 두텁게 다듬어가고 있다. 나름대로 자리를 잡고 서울에 온 보람을 느끼기도 했다. 박식은 진주에서 충무로, 충무에서 다시 진주로, 진주에서 서울로 이사하면서 간판 일과 그림 그리기에 열중했다. 도전 및 국전 특선작가로 입지를 굳혔고, 동양화에서 한국화로 변신하는 새로운 도전을 서슴지 않았으며, 노년에는 우주회화 작가로 독특한 화풍을 개척했다. 소설에 등장하는 삼총사와 부인들 대부분이 국전 입선과 특선을 하고, 좋은 인연을 만나 '재물복'까지 얻는 성공적 인생을 살았다. 주인공 박식이 두 후배에게 베푼 선도적 역할이 컸음을 알게 해주었다.

❼

이 작품은 고향 후배를 서울로 데려와 유명 화가로 만드는 해피엔딩 스토리가 소설의 배경을 이루지만, 어렵게 살아가는 인생과 같은 선상에 놓여서 삶의 무게추가 다소는 늘어진 느낌이 들기도 했음을 부인할 수는 없다. 그렇지만 진실하게 살아가는 사람들에게는 다소라도 용기를 불어넣어 주리라 믿어 의심치 않는다. 원래 자연의 섭리는 서로가 남을 먼저 배려하는 것이라고 하는바, '삼총사의 의리'는 오직 '섭리(攝理)에 순종(順從)하는 것'이라 보았다. 헤르만 헤세는 "예술의 궁극적 목표는 인생을 아름답게 깨닫게 하는 것"이라고 했으니 말이다. 예술인으로서 우주적 통찰력을 갖고 죽음이란 두려움에서 자유로울 수 있는 밝은 혜안을 열었다고 본다. 주인공의 말에서 "죽음을 준비하는 인간의 진지한 모습을 살펴볼 수도 있지 않을까?" 하는 생각이 들어 더욱 살가웠다.

❽

소설은 시간대별로 스토리를 전개하다가, 산만한 느낌을 없애기 위해 소제목을 붙여서 독해의 보완을 덧씌운다. 소설적 구성이 탄탄하고, 인물과 사건 등장의 인과관계도 잘 유지해야만 한다. 여기에서 이 작품은 한 예술가의 이력을 조명했다는 관점에서 한 미술사를 썼다고 하겠다. 주인공 박식의 미술세계의 변화곡선은 변화와 다양성이 뚜렷하다. 동양화가로 자연물을 화폭에 담아 미술세계의 변곡점을 찍어 화폭을 두텁게 하더니, 한국 산수화의 이론과 실제로 대학 강단의 두터운 자리를 우리 것으로 다졌다. 고희고개를 넘기며 주관적 세계관이 드높은 우주세계의 오묘한 진리에 빠져들어 독실한 우주화를 개척했다. 이 세 단계의 그림 세계관은 삼총사는 물론 미라와 그 부인들의 미술세계에도 새로운 눈을 트이도록 했을 것이며, '이론과 실제 그리고 미술사적 의미'들이 조화를 이뤄서 '예술인들의 드넓은 쉼터 공간'이 되다가 '박식예술관'으로 덧칠 했으면 더욱 좋겠다.

❾

노년에 접어들어 각각 혼자가 된 남녀 주인공 박식과 미라가 옛사랑을 그리워하며 결혼을 하려고 했으나, 뜻하지 않았던 양가 어르신의 가르침을 수용하기로 하면서 작품의 반전은 큰 변화를 일으켜 출렁거렸다. 친정과 시댁은 물론 각자의 자식을 배려하여 결혼은 접고 동거하기로 한 것은 현실과 윤리를 감안하여 해피엔딩으로 소설을 마무리하려는 작가의 절묘한 문학기법으로 칭찬해 줘도 무방할 것 같다. 특히 미라가 낳은 두 아들은 물론, 박식의 첫 부인 정민을 통해서 두었던 아들 교육문제까지 미라가 다 책임지기로 하는 대목에서는 따스한 모성애를 한껏 맛보는 것 같아서 뿌듯했다. 이와 같은 도덕적 판단을 다 짊어지기로 한 여주인공 미라에게 큰 박수를 보내고 싶다. 소설을 끝까지 인지하고 험난했던 인생을 회고하며 편안한 잠자리를 청하는 두 부부의 신혼에 대한 열망을 생각하면 행복으로 치장할 용기어린 자신감이 생긴다. 이와 같은 독자들의 모습을 상상하면서 방긋 웃는 평자의 마음도 평화를 얻은 느낌이다. 행복수업을 지향하려는 마중물로 쏟아낸 청계 소설가의 수고에 큰 격려와 박수를 보내려 한다.

문학박사 / 시조시인, 문학평론가, 수필가
(사)한국한문교육연구원 이사장 / 문학신문 주필, 현대문학사조 주간

청계 양태석

(晴溪 梁泰奭, YANG TAE SUK)

풍곡 성재휴 선생 사사, 동국대 대학원 졸업
국전 특선 및 입선. 대한민국미술대전 심사위원장
고려대 사회교육원 미술과 담당교수
뉴욕 한국문화원 초대전, 대한민국서법예술대전 심사위원장
강남미술대전 심사위원장, 세계미술연맹 심사위원장
한국산수화회 회장, 성동미술협회 회장

일본 동경 아세아현대미술대전 초대작가상
2014 대한민국을 이끄는 혁신리더상, 2015 국제문화 예술상
2015 신한국인 대상, 양태석 문학비 건립
제12회 대한민국미술인의 날 원로작가상
제32회 예총예술문화상 대상
자연환경예술 문학대상(총리상)
제5회 황금찬문학상 대상, 유관순문학상
윤동주 별 문학상, 2020 대한민국원로국제예술인상
제1회 소운문학상 수상, 문예사조 신인상

現) 성동미술협회 고문, 한국미술협회 고문
세계미술연맹 고문, 수필문학가협회 이사
전업작가협회 고문, 현대한국화협회 고문
수필문학추천작가회 부회장, 한국문인협회 재정위원
국제PEN클럽 한국본부회원, 문학신문 회장
사)국전작가협회 이사장, 오우회 회장

**저서**

『한국 산수화 이론과 실제』, 백산출판사/ 『화필에 머문 시간들』, 교음사
『달마 그리기와 연화 그리기』, 재원출판사/ 『행복을 찾는 사람들』, 교음사
『그림 보는 법 그림 사는 법』, 미술공론사/ 『나는 지금 어디로 가야 하나』, 교음사
『영혼의 행복』, 교음사/ 『그림으로 생긴 이야기들』, 경덕출판사
『한국 화가 기인 열전』, 이종문화사, 『생각의 바다』, 백산출판사
『그림 에세이』, 이종문화사/ 『고희전 화집』, 아트코리아
『신의 손으로 그린 그림』, 고요아침/ 『자기 감옥에서 벗어나기』, 고요아침
『건강 지키기』, 고요아침/ 『죽어서 무엇이 되려 하나』, 교음사
『유명화가의 인명詩』, 고요아침/ 『가을나무』, 고요아침
『겨울나무』, 고요아침/ 『천국의 풍경화』, 문학신문

# 화가는 어디로 가야 하나

2020년 9월 10일 초판 1쇄 인쇄
2020년 9월 15일 초판 1쇄 발행

**지은이** 양태석
**펴낸이** 진욱상
**펴낸곳** 백산출판사
**교 정** 편집부
**본문디자인** 오정은
**표지디자인** 오정은

**등 록** 1974년 1월 9일 제406-1974-000001호
**주 소** 경기도 파주시 회동길 370(백산빌딩 3층)
**전 화** 02-914-1621(代)
**팩 스** 031-955-9911
**이메일** edit@ibaeksan.kr
**홈페이지** www.ibaeksan.kr

ISBN 979-11-5763-896-3 03800
**값** 18,000원